神力小福妻

4

完

文創風

599

盼雨 著

目錄

第七十六章

瞧大郎一臉無奈，辛湖哪裡不知他的顧慮，不過是逗他玩玩罷了。

兩人正你來我往鬥著嘴，下人來報，有客人求見。

「客人姓丁，說是寶三爺的舅母。」

「大寶的舅母？」辛湖稍微想了想，才讓下人快點把客人請進來。

她實在是有些不習慣。阿毛雖然恢復本姓，也有了自己的房子與產業，但他無親無故，所有的一切都照舊，依然是辛湖幫他打點。現在大寶找回一個親舅舅，也不知道這個舅母的性子好不好？

辛湖有些擔心的想著，和大郎各換上正式見客的衣服，一本正經的到會客廳來見這位丁家舅母。

丁舅母是位中年婦人，生得較為粗壯，見到辛湖納頭就拜，嚇得辛湖連忙上前扶住她。「您是長輩，不能給我這個小輩行大禮。」況且丁大同大小也是個官，這位丁太太並不算平頭百姓。

所以丁太太穿的戴的都很富貴，頭上幾支金晃晃的大金簪子，腕上一對厚實的金鑲寶石手鐲，這都顯示丁家不窮。當然這副打扮多少有些俗氣，不過人家本就是武將出身的小官，這樣的裝扮也正常。

「鄉君客氣了。」丁太太笑道。她是真心實意感謝辛湖養大了大寶。

兩人寒暄幾句，大郎也過來和丁太太打過招呼。

丁太太還帶著自己的兩個兒子。大的十五歲了，身量很高，是個不錯的少年郎；小的才四歲，脖子上戴一根粗大的金長命鎖，穿得也喜氣，看上去虎頭虎腦的很可愛。

辛湖拿出自家做的點心和果子給小娃兒吃，那孩子嘸著口水看幾眼，卻不敢伸手拿，有些害羞，可見教養還不錯。

「不怕您笑話，我這小兒子養得嬌了些，膽小的很，像個姑娘家。」丁太太笑道，順手拿幾樣點心放在小兒子面前，小兒子這才笑咪咪的開始吃東西，也不吵鬧，安安靜靜的坐在一邊，斯斯文文的吃點心。

丁家的大兒子年歲大了，見過辛湖與大郎就避到外邊去吃茶點，由阿超陪著。

丁太太是個爽利人，大郎也早就和辛湖說過，丁大同是個好人，肯定會讓家裡人來看望大寶。

三人閒聊幾句，果然丁太太就說：「大寶是個福氣大的孩子，我們當家的回去說過，那孩子長得極壯實，與他爹長得一模一樣。這些年可是多虧了你們，我們家也沒什麼東西拿得出手，就帶了些自家莊子產的東西過來，讓大家嚐個鮮。」

丁太太母子三人，足足帶兩車東西過來，活的雞鴨豬羊、新鮮的稻米、自產的香油等等，另外還有幾樣專門送給他們幾人的貴重東西，零零總總一大堆，下人們搬了好半天才全部搬完。這些東西各式各樣，足夠讓他們一大家子連年貨都不用辦了。

辛湖和大郎自然也要和她客套一番。兩人對她帶來的東西還挺滿意，畢竟這些東西雖不算多珍貴，但勝在實在，且看得出很用心。快到年關，他們家就不用專門去採購這些東西。

「沒想到，我那苦命的妹子居然早就去了，陳家在亂世中也全都沒了，我們丁家……也就剩我們這一戶，我也只有這兩個兒子，雖然不成器，好歹也是寶兒的兩個表兄弟，我和他爹自是希望孩子們能多親近親近，以後也多了門親戚互相幫忙。」丁太太說。

「那是自然，我們家五個人，人人都是孤兒，大寶能多門親也是他的福氣。」大郎笑道。

「可不是，我們也是這樣想的，所以我不就巴巴的上門來了？」丁太太大方的自我調侃。

辛湖也笑了笑，說：「大寶要明天才回來，您只管在我們家住上幾日，等他回來了，他們表兄弟也能一起玩玩、熟悉熟悉。」

「只要鄉君不嫌棄，我就厚著臉皮留下來了。」丁太太是個爽朗人，一點也沒客氣。

接著幾人又說好些閒話，丁太太說：「大寶是鄉君一把屎、一把尿的拉拔大，我們這做娘舅的沒有照顧過他一天，也沒多大本事，沒資格多管什麼，以後他的事情，還得指望鄉君和他大哥、二哥了。」

丁太太的意思是，不會隨便亂插手大寶的事情，大寶的事還是讓辛湖他們管。

辛湖還真怕丁家拎不清，要來指手畫腳，一聽這話，心裡一鬆，連忙笑道：「您做娘舅的哪裡說不上話？不過是離得遠顧不上。大寶這邊雖然兄弟們多，但也沒個正經長輩，以後有事還得您幫襯著呢。」

丁太太是聰明人，自然明白辛湖的意思，兩人相視一笑，都放下心。

第二天傍晚時分，大寶、平兒與阿毛果然結伴回來。聽到前院的嘈雜聲，與下人們招呼的聲音，丁太太隨即坐立不安起來。

「您別急，我馬上就叫大寶過來見您。」辛湖笑道。

丁太太訕訕的笑道：「哎，不怕鄉君笑話，我這心裡又是喜又是憂的。喜的是這孩子好好的長大了，憂的卻是他根本就不認識我們啊。」

辛湖被她這麼直白的話給逗樂，說：「這很正常啊，他本來就不認識您。我們撿到他時他還包著尿布呢，先前幾天還天天哭鬧著要娘，過一段日子就忘記了。天天跟著我睡，醒了就叫大姊姊，時間一長，連娘這個字都沒聽他說過。」

說著說著，辛湖自己眼眶也紅了。大寶是很可憐的，所以那段時間她也格外用心照顧大寶，睡覺時都把他抱在懷裡，就怕他又嚇著，給他幼小的心靈造成不可磨滅的創傷。

幸虧那時大寶的年紀太小，日子穩定後，先前的慘事就不記得了。

丁太太先前沒聽過辛湖這麼仔細講大寶的事情，聽得這話，眼淚嘩嘩的往下掉，一迭聲的說：「可憐啊！」接著又不停的感謝辛湖。如果沒有她這麼用心照顧大寶，大寶就算活下來，也不會像現在性子這麼好。

正說著，大郎帶著平兒、大寶和阿毛一起進來。

丁太太見到他們三人，自然又是一番感慨，對辛湖和大郎越來越喜歡。

這哥兒幾個各有千秋，丁太太看這個也喜歡、看那個也喜歡，只恨自己沒生個女兒，能從中挑一個做自家的女婿。見到大寶，那眼淚更是立刻嘩啦啦的往下掉。

「果真和他爹長得一模一樣呢。」丁太太抱著大寶，哭得肝腸寸斷，弄得辛湖也跟著流幾滴眼淚。

在大家的勸慰下，丁太太擦乾了眼淚。「看到他，就想起我那苦命的妹子。」

丁太太在陳家住了三天，與辛湖還滿談得來。經過幾天的相處，辛湖也很喜歡這位爽朗的中年婦女，能夠不彎彎繞繞的講話，讓她心情鬆快許多。

「要是早認識，我都要厚著臉皮認鄉君當乾女兒，我這輩子就只兩個兒子。」丁太太也是真心喜歡辛湖，像辛湖這麼能幹的姑娘家，她還是第一次見到，心裡不停的暗嘆，難怪能養大一群弟弟。

「您喜歡我可是我的福氣，您以後就把我當成自己家閨女啊。」辛湖笑道。

第四天，丁太太才千謝萬謝的帶著兩個兒子回家。丁太太臨走時，還千叮萬囑的說：「過年時來接大寶和各位去家裡玩，大家可得捧場。」

「那是自然，大寶是該給舅舅、舅母去拜年。」辛湖笑道。

送走丁太太，辛湖心情鬆快的說：「這位丁太太，人還不錯。」

「那是，我就說丁舅舅人不錯，丁舅母也差不到哪去，大寶可是比我們幾個有福氣。」大郎點頭附和。

送走丁太太，家裡又安靜下來。

大郎賦閒幾日，開始和辛湖整理庫房，把家裡的東西都清點一遍，算算帳。看他拿著算盤和帳本出來，辛湖笑道：「你還會算帳？」

大郎不好意思的說：「會一點，咱們家也不大，沒多少帳好算，慢慢學唄。」

辛湖點點頭，心想，是該給你弄點事做，不然整天就惦記著偷香！要不是礙著禮數，這傢伙只怕早就撲上來。大郎正是血氣方剛的年紀，辛湖自然不敢撩撥他，只儘量與他保持距離。

辛湖自是會算這些帳。前世時，她獨自一人在城市生活，個人的帳自然算得清清楚楚，不過這一世卻是一大家子過活，之前在蘆葦村時，她也懶得記帳，只弄個流水帳，把一些大筆的開支記下就完事。

這幾個月兩人開始認真起來，把府裡的帳記得明明白白的。不然家裡人口越多，要應酬來往也越多，不記帳將來怕會出問題。

兩人待在庫房裡一樣一樣清點，辛湖幫大郎把東西先逐一記下。

「居然還有這麼多銀子啊?!」辛湖數完那一疊銀票，居然共有五千兩，還沒算那些金元寶、銀錠子，光現金就有近萬兩了。

她雖然拿著鑰匙，卻沒認真清點過，根本就不知道自家有多少家產？這回把帳弄清楚，這些銀子以他們家目前的開銷來算，足夠他們花上幾年。

還別提大寶與阿毛各得的賞賜，辛湖和大郎都單獨放一邊，沒歸入公中，打算以後等他倆娶妻，又或者家裡真正需要大筆花用的時候再拿出來。

「這些多半是上頭賞賜的，來路正，妳不用再發愁沒銀子花了。」大郎調侃，接著他打開幾個大箱子，說：「這些也是上頭的賞賜，算是咱們家最珍貴的東西。」

辛湖感興趣的打開，裡面裝著些包裝精美的瓷器、珠寶珍玩、玉如意等，果然都是好物，但宮中所賜不能變賣，只能當傳家寶了。對她來說，還不如些黃白之物呢。其中倒是有件上品宮中金髮釵，她隨手拿出戴到頭上了。

大郎被她這想法搞得大笑起來。「這可是有銀子也買不到的好東西，妳怎地就惦記著黃白之物呢？」

「我就是一介俗人，只認金銀，其他這些玩意不過是擺著好看。」辛湖挑眉。她就是個普通姑娘，還真沒見過多少好東西，就認識黃白之物。

「行，妳喜歡就好，就怕妳不喜歡。」大郎點頭，有些無奈。

「好看不？」辛湖隨意問道。

「好看，妳很喜歡這件東西？。」大郎看一眼。其實這件首飾並不太襯她。

「也不是，不過是看它很漂亮。」辛湖不以為然的說。宮中之物，精緻度和外頭賣的有落差，當然很漂亮。

「明天出去買幾樣新首飾吧！快年底了，妳也少不得要參加幾次宴請，是該多置幾樣新物件。」大郎果斷的說。自從見慣辛湖華麗的裝扮後，他就覺得女人果然是該好好打扮。

「不用、不用，我那裡還有宮中賞賜、燕王賞賜的好幾樣首飾，沒戴出去過呢。」辛湖說。

她這個鄉君也不是白當的，皇帝、太子、太子妃、燕王都賞賜不少好東西下來。說來她現在的身家也不少，這些東西都直接擱在她住的院子裡，單獨給她開一間小庫房存放，由馬姑姑和王姑姑保管，每樣都有登記造冊。

「妳的是妳的啊。」大郎不滿的說。他現在雖然沒了官職，但養辛湖還是綽綽有餘。

「可不是，我的是我的，你的也是我的。」辛湖一句話，把大郎說的又是哭笑不得。

「妳可真能說。」

「怎麼，你還想藏私房錢？」辛湖反問，不自覺有些撒嬌姿態。

大郎看著她嬌嗔的模樣，喉頭一緊，簡直不敢多看，連忙低下頭來，說：「男人怎能叫藏私房錢？這可是說女人家的話。」

「你哪來這麼大男人啊？還私房錢是說女人家的話。」辛湖不樂意了，扠著腰，一副想和他吵一架的樣子。

大郎不解的看著她，不知道自己這句話有什麼不對的？

看著他呆呆的樣子，辛湖反而不知該說些什麼。這年代的男人沒有大男人想法，才叫不正常。在大多數男人眼裡，女人就是自己的附屬品，大郎這還算好，一來應該是沒人教他這些，二來是受辛湖的影響，兩人一起生活幾年，辛湖的一些言行也潛移默化影響到大郎。

當然，其中有些是辛湖自然而然做出來，有些卻是故意的。她希望自己在家裡有些地位，而且她獨立自主慣了，不可能跟這個時代的女子一樣，時時刻刻都把自己排在男人後面。

不得不說，她這些做法很有效果。大郎、平兒、大寶和阿毛在家裡都會幫她做家務活，並沒有那種君子遠庖廚的觀念，甚至冬天也會幫她洗衣服。

這一點她就很滿意。男人就是要關愛女人才對嘛！何苦把自己整得高高在上？還有，為何女人就要低人一等？她可沒少做事。

兩人嘻嘻鬧鬧的邊打掃、邊清理，忙得不亦樂乎。

沒一會兒，大郎又撿出幾疋好衣料，問：「這幾疋料子可以給妳裁新衣服，要不要拿去用？」

「不用，我還有幾身新衣服，不過倒是得給你們一人做一身過年的新衣服了。」辛湖說著，去翻出幾疋適合大郎他們穿的布料出來，叫馬姑姑讓針線房的人去忙活。

然後兩人又挑出幾樣東西，準備送給幾家關係親近人家做節禮，現在一樣一樣先裝好，免得需要送的時候手忙腳亂。

弄完後，辛湖腳都蹲麻了，一站起身子就一歪。

大郎一探手，順手一把抄住她，往自己懷裡一拉，著急的問：「妳怎麼啦？」

辛湖緩過神來，發現自己掛在他脖子上，連忙不好意思的放開他。

大郎哪會放過這個親近的機會，兩臂環緊，雙唇就壓下來了。

辛湖驚呼一聲，軟倒在他懷裡，本想推開他，卻又被他那雙有力的鐵臂鎖住。男人急促的呼吸聲就在耳邊，只恨不得把她揉到骨子裡去。

突然外面傳來馬姑姑的叫聲。「鄉君、大爺，該要吃晚飯了。」

大郎一驚，連忙放開辛湖。兩人瞪大眼，你看看我、我看看你，都摀著嘴笑了。

第七十七章

時間一晃就到春節。

這是大郎離家多年後第一次全家團聚，也是大家到京城後的第一個春節。本來是可以熱熱鬧鬧，卻因為陳中清的事，陳府不得不選擇低調得不能再低調的過年方式。

「好討厭！真是死了都令人不得安逸。」辛湖頭疼的說。其他都能忍，但都過上好日子，卻不能像別人家那樣大張旗鼓的慶祝春節，就令她很不滿。

「就是，真是個害人精！」大郎也罵道。他才是最不爽的，攤上這麼個生父，真是倒了八輩子楣，還連累辛湖、平兒、大寶和阿毛。

別人家逢年過節張燈結綵、熱熱鬧鬧，既可以出門走親訪友，也可以使出全部心思在家裡熱鬧的招待賓客，只有他們家冷冷清清的像是關門閉戶，又不好意思隨便去別人家，生怕招別人忌諱。

年三十、年初一過去，初二開始是大家走親訪友的日子。

看著關在家裡，門都沒出過的三個小的，大郎說：「乾脆明天你們全都到蔣府去，熱熱鬧鬧的，想怎麼玩鬧，就怎麼玩鬧。」

雖然大寶和阿毛都在陳府過年，但實際上他們都有自己的宅子，大寶的宅子還沒來得及收拾好，蔣府卻早早就已收拾整齊，裡面還有三個下人隨時打掃，大家只需帶一點隨身物品，就可以過去生活了。

辛湖也覺得不錯，說：「快點，現在就去收拾你們的東西，先悄悄的搬過去，我讓廚房的人都移過去，你們還可以招呼一下自己的同窗好友。」

說動就動，全部人都行動起來。辛湖讓馬姑姑帶著眾人收拾吃食用品等。在陳府裡還不好意思大魚大肉的折騰，去蔣府就什麼也不用擔心，只管盡情準備，把辛湖的拿手點心與好菜，全都做出來。

阿毛等三人全換上節日喜慶的新裝，打開蔣府大門，向眾人表示他們現在人都在蔣府。這樣做，主要是為了招呼平兒、大寶、阿毛的同窗好友，以免大家想來找他們玩，又怕去陳府較晦氣。

他們三人已經上一段時間的學，多少有幾個交好的同窗，如果他們過年一直待在陳府，有的人想來也多所顧慮，但搬到蔣府就沒這些顧慮了。

第二天，小石頭朱正清、阿土謝興華，就帶著自家的弟弟妹妹過來了。他們倒不是顧忌什麼不敢去陳府，而是故意帶頭，要吸引其他同窗到蔣府。

大郎並沒有過來，怕有些人覺得晦氣。辛湖也只露一面，就讓他們自己玩，但是她精心準備不少吃食、小點心，讓平兒他們自己招呼客人。

有朱正清、謝興華兩人帶頭，接下來幾天，陸陸續續有些同窗過來玩。

孩子們全部到蔣府去玩，陳府裡就剩下大郎。由於兩家離得近，辛湖也不過是在蔣府待一會兒，就讓胡嬤嬤留在那邊招呼和照顧眾人，她也回陳府了。

又過兩天，謝大人與燕王也私底下偷偷過來，謝夫人、張嬤嬤與劉大娘也來陪辛湖說話。

大家談最多的還是大郎的前程，其次是他們的婚事。現在顯然不可能立即辦婚事，但兩人依舊住一個屋簷下，家裡又沒個正經長輩，多少有些不好。

張嬤嬤摸了摸辛湖的頭髮，心疼的說：「都是大姑娘啦。哪想到會來這麼一齣，好好的事給弄成這樣。」

「可不是。大郎也是倒楣，攤上這麼個生父，這輩子怕都難洗清了。」劉大娘遺憾的說。陳中清這個混蛋，死了都還給大郎留個爛攤子。

張嬤嬤也愁眉苦臉。「其他都還好說，就怕禍及子孫後代。」只要稍微搭上反賊的邊邊，想要洗白都難。

「妳們也太悲觀了，看皇帝的意思，並沒要追究大郎，興許過段時間還有轉機呢。」謝夫人安慰道。

「就是，大家也不必為我擔心，不過是再等兩年，也不算什麼大事。反正我現在有得吃、有得喝，出入還有下人、僕婦，日子過得並不差。」辛湖笑道。

婚期推遲，她一點也不在意。雖然有些遺憾大郎不能再當官，但這種危險情況下，他還能好好的回到家已經是萬幸，不能再貪心了。

「我們最擔心不是這些，是怕以後你們的孩子會受到牽連而不能出仕，甚至都不能科舉。」張嬸嬸說。

「不會吧？」辛湖吃驚的說。要是這樣，大郎會怎麼想？她簡直不敢想像。

謝夫人見她神色凝重，連忙說：「這也只是我們瞎猜，妳別想太多了，更別在大郎面前說這些事，怕他心裡不好受。」

辛湖點點頭，心裡卻恨不得把陳中清拖出來挫骨揚灰。

另一邊，男人們也談到兩人的婚事。

大郎說：「我準備出趟遠門，出去玩玩、散散心。」

整天無所事事閒在家裡，難免和辛湖接觸，攪得他滿腦子都在想那檔子事，天天晚上都要起來一次。再這樣下去，他怕有一天自己真會控制不住。

「也好，你待在京裡暫時沒什麼事，等風頭過了再回來。」謝大人說。

燕王也點頭。「你不如假借回蘆葦村的名，先去蘆葦村轉一圈，然後隨便去哪裡待個一年半載再回來。」

「嗯，我也打算去拜訪一下江、吳兩位先生，以及安大人。」大郎說。

這三人都對陳家有很多恩情，平時沒空去感謝，尤其江、吳兩位都是他們一家的夫子，是該正式去一趟。特別是江縣令，發生這種事情他簡直自責到不行，很愧對大郎，覺得是自己給大郎帶來這場無妄之災。

「對，你去江大人家裡一趟，和他好好談一談吧。我看他極不好受，時間長了怕會成心病。」謝大人說。

江縣令都覺得愧對大郎，燕王就更尷尬，他摸摸鼻子，說：「這事都是趕巧了，你放心，我遲早會幫你補回來。」

「對了，王爺的封地還沒有定下來嗎？」大郎不希望難得一聚，大家都糾結在他的事情，連忙轉移話題。

陳華摸著短鬚，沈重的搖了搖頭。他真搞不懂皇帝到底想幹麼？這麼長時間不讓燕王去封地，也不給燕王正經差事，就這樣一直吊著也不是個事啊！

謝大人看他的樣子，心裡也一沈。如果燕王儘快就藩，大郎說不定還能跟著他走，可如果皇帝打算把燕王困在京裡，燕王這輩子就真的完了。他們這些與燕王牽扯深厚的臣子們，只怕也會慢慢被打壓，那大郎的事就更加難辦了。

「難道皇帝不想給封地？」大郎驚訝的問。

陳華和謝大人心裡也隱隱有這種不好的猜測，聽了他的問句都不敢接話。

燕王卻老神在在的笑了笑。「本王拖得起，急什麼？」

他心裡其實對皇帝這種做法已經很膩味了。解決這麼大的隱藏禍根，皇帝應當心情很好，怎麼還一副含糊的態度呢？連燕王都有些搞不明白，皇帝究竟想怎麼對待自己？

看眾人都一臉沈重，燕王又笑道：「沒事的。我相信父皇還不至於要對付我，也許是想等我給他添幾個孫子、孫女再讓我走吧。」

謝大人和陳華都一臉喜色的說：「恭喜王爺、賀喜王爺，是王妃還是哪位側妃有喜？」

燕王睡過的女人還不少，卻一直沒有哪個女人懷上。在這樣的情況下，陳華一直很擔心燕王的子嗣問題。

燕王看著他倆喜笑顏開的模樣，不解的說：「你們都這麼盼望本王快點有子嗣嗎？」

「那是自然，誰不關心子嗣？太子都已經有幾個兒女，您王府裡也該添些小主子了。」陳華笑道，又和謝大人追問是誰有身孕？

燕王卻搖搖頭，尷尬的說：「哪有？我只不過是開個玩笑罷了。我是想父皇捨不得我離開，給他找個理由啊。」

謝大人和陳華失望的看著他，不知該說什麼才好。

春天，天氣剛一變暖和，大郎就要啟程離開京城。

辛湖其實很想跟他出門，順便旅行。可一想到兩人出門獨處的機會太多，怕大郎控制不住自己，只得遺憾的為大郎收拾行裝，讓他獨自一人出門了。

「這麼想去？」大郎看她眼巴巴地，好笑的問。

「當然想啦！我很想四處走走看看。」辛湖點頭。其實跟著出去也並非不行，她力氣大，真要阻止大郎哪會阻止不了？只不過她對大郎有感情，就怕在外頭兩人情不自禁。在這時代還是得顧忌些，女人的束縛實在太多了。

「等以後，再帶妳出去玩。」大郎笑道。

「你一走，我明天就去莊子了，也不待在京裡。」辛湖說。

阿毛和大寶兩人各有五十畝的小莊子，還離得很近，現在自然不能指望他倆自己打理，還不都得交給辛湖。

「對了，大寶、阿毛，你們倆有沒有想過，要怎樣打理自己的莊子？」大郎問。

「大哥做主吧。」兩人異口同聲的說。

大郎就點點頭，說：「那就先種莊稼吧！現在府裡下人多，一大家子需要的口糧都不少。兩個莊子除了種糧食之外，還得種些瓜果菜蔬、養些雞鴨牛羊，這樣既能解決咱們自己的嚼用，剩下的盈餘就給你們存著。」

「我知道，你就別管了。」辛湖點頭。這人多操煩的心真是沒變，都要出遠門還記掛這些，好像她不會似的。

大郎啞然失笑，不好意思的說：「也是，我不在家的幾年，你們也過得好好的。好，我不管了，就憑阿湖作主吧。」

大寶幾個自然沒意見，反正他們現在的生活本來都是靠辛湖在打點。

大郎抱著玩樂的心態出門，也不急著趕路，一路慢慢走，遇上喜歡的地方還小住兩天；遇上沒客棧的地方，露宿荒野也不在意。如此，花了三個多月的時間才到江縣令府上。

兩人談了很久，江縣令還執意跟他道歉，說：「都怪我識人不清，給你惹這麼大的麻煩。」

「夫子也太見外了，這事怪不到您頭上來，要怪也只能怪我命該如此吧，就算沒有夫子，他也是會想辦法自己到京裡，碰上是遲早的事。」大郎想到前世，開玩笑似的說。

大郎這次出來，一是自己散散心、處理些私事，二來燕王也交代他一個任務，替燕王看看哪些地方好，他想選一塊當封地。皇帝一直不提這事，燕王打算找個機會主動出擊，他不可能任憑皇帝把自己困在京城。

大郎一路走一路玩，差不多一個月就會寄封書信回家，大半是談路上的見聞，與當地一些好吃、好玩的，看得辛湖羨慕到直流口水。這樣的信件就像遊記，沒有一點私情，辛湖看完就會傳給大家，一點也不用避嫌。燕王甚至和陳華研究大郎寫的信，在其中挑出兩個地方，準備去找皇帝討封地。

不想，八月裡燕王府卻出了一樁喜事，燕王妃和兩位側妃都沒懷上身子，府裡一個侍妾卻先懷上了。這名侍妾也是個有心機的人，一直瞞到六、七個月才暴露出來。

王妃和兩側妃的娘家人聯手，隱晦的在皇帝面前為自家的女兒喊委屈，覺得燕王完全不把大家放在眼裡，這下皇帝自然要訓斥燕王。

「你弄一堆女人進府原也沒事，但不該不讓正經主子生孩子，卻偏偏寵著個侍妾吧。」

燕王也委屈。其實他這大半年來都只去三妃房裡過夜，因為上次談過子嗣之事後，他還特地增加次數，誰知這三個女人都還沒懷上，那個總共只侍寢一次的侍妾居然運氣這麼好？

燕王藉機與皇帝鬧一場，直截了當要皇帝快點給他封地，讓他走。

可是一直到十月，天氣都開始變冷，皇帝居然還不肯下旨，而燕王府那位懷孕的侍妾難產了，一天一夜後產下個未足月的男嬰，沒活過一天就去了。

燕王差點氣暈。這侍妾自懷孕的消息暴露後，燕王就親自吩咐人照顧她，在那麼嚴實的照顧與保護下她都能出事，簡直令燕王不能忍。

誰也不知道他是如何與皇帝談的，第二天皇帝突然下旨，把涼平府給燕王當封地，並且令他馬上啟程。

涼平府離京千里，既偏遠又貧窮，佔地倒廣大，卻因為多是高山，土壤貧瘠、莊稼產出小，一直是個沒人要的地方，皇帝居然把燕王扔到這塊地方去，一時間朝中各大臣都被搞懵了。

不過燕王雖然心裡生氣，卻沒有反抗，而是以最快的速度收拾好東西，帶著家眷就走了，甚至都沒進宮與皇帝正式告別。

他走得很突然，挾帶著怒氣與失望，帶一隊親衛騎馬先行一步，王妃帶著眾女眷與大量行李物品，及有三千人護送的大隊被遠遠的落在後面。

太子一派所有人都大大鬆一口氣。強大的燕王終於離開，還被皇帝趕到沒有資源的涼平府去。

太子面色沈鬱的說：「父皇這是鬧哪樁，何必把燕王惹火呢？」在他看來皇帝這樣做，一點也不好。他現在就怕燕王本來沒那麼大的野心，被皇帝這麼一搞，難保不激起燕王的反抗之心。

「可能皇帝自己也怕吧。」太子妃心情極好的說。

太子妃這句話可把太子嚇一大跳，他暗暗思索半晌，忽然覺得身體發冷。

「管住自己的嘴巴，以後別亂說了。」太子嚴肅的對太子妃交代一聲，匆匆去找他的幕僚們。

燕王走得匆忙，前面幾天也確實心裡憋著一口氣，快馬加鞭跑了幾天後，遠離京城的紛擾，他的心也漸漸平靜下來。

陳華乘機說：「王爺，您慢點吧，後頭王妃她們只怕落得太遠。」

「不管她們了，我們先走吧。另外，別讓外人知道我不在隊伍裡，本王要先去探探涼平府。」燕王不以為然的說。

「哎，王爺，這事還是讓屬下帶人去辦吧。您就在後面慢慢走，一路玩玩，順道散散心，您就是走個一年半載，也沒人會說什麼。」陳華勸道。

燕王被他這句一年半載給搞得大笑起來。「還一年半載，你當是出來遊玩？」

「可要是涼平府連王府都沒幫您準備好，您難不成自己去監工嗎？」陳華又說。

「本王不快點搞好自己的老窩，安定下來，難不成讓這些女人在路上過年？還是讓本王自己也在路上過年？」燕王反問道。

皇帝匆忙間把他趕出來，他不信涼平府會建好燕王府。陳華一時語塞，只得眼睜睜看燕王帶著一隊精兵消失，他只好留下來等待王妃等人。

燕王乾脆俐落的走了，謝大人心裡卻頗不是滋味，他擔心自己這個燕王唯一還留在京裡當大官的親信，遲早要受到影響。

「你也不必如此煩惱，皇帝現在又沒有真正把燕王怎麼樣，也許他不一定是針對燕王，只想讓太子平順的接位。」謝夫人勸道。

謝大人說：「皇帝才四十多歲，還年輕，如果壽數長，活到六、七十不成問題，這幾年宮中也不停的有皇子、公主出生，再過個十幾、二十年，太子的地位也不一定就穩。」

謝夫人看著夫君，好半天才說：「皇帝不會還有別的心思吧？」

「誰知道皇帝怎麼想的？明明燕王沒有與太子爭的心，給他個好地方，燕王也樂得自在，不是雙贏嗎？可妳看皇帝都幹了什麼？我就不明白，他看起來也不像非常討厭燕王，怎麼光做些對不起燕王的事？」謝大人說。

「算了，別想這麼多，皇家的事情我們也管不了。再說，過十幾、二十年，誰知道會是什麼樣？哎，要是大郎沒走，跟著燕王走也是一條出路。」謝夫人見他神色不好，連忙勸慰。

謝大人點點頭。「要是有辦法通知大郎轉道去涼平府就好了。」

「是啊，燕王此去需要的人手可不少，他和大郎私交不錯，總會給他留個位置。」謝夫人也說。夫妻倆都認為大郎與其在外面浪費時間，還不如跟著燕王。

燕王也有此想法，他早就秘密傳信給大郎，讓大郎立刻改道往涼平府去。因大郎離得近，他比燕王還早抵達通往涼平府的官道。

這是一段十分荒涼偏僻的老舊官道，一路走來極少有行人往來。大郎幸運的跟上一支商隊，與商隊結伴同行，不然他就得孤身一個人行走。

「陳小哥，前面不遠就是涼平府了。」商隊的老大哥指指遠處那一望無際的山群。

「老大哥，你們帶的這些貨物，在涼平府能換得好價錢吧？」大郎笑道。

「涼平府窮得很，我們帶的可都是些便宜貨，沒打算去賣，是和當地人換些手工藝品，與一些茶葉等當地特產。」老大哥答。

在上一個城鎮，大郎幫這個商隊一個大忙，因此老大哥對他十分感謝，也不瞞他。

「哦，涼平府的茶葉很好嗎？」大郎感興趣的再問。

「好也不算多好，但勝在便宜啊，而且當地苗族、壯族聚居，他們手工製的東西也很多。」兩人騎馬跑在前面，邊說邊閒聊，不知不覺間就到山腳下。

第七十八章

看著眼前連綿的群山，大郎突然覺得此地也不錯，依山傍水，靠著天險，燕王在這裡當個土皇帝也非常妥當。反正就算再窮，也窮不到燕王頭上，而且他們以前待的清源縣不也是個窮地方？這裡和清源縣地理環境差不多，因此他對這裡還有股莫名的熟悉感。

雖然在進入涼平府範圍時，大郎就明白涼平府確實很窮，但真正進到城裡，他才知道這裡窮得簡直超乎他的想像。破舊到相當於擺設的大城門，幾個老年的城防兵懶洋洋地守著門，根本不管來往行人，只是來往這裡的也不多。

在大郎他們這一行商隊到來時，涼平府才似乎多了點活力。

「老大哥，你們去忙，我自己四下轉轉。」大郎與商隊道別，獨自一個人帶著馬四下閒逛起來。

偌大的城裡，主街上橫七豎八還有不少小街道，只是大半商鋪都關門閉戶，有些房子都快要塌了，一看就知道空閒的時間不短。街上人也極少，更加顯得蕭瑟。

再往裡走些，就更加不能看。一溜兒低矮破舊的房屋，與路上面色不好的本地人，一看就知道這裡是窮人住的區域。

這一切都令大郎覺得，自己來到安慶朝最窮的地方。知府衙門雖然建得格外高大，在一群低矮民房中很顯眼，可也一樣有些破敗，如果不是大開的門，以及能見到官差出入，他都無法相信這裡是本地最大官員辦公的地方。

大郎四處尋找燕王府的位置。雖然皇帝令燕王馬上走，但實際上燕王準備行李到出發時，已經過去大半個月。所以，皇帝先派來打理燕王府的人確實早就已經到達。

但大郎找過來，看到所謂的燕王府時差點暈過去。這座燕王府一面靠著大河，一面是大片的荒坡，很顯然是塊廢棄的地方。

眼前確實有座極大的院子，但裡面總共就幾棟舊屋子，破破敗敗的，還不知能不能住人？這些前來修整燕王府的人，花了個把月的時間，唯一做的事情，是給這裡圍上一圈低矮且不怎麼堅固的圍牆，裡面完全還沒來得及動工。

院子裡到處堆放著木料、石材、磚頭、瓦片等物，卻只有稀稀落落十幾個人走來走去，也不知道在幹麼？雖然涼平府比京城和清源縣要暖和一點，但就現在這天氣，再過一個多月也一樣要下雪。

如果這一個多月不能趕著蓋些房子起來，時間再拖下去，年底之前都不可能再動什麼大工程，要等到來年冰雪融化，大地回暖，才能再動土。這期間燕王帶來的這麼多人，要住哪兒去？

「怎麼辦？王爺來了要住在哪裡？」大郎心裡急得不行。

大郎既無權也無勢，想半天，只好自己掏腰包，先買一棟占地極大、三進的舊宅子，再花錢請人來整修，務必趕在燕王來之前修整完畢，讓他和三位王妃有個地方暫時能安置下來。至於其他人怎麼辦？他現在就一個人，哪還顧得上。

涼平府雖然窮，物價卻一點也不便宜。大郎買下這座宅子，只花一千兩銀子，看似很便宜，實際上根本就不值。宅子只是占地比較大，裡面也一樣破舊不堪。

大郎請人修整宅子，再置辦一些必須的家具，又足足花了二千兩銀子，還都是普通貨色。不過有大郎拿著現銀親自監工，工人們幹活的勁挺高，再加上他有燕王的手諭，也沒人敢找他的麻煩。

如此花了近一個月的時間，大郎總算把這處宅子裡裡外外全部翻新一遍，還搞出比較看得過去的正院及兩個側院。

舟車勞頓，見到大郎，燕王很開心的問：「你速度還滿快的嘛，到了多久？」

「回王爺的話，已經一個月了。」大郎一邊說著，邊把燕王一行人帶到他剛剛整修好的宅子裡。他這一舉動立刻讓燕王明白，自己的燕王府怕是根本不能住人。

吃飯時，燕王的親衛首領趙甲忍不住問：「燕王府不能住人，是吧？」

「等王爺先吃飯，歇息一晚，明天再去看。」大郎沒正面回答。

燕王笑笑，不以為然的說：「猜都猜得到，你還怕我生氣？」

大郎訕訕的笑了笑，不知該如何接他的話。

趙甲見大郎的表情，不敢相信的猜測。「王府不會根本就沒有修吧？」

大郎艱難的點了點頭。

除了前面闢出來的主院，後面被大郎粗暴的分成三個小院，所有房間都備好床鋪等物，足足有三十間，房間、樣式同一規格，每間房裡放兩張床，共能住下六十人。

隨燕王先到的護衛共有二十人，全部安排住下來，已經占滿一個院子。

燕王因是微服過來，除大郎之外，涼平府根本沒其他人知道。所以當燕王帶著人到達自己的燕王府查看時，趙甲等人氣得簡直不知該說什麼。

「呵呵，這裡就是燕王府？」燕王沈著臉，心頭的火簡直快控制不住。他想過燕王府會很差，卻根本想不到這裡完全沒打理，連一個人也住不下。

屬下們更是一臉憤怒，恨不得衝去把知府抓過來暴打一頓。明知道燕王今年會過來，居然給燕王弄這麼個王府？叫王爺到哪裡去住？

沈默片刻後，趙甲一臉敬佩的拍拍大郎的肩膀說：「幸好你先到一個月，不然王爺帶著我們就只能住客棧了。」

「還客棧呢！涼平府總共就兩、三家客棧，條件都很差又小，哪能住這麼多人啊？」大郎搖搖頭，一副絕不可能的樣子。

他就是在客棧住好些天，因為條件實在是太差，住的人極少。那個商隊根本就不住客棧，而是直接買下一座宅院。他們時常來來回回，早就熟門熟路，只留兩個人守著院子，平時做些打掃的活，他們過來就有地方住、有飯吃，像回自己家一樣，舒服的很。

就連大郎買的這個宅子，都還是商隊的人幫忙介紹。不然大郎獨自一個人，出手這麼豪爽，早就被人盯上。雖然他後來拿出燕王的手諭，沒人敢惹他，但他只有一個人，沒有人幫襯，在這裡一樣討不了好，哪能這麼快就收拾出這座宅子，讓燕王有個落腳的地方？

當燕王一行人住進大郎家時，盯著他的人早就報告給涼平府的知府大人。

「肯定是燕王的人到了。」知府大人撫著短鬚說。燕王喬裝而來，又沒露出風聲，他根本不知道燕王本人已經抵達。

「可是王府根本不能住人，他們會不會大發脾氣？」他的心腹下屬有些擔心的問。

「那怎麼辦，皇帝給的時間那麼短，燕王府怎麼可能完工？」又有人不滿的說。

「就是，這事怪不上本官。沒銀子、沒人手、沒時間，本官能怎麼辦？」知府大人嘴裡這樣說，卻又吩咐人快點去幹活，務必這幾天假裝很認真的修整燕王府。只要在燕王的人面前表現出自己很努力，做做面子就行了。

他在這裡待很久，早就已經把自己當成這裡的主人，現在突然來一個燕王當上司，他是很不滿的。涼平府極為貧困，誰也沒料到，皇帝竟會把燕王扔到他這裡來。

但他們嘴裡的燕王早就已經到達，燕王死死控制住自己想殺人的心，冷靜的吩咐眾人。「立即把那幾間院子全部收拾出來，不需要多好，就跟陳府那邊一樣，一切從簡，只需讓大家有個地方安身就行了。」

趙甲領命而去，帶上眾人與文書上前，沒花多少口舌，就讓對方十分爽快的同意他的要求。

不，應當說對方的態度非常好，十分合作，因為他們完全沒辦法幹成多少事，現在有人主動來承擔，他們還樂得清閒。不過趙甲也給這些人安排不少活，讓他們立刻去找些工匠回來，其他只需做些出勞力的活。

等知府大人派的人過來時，趙甲已經安排好所有的事情。

趙甲雖然很不滿，卻沒有當場表露出來，只把一些格外麻煩、不好幹的活全推給知府的人，然後自己死死盯著這些人，不讓他們偷懶一會兒。知府大人很明白，這是燕王的親信，他該做的事情還是要認真完成，所以嚴令眾人必須聽從趙甲的安排，讓幹麼就幹麼，態度好得不能再好了。

於是在知府派出的人、先前從京裡過來的人、趙甲等人，三方共同合作之下，大半個多月就把這幾座破院子全部整頓出來，該翻新的地方翻新，該添置的東西也都添置上。

大家在全力幹活的時候，燕王與大郎到城裡閒逛，混入市井，從最底層的人口中瞭解這座城池。

一個月過去，燕王府的圍牆全部又重新加固、加高一整圈，裡面原有的幾棟破院子也全部修整完畢，該準備的大量木料、石材、磚頭、瓦片等物也陸陸續續搬進來，只待開年後，就能大興土木。

「王爺，您明天可以過去看看了。」趙甲帶著些許興奮，請燕王去檢視這一個月的成果。

「不去，我和大郎還有不少事要幹呢。」燕王卻根本對燕王府不感興趣。

陳府這邊住起來還滿舒服的，反正現在也就他一個主子，他並沒有打算立刻就搬到燕王府。

「王爺，您還是過去看看吧。」大郎幫趙甲勸了一句。

「有什麼好看的？最多不過是比你這裡寬大一些罷了，肯定還沒這邊布置妥當呢。再說今年我是不會搬過去的，就那幾間破屋子，收拾得再好，有什麼鬼用？不過是暫時能把大家安置下來罷了。」燕王說。

趙甲想想也是，心裡對皇帝和知府的不滿又增高許多。堂堂王爺連座王府也沒有，還只能擠在屬下家裡過日子，這說出去又有誰能相信？

不過他再想想，王府那邊確實也不怎麼樣，因為趕時間一切從簡，還不及大郎這邊弄的好呢，燕王願意在這邊住，就先住著吧。

「您天天和大郎搗鼓這些，很有趣嗎？」趙甲轉移話題，指著庫房裡放的一堆東西，問道。

這段時間，燕王與大郎不僅閒逛，還學商隊收不少東西回來，都堆在這裡，準備明年開春後，送往京城去販售。

「有趣啊，本王現在可得多賺些銀子回來，不然等那一大隊人來了，多過段時間，只怕連飯也吃不飽了。」燕王說。

他這幾天也和大郎買了不少糧食存著。涼平府雖然地廣人稀，但糧食價格卻不便宜，他第一次聽到大郎說買的米、麵價格時，還嚇一跳，這個價格都趕得上京裡的價格，但米、麵的品質可比不上京裡。

大郎卻說：「王爺帶著近四千人過來，也不知這裡的米糧夠不夠？」

燕王一想也是，自己帶了四千人，不備好米糧，到時總不能讓大家餓肚子吧？所以他倆又買不少糧食先備下。

燕王和大郎住在一起。雖然燕王不需人貼身侍候，但吃的方面卻不能馬虎，大郎不得不自己兼任燕王的大廚。

多個王爺吃飯，大郎每天煮飯總不能只煮一、兩道菜，還得想方設法多弄些好吃的，可把他累得不行。餐餐桌上都有三菜一湯，這是辛湖以前弄的規矩，他不知不覺就記下，且這樣安排也挺好，菜加湯兩葷兩素，搭配得也不錯。

燕王感嘆道：「沒想到你這廚藝不僅沒退步，還進步了呢。」

「這都是阿湖教我的。」大郎笑道。

在這裡燕王也不講究什麼規矩，頓頓都和大郎像家人一樣一起吃飯。

燕王聽得又羨慕又嫉妒。大郎能陪辛湖下廚，辛湖能在大郎有難時不離不棄，兩人有什麼事情也有商有量，這樣才像一家人啊！而他自己呢？女人一堆，卻找不出一個與他真心相待的。

這樣一想，燕王晚飯不自覺又多吃一碗，搞得大郎還以為自己的廚藝突飛猛進了。

接下來的日子裡，趙甲指揮一群人，開始修整燕王府的大門。這可是燕王府的臉面工程，其他地方暫時動不了，起碼也得把大門整得富麗堂皇一些，讓人一看就知道這裡是燕王府。

燕王自己卻一點也不在意府邸會弄成什麼樣，彷彿那不是他的家，整天跟著大郎東奔西跑的，活生生把自己整成個小跟班。

這段日子下來，搞得大郎在本地認識的人，都以為燕王是他的夥計。燕王為了掩飾身分，外貌經過喬裝，根本不擔心有人會認出他，好像還極喜歡這樣的生活，天天跟著大郎走街串巷、談生意，跑得帶勁極了。

大郎不得不勸他。「王爺，這些生意上的事我們慢慢來，您還是抽點空過去看看王府吧。」

「不急，本王有的是時間，明年想怎麼弄就怎麼弄。走啦、走啦！還是先去把那批貨弄回來再說。」燕王不以為意的擺擺手，又興沖沖的往外跑。

與大郎一起來的商隊並不大，有些大生意他們也做不來，但他們在這一帶跑得多，門路就多，有些生意自然會找上門，但他們又吃不下，見大郎有意願，就全部轉介給大郎了。

那商隊已經啟程離開，留下的幾筆大生意，燕王十分感興趣，大郎心裡卻有點擔心，畢竟燕王手下的人，並沒有厲害的經商能手，就憑他和燕王兩人，他擔心這麼大筆的生意會虧掉。

「王爺，您真的想吃下那些貨嗎？」大郎有些擔心的問。

「為何不？」燕王反問。

涼平府這麼窮，皇帝把他扔到這個窮地方，顯然沒打算要弄銀子給他，他自己不想辦法增加收入，就靠此地的稅賦收入，如何養活這一大群人？

「可是，講到做生意，您手下有這樣的能人嗎？我能力有限，不能擔此重任。」大郎直言道。

燕王皺眉。他當然明白，可是做生意講究的就是時效性，最先做的人才有可能得到最大的利潤，不然等別人都做起來再跟風，還能撿到多少好處？而且他也想先試試，自己手下能不能找出些這樣的人才？

雖然他身邊全是一群只會打仗的武人，燕王還是說：「先試試吧，總得踏出第一步才知道行不行。」

「王爺，您看能不能先每樣少收點，咱們先試點水溫，慢慢來。」大郎想了想，建議道。

燕王心裡合計一下自己的錢袋子，最終還是點點頭。他的身家其實並不豐厚，他一直在打仗，每次勝仗所得，大半上繳入國庫，小半分給在前線拚命的將士們，他自己雖然也拿了一點，但加起來也不過幾萬兩。

燕王和大郎出去談生意，在京郊莊上的辛湖也開始收拾東西，準備回京。

要年底了，莊子上也沒什麼事情要她管，家裡還有不少事得等她回去處理。

今年她大半時間都待在莊子裡，管理田間地頭的事。莊子裡本來還有些欺主耍精的貨，都被她收拾得服服貼貼。不聽話、太精滑的人都被她轟走了，反正幹農活，她自己做這麼多年就是一把好手，根本不必擔心搞不好。

主子們不住在家裡，陳府也用不上那些下人、僕婦，她乾脆把一部分年輕力壯的人帶到莊子上來幹活，只留幾個必要的下人，在胡嬤嬤的帶領下，守著宅子。

馬、王兩位姑姑跟她到莊子上，平時除了貼身照顧她之外，也跟著學習一些農事，幫她分擔管事。兩人以前雖然沒做過這些事情，也覺得格外有趣，畢竟莊子可比京裡自在多，沒那麼多規矩，空氣也好，兩人住得還很開心呢。

大部分的田種主要糧作物，留兩塊田種菜，還栽不少果樹，另外養成群的雞鴨、幾頭耕牛、一群羊、幾頭豬。整個陳家平時所需的吃食，都能從莊子上獲取，不太需要拿銀子去買，確實也給她省下一筆不小的開支。

在辛湖的精心打理下，兩處莊子的收成都還算不錯，刨去一家人吃喝之外，剩下的東西還能賣得一百兩銀子。

帶著兩車東西和幾名下僕，辛湖趕在臘月裡回到京城。陳府有胡嬤嬤打理，一切都照應得很好，她一回家就立刻熱鬧起來。

「鄉君，您總算回來了。」胡嬤嬤歡快的笑道。

辛湖每個月也會回來兩、三天，但因為她不常住在府裡，整個陳府基本上關門閉戶，沒有客人往來。但現在進入臘月，幾戶親近的人家也該走動起來。

「有什麼事嗎？胡嬤嬤。」辛湖問。

「沒什麼大事，倒是進入臘月，該要準備年貨，您和幾位爺也該裁製一些新衣裳。」胡嬤嬤說。

辛湖點點頭，說讓胡嬤嬤看著處理，就回房去換衣服。回到京裡，該做的打扮還是要做，可不能像在莊子上那樣隨意。

第七十九章

等平兒三兄弟回來後，辛湖把算好的帳本拿出來，對他們說：「我已經算好帳。今年還不錯，有一百兩銀子的結餘，你們過來，每人算一遍。」

她平時也會教大家學習算帳。其實他們家的帳目很簡單，不像別人家那麼多、那麼繁雜。她總共只記兩本帳，一本是平時的開銷、一本是田莊上的產出，其他還有一些實在太瑣碎的小筆開支，她根本就沒記。

平兒三人都用算盤。他們平時也會學習算學這門課程，打算盤都是小意思，但辛湖卻不學，因為她一向用現代的計算方式，普通的加減乘除足以應付這些帳目。

平兒三兄弟早就學會她的演算法，接過帳本後，每人很快就算出結果。

大寶還樂呵呵的說：「大姊，妳這演算法比我們學堂上學的算學有用、方便得多。」

「那是當然。」辛湖笑了笑。這裡的人不會用阿拉伯數字，但他們家記帳卻用這種符號，即便拿出去，外人不懂看不懂，也根本不會知道這是什麼東西，但他們自家人卻看得清清楚楚、明明白白。

三人都算完，答案都與她的一樣。

辛湖說：「大郎說過，結餘給你們兩個，這一百兩銀子，大寶和阿毛各拿五十兩去存進錢莊裡，把存單拿回來給我，我先幫你們保管。」

大寶和阿毛兩人嘀嘀咕咕商量一下，說：「大姊，就這麼一點，妳還是拿著吧。馬上就過年了，家裡也需要買些東西，我們平時的花用夠多了。」

「買東西的銀子我有啊，這是你們該得的，先存好了，留著以後給你們娶媳婦。」辛湖笑道。

說來平兒年紀也不小了，但家裡現在這副光景，也不好說親，而且她也認為遲些成親比較好，就還沒有相看人家。

謝夫人曾經提過這事，但也覺得平兒現在功不成名不就的，又沒什麼產業，想說門好親也不容易，還不如等他考中舉人再說。

大寶和阿毛都有收入，大寶還有個親娘舅在，時不時會捎些東西給他，他手頭就格外寬鬆些。只有平兒是窮光蛋，得靠辛湖拿銀子給他花用，所以大寶和阿毛心思一轉，就商量著把手頭的銀子分一點給平兒。

平兒哪肯要。大郎在京裡時給他的零花銀子，他根本就沒花完。況且他平時節儉，新朋友也不多，需要應酬的地方少，花不了多少銀子。

「我有啊，平時的花用都足夠，你們自己拿著吧。」平兒推辭，可兩人卻非常堅持，弄得他不知如何是好。

「你們別給他了。兩小子操這麼多心幹麼？我和大郎會貼補一些給平兒，以後慢慢也會幫他置辦一些產業，往後他也一樣會有私產。」瞧平兒求救的眼神，辛湖忍著笑，替平兒解了圍。

其實平兒也不算完全吃白食，他是個秀才，能拮据到哪？每年還有朝廷發下來的補貼，這些也夠他花用，但瞧著三兄弟和和樂樂，辛湖心底很是欣慰。

一家人熱熱鬧鬧的收拾屋子，準備過節了。

平兒擔心的問辛湖。「這都快過年了，大哥怎麼還沒回來？」

辛湖微嘆口氣，說：「興許他不回來過年吧。」這段時間沒收到信，她也搞不清楚大郎要不要回來？

「過年都不回來嗎？大哥一個人在外面怎麼過年？」大寶問。

「就是，這天都下大雪，路上也不好走。」阿毛說。

「哎喲，他是個大人，你們還怕他餓著？也說不定明天就回來了呢。」辛湖笑著安慰大家。她心裡也希望大郎能回家過年，況且現在外頭冰天雪地，旁人都準備過年，就他獨自一人在外邊多難受啊？

幾人正說著，大郎的書信到了。

雖然早就猜到大郎會去涼平府幫燕王，但真正收到這封信，眾人才算鬆一口氣，不然他獨自一人在外面走動也不是個事，至少知道他有個落腳處。

辛湖有時想給他寫封信都無從寄起，就是想勸他放寬心也沒機會說。他居無定所，一路漂泊，唯一的音訊就是他寫回來的信，現在總算能連繫上。

大郎是個很務實的男人，不會也不可能給她寫些甜言蜜語的私人小兒女情話回來，他寫的信都是公開的，全家人都看不說，還得拿給謝大人他們看。

每每接到這樣的信，辛湖都會暗嘆自己這算是在談戀愛嗎？一點浪漫的情懷也沒有，有的只是老夫老妻的平常。對自己還沒結婚就步入老夫老妻的模式，辛湖覺得很無奈。

這次大郎信中提到他開始做生意，準備從涼平府運些東西回京城賣，再從京城找些東西賣到涼平府，讓辛湖在京裡幫他找找看，有什麼東西便宜又好賣？說得好像他馬上就要大展身手，做出一番大生意。

但大郎在信中說的並不詳細，只概略說自己無事可幹，就跟著商隊混日子，學做點小買賣，走南闖北的四處看看。雖然表面上看他是自己想做生意，不過特意提到涼平府，親近人也就明白，他是要幫燕王打理生意，相當於做燕王的一個管事。

辛湖很同意他這麼做。燕王畢竟是個親王，在涼平府立足也需要人手，給大郎找份正經事做，總比他獨自一人在外面跑好得多。而且他這樣在京城與涼平府之間往返，既顧得了自己的事業，又能照顧家裡，確實算是不錯的出路。

看了信後，辛湖立即拿著信，帶點從莊子上帶回的物產，去一趟謝府。

自從燕王離京，為了避嫌，就再也沒與謝大人通過信。

謝大人看完信後，心情不錯，說：「這也不錯。燕王確實需要專門的人打理這些庶務，大郎在他手下當個管事也好。」

現在大郎肯定是不能當官，甚至在京裡待著都極不自在，給燕王做管事是條極好的出路。這位置畢竟是燕王的心腹，以後有了機會還是可以再打算，說不定哪天，大郎就又起來呢。

謝大人是十分希望燕王在涼平府能早日站穩腳跟。若不出意外，涼平將是燕王及他的子孫後代的地盤，而燕王非常強大，不但能保得住自己的地盤，還能惠及他們這些燕王帶出來的人。

安慶朝經歷前朝幾年的戰亂與災荒，民間並不富裕，國庫更不充盈，因此從皇帝到民間都並不打壓商人，甚至還給商隊一些便利，鼓勵大家行商。所以大郎說自己做些買賣，也沒人認為不好。

「哎，阿湖，妳有一手好廚藝，可以弄兩個方子給大郎，讓他們在涼平府先開個點心鋪子，又或者酒樓也行。那地方窮，肯定沒人吃過妳做的點心，生意絕對會很好。」謝夫人說。

辛湖做的點心可謂天下一絕，吃過的人沒有不愛的。只可惜辛湖並不多做，能吃得上的只有極親近的幾戶人家，外面的人根本不知道她有一手好廚藝。

廚房那點事，辛湖會的實在太多，什麼菜系都會幾手，一個人可比得上好幾個大廚子，光她手中的菜譜，想要撐起一家與眾不同的酒樓，絕對沒問題。

論起做生意，大家都不如謝夫人有頭腦，辛湖乾脆與謝夫人商量起來；謝大人也在一邊說說自己的看法，最後決定幫一把。反正燕王混得好，他們都有好處，就算以後在京裡待不下去，他們也能跟到涼平府去過日子。

「還有，他說涼平府茶葉便宜，還有不少苗人的手工藝品也非常精美，在京裡開家專門的雜貨鋪，生意想必也不會太差。」謝夫人又說。

「嗯，那邊還有些特產，都是京裡沒有的，價格也便宜，弄過來也不怕沒人要。」辛湖說。

兩人興致勃勃談好久，最終定下幾個方案。

一是辛湖弄幾個方子，先做點心試試水溫，要是好賣，就可以開酒樓。

二是弄些京裡的高級衣料過去賣，甚至辛湖設計的那些可愛的被套都可以拿去試試。

三就是弄些翠竹村的精美竹器去賣。

「就這樣說定了。衣料、被子等物由我來準備，我也趁這股東風，先去那裡開拓新市場賺一把；妳先回去弄點心，得找個可靠的人先教會，再派過去當大師傅。竹器反倒最簡單，直接派人去翠竹村收了就完事。」謝夫人說。

「好。」辛湖點點頭，興沖沖的回家了。

終於有大事要幹，她一時充滿鬥志。

「胡嬤嬤、馬姑姑、王姑姑，我想教個做點心的弟子出來，妳們覺得廚房裡的人哪個最可靠，也最有靈氣？」辛湖一回到家，就把三位管事找過來商量。

「鄉君是打算收個正式弟子嗎？」胡嬤嬤問。這正式收弟子，還得有個正式程序，不像平時在家裡，她隨便指點一下廚房的人那樣簡單。

「算是吧。」辛湖說。

在這時代，正式弟子是要正式拜師的，往後對師父是要當父母長輩一般孝敬，如果背叛師門，也將會是極大的罪名，甚至受世人的唾棄。

辛湖想著，既然要教個人出來，專程到涼平府去當點心師父，這個人要絕對可靠，她不希望自己辛辛苦苦教出來的人，往後去幫別人賺錢。

「正式弟子可不能馬虎，鄉君怎麼想要收弟子？」馬姑姑好奇的問。

辛湖的廚藝一絕，身邊人都知道，但誰也沒想過她會收弟子。

「大郎想在涼平府開個點心鋪，總不能我自己去做吧？」辛湖說。

「大老爺現在這樣的處境，在涼平府生活確實算是最好的選擇。這樣說來，這點心鋪子有可能是大老爺的安身立命之本，確實要找個可靠的人才行。」胡嬤嬤說著，把廚房那幾人都仔細的想一遍，卻不認為哪一個適合。

年紀大的不一定願意離鄉背井，千里迢迢去涼平府，還有可能一去不回；年紀小的又怕不定性，容易受人哄騙，把辛湖的獨門絕技給洩漏出去。

「鄉君，只怕這個人不好找啊。」胡嬤嬤嘆了口氣，說。

王姑姑也在一邊直點頭。如果是在京裡開點心鋪，完全可以在自家廚房裡找個人來做，畢竟就近盯著，不用擔心這人會做出有損主家的事來。但到了涼平府，大郎不可能天天盯著這個人，並且涼平府就指望著這個人，也難保這人不會持才而傲，弄出些事情。

「有這麼難嗎？」辛湖驚訝的問。她明白這事有難度，卻沒想到胡嬤嬤與王姑姑居然如此為難。

胡嬤嬤和王姑姑點頭，表示這事不好辦，畢竟家裡廚房就那三個人。

「看來我只好找謝夫人要個人了。」辛湖頭疼的說。她並不想事事找謝夫人幫忙，況且謝夫人已經把衣料這一塊全包攬過去。

突然馬姑姑撲通一聲，跪倒在辛湖面前，說：「鄉君，奴婢願意，只要鄉君肯收奴婢為弟子，奴婢這輩子絕對不會做出有辱師門的事情，並且奴婢也已過了成親生子的年紀，老家沒有親人，這輩子都指望著鄉君過活。」

「哎，快起來，這像什麼話。」胡嬤嬤馬上示意王姑姑把馬姑姑拉起來，就怕把辛湖嚇著。馬姑姑是辛湖身邊有身分的高級管事，雖然是奴婢身分，但辛湖向來很給她臉面，還從沒讓她這樣跪過。

可馬姑姑卻不願意起來，又說：「奴婢這是真心話，奴婢就愛看鄉君做點心，這輩子奴婢還能學會這個新鮮活，也算是沒白活了。」

她這麼一說，胡嬤嬤與王姑姑也確實想起，馬姑姑的確很喜歡辛湖做的點心，每次辛湖做點心，她都在一旁忙前忙後的跟著打下手，辛湖做點心時，因為有她幫助，廚房幾個人除了能做些粗活外，並沒有接觸到最機密的步驟，只有馬姑姑全程從頭看到尾。

馬姑姑眼巴巴看著辛湖，辛湖回過神來，沈吟片刻才說：「如果妳真要當我的弟子，學會了就得去涼平府幫大郎的點心鋪子，說不定這輩子都無法回京城，甚至不能隨便接觸外人，妳確定自己不會後悔？」

「絕對不會。」馬姑姑想都不想的回答她。

辛湖點點頭，說：「行，我就收下妳這個弟子。」

馬姑姑驚喜若狂，連連叩頭，嘴裡直呼：「師父，請受弟子一拜。」說完，咚咚咚的磕三個響頭，連額頭都磕紅了。

正式收徒弟是大事，胡嬤嬤很正式的請張嬸嬸、謝夫人過來當見證人，還小辦一場宴席，把與陳家相熟的幾家人都請過來熱鬧一場。

謝夫人等人，自然也把辛湖收馬姑姑當親傳弟子的事宣揚出去。

有些人聽到並不以為然。雖然京裡都在傳辛湖的廚藝高超，但真正見識過的也沒幾人，大家還以為她是譁眾取寵，甚至有人還看好戲似的說：「搞得一本正經，看她能弄出什麼花樣來。」

「就是，不過是個鄉下村姑，皇帝給點面子，就不知天高地厚了。」

諸如此類酸話，謝夫人已聽到不知多少次。辛湖收徒弟的事在京裡濺起一小漣漪的水花，成為眾貴女、貴夫人們的談資。

這話題如此風行，有與謝夫人相熟的人，自然要旁敲側擊一番。

謝夫人直率的說：「當然是真的，我還是見證人呢。」

「莫非鄉君還真是得過高人相傳？」有人好奇的問道。

「呵呵，阿湖打小就會整治吃食，多半是她自己折騰出來的，但味道卻格外好，像她做的那個蛋糕，我們家就沒有一個人不愛吃。」謝夫人笑道。

「蛋糕？這是什麼？以前可沒聽過。」有人問。

「這是阿湖自己特製，外面根本就沒人做過，她取了名字叫蛋糕，是一種用雞蛋與麵粉做成的糕點，吃起來鬆軟可口，十分香甜。」謝夫人的話，立刻引得眾人都圍過來，不住的打聽辛湖究竟有什麼拿手絕技？

謝夫人卻不肯再多透露，只笑咪咪說：「她準備開家點心鋪子，到時大家直接去鋪子裡嚐就知道了。」

於是在辛湖的點心鋪子還沒開張之前，謝夫人就幫她把勢頭造起來，就連皇帝聽到，都十分好奇的問謝大人。「鄉君真有一手好廚藝嗎？」

「回皇上，阿湖確實十分擅長做吃食。」謝大人說。

「喲，這小姑娘家家是打哪裡學來的？」皇帝不解的問。

謝大人笑道：「她也不是從哪裡學來，只是她從小就愛折騰吃食，弄出來的飯菜總是別樹一格，味道格外好。以前在蘆葦村時缺糧少食，為了混飽肚子，她弄過不少野菜、野物來吃，都是以前我們不曾吃過的，就靠她這一招，我們這些人才熬過饑荒。」

「哦，都有些什麼野食，說來聽聽。」皇帝越發感興趣了。

謝大人想了想，就列出湖蚌、野韭菜、蓮藕粉、燻肉等物，這些東西有許多皇帝都吃過，蘆葦村當初貢獻給燕王的糧食當中，就包含這些東西。

「嗯，當初你們蘆葦村送來的吃食，朕也吃過。對了，朕還記得，有次炎兒送一碗什麼豆餅，說是從蘆葦村弄來的，就是阿湖做的嗎？」

「是的，皇帝記性可真好。」謝大人答。

「哦，那個湖蚌就是泥巴裡的蚌嗎？」皇帝又問道。

謝大人點頭，說：「那東西聽說荒年裡也有餓得快死的人煮著吃過，卻腥臭難忍，根本下不了喉，可是阿湖煮出來的蚌肉湯卻鮮美至極，味道足足好，大家一吃就一大碗，有一、兩個月的時間，幾乎就靠它充饑。而且因為這東西吃了對人身體很好，大家都吃得紅光滿面，身體加倍好。」

「有這麼神奇？改日朕也得去嚐嚐。」皇帝說著，吩咐人去問御膳房的廚子們，有沒有會弄這道菜的人？

「皇上，這道菜要到春天才能吃，也就那一、兩個月的時間，平時是吃不得的。」謝大人連忙提醒道。

「這麼說，這東西也講究季節性？」皇帝問。

謝大人點頭，又說：「阿湖說了，很多菜都有季節性，過了那個季就不好吃，甚至不能吃。」

皇帝驚訝的問：「她從哪裡知道的？」

「她打小就愛讀書，也跟大郎他們一起上學識字。阿湖十分聰明，學什麼都快，再者她又不用去考科舉、不必作文章，就愛看些稀奇古怪的雜記，專注於吃食上，不知不覺間，就學會不少我們以前沒見過、沒吃過的獨創菜式。」

謝大人簡短介紹辛湖的一些事，把她是如何會弄這些菜的原因，推給她的獨創能力與雜書。

皇帝點點頭，笑道：「那朕可等著，看她弄出來的點心有多好吃？」

自從燕王離京，皇帝好像對謝大人格外待見，時不時要與他說會兒話，借這個機會，謝大人連忙順皇帝的話說：「皇上，不如讓她做幾樣拿手的點心送進宮，讓您嚐嚐鮮？」

第八十章

皇帝心情好，居然點了點頭。

謝大人大喜。如果連皇帝都說好吃，就沒人敢質疑辛湖的廚藝，有了皇帝當招牌，她這家點心鋪也算師出有名，絕不會有人不長眼睛，上門來搗蛋鬧事。

當天謝大人就匆匆去陳府，說出這件事情。

「這麼說，皇帝還滿感興趣的？」辛湖驚喜的說。

若有皇帝的青睞，她的點心鋪子一定會風靡全京城，再去涼平府開鋪就更輕鬆，完全可以說這是皇帝御口親嚐過，說不定還能讓皇帝給她弄個親筆的牌匾之類。反正有皇帝打廣告，她的生意想做不好都難。

於是這天晚上，辛湖苦苦熬一夜，除了蛋糕之外，又多做兩樣特製點心，一種是鹹的蔥油餅乾，一種是甜的芝麻餅。

做這些東西除配方之外，烘烤用的爐子也是關鍵。幸好辛湖為了自家吃食，早就打造出兩套烤爐。足足折騰一整夜，早上熱氣騰騰、新鮮出爐的三樣點心都做出來了。

「可是帶進宮去只怕都冷掉，味道就沒那麼好吃。」馬姑姑苦惱的說。尤其這個芝麻餅，剛出爐時格外好吃。

「確實。我想想辦法，看能不能讓謝大人帶著熱的進宮。」辛湖說著，開始在屋裡找東西。

其實冬天有手爐可以取暖，她就想能不能利用這個原理？時間緊急，她最後只能像弄暖爐一樣，在食盒底下放一個裝炭火的小土罈，上面鋪一塊小鐵板，再把芝麻餅擱在上頭保溫。

「這樣保持熱度，芝麻餅就不會涼掉。」辛湖笑道。

「嗯，確實不錯，師父果然會想辦法。」馬姑姑也笑了。

她已經正式拜師，手藝也精進，興趣十足，學得很認真。不得不說，馬姑姑在這方面還真的很有天分，一學就會，辛湖很滿意這個徒弟。

謝大人帶著三樣熱騰騰的點心進宮去了。

「聞著就很香，看上去真的很好吃。」皇帝看著擺在自己面前的幾樣點心，饒有興趣的說，伸手拿起一個，就準備往嘴裡放。

「皇上，還是讓奴才先嚐嚐吧。」貼身侍候皇帝的大太監連忙提醒皇帝。

謝大人連忙動手把每樣都切成幾小塊，然後他自己和太監都各自拿一、兩塊先吃。給皇帝吃的東西，安全第一。

「確實很香、很好吃。三樣都各有千秋，這個蛋糕又香又軟，這個蔥花餅乾是鹹的，連不愛吃甜食的人也有點心吃。最後這個芝麻餅，又酥脆又香甜，奴才最愛。」太監嚐過後讚不絕口。

謝大人笑道：「微臣也最愛這個芝麻餅。聽阿湖說，芝麻餅不僅可以趁熱直接吃，冷了還可以加水蒸成糊來吃；這個蛋糕，很得女人和孩子們的喜歡。」

「確實都很好吃，不過朕和你倆一樣，也覺得這個芝麻餅格外好吃一些。朕還以為只能趁熱吃，居然還可以蒸來吃，要如何蒸？」皇帝十分感興趣的問。

他剛才已經各樣都吃過，說來三人的口味居然十分相近，都最愛這個芝麻餅，至於蛋糕還是小孩子與女人的最愛；而鹹味餅乾，雖然男女皆宜，可明顯皇帝並不太喜歡蔥花。

「至於要怎麼做，微臣就不清楚，得回去問阿湖才知道。」謝大人笑道。

「現在朕是真正相信，阿湖做的點心果真又新奇又好吃。對了，你說這個蛋糕最得女人和孩子們喜歡，朕也讓後宮的皇子、公主和他們的母妃們嚐嚐，看他們是不是也最愛這個蛋糕？」皇帝笑著吩咐把剩下的蛋糕、餅乾和芝麻餅分送給幾位皇子、公主們及他們的母妃們。

謝大人帶進來的點心分量並不多，皇帝也就讓太監每樣分了些，說：「這是新得的點心，先讓大家嚐個鮮，看哪樣最受歡迎。」

接著皇帝又吩咐御膳房專門做點心的廚子過來，嚐還剩下的一些點心，他想知道這些點心廚子會不會做，還是真只有辛湖一個人能做？

結果廚子嚐過後，當場表示。「奴才實在沒見過，也沒有學過如何做這些點心。」

皇帝哈哈大笑。「果真是她自己獨創，確實是個能幹的孩子！」

皇帝一高興，大筆一揮，寫了「天下一絕」四個大字。

謝大人大喜，又順勢說：「如此，阿湖的點心鋪子連牌匾都有了。就拿皇上的這四個字，去刻個牌匾掛上就行。」

皇帝點頭，表示同意了。

謝大人連忙替辛湖向皇帝道謝，心滿意足的帶著皇帝親筆寫的四個大字離開。

看著謝大人帶來皇帝的手書，辛湖與胡嬤嬤等人樂得都快合不攏嘴。

「哎呀！謝大人您真是太有心了。」胡嬤嬤激動的說。

「就是，實在太好了！」辛湖開心的恨不得跳起來轉幾個圈。

「有了皇帝的撐腰，鄉君這個點心鋪子，想怎樣開就能怎樣開了。」胡嬤嬤說。

這四個字相當於是皇帝親賜的招牌，辛湖已經可以想像得到，這個廣告效應有多大。她完全不用擔心鋪子剛開張時，生意會不好。

最重要的是，有這個廣告，她這家鋪子就可以在各地橫著走，也不用擔心生意太好會有人眼紅。有了皇帝撐腰，哪個嫌命長，敢來搗蛋鬧事啊？

謝大人笑道：「那也是因為阿湖做的點心討了皇帝的歡心，皇上非常喜歡那芝麻餅。」

「另外兩樣，皇上都不愛吃嗎？」辛湖連忙追問。

「也不能這樣說。皇上都嚐過了，比較起來最愛芝麻餅，而且皇上還把三樣點心都分給後宮的幾位主子。」謝大人笑道。

「哎喲，真是太好了！後宮的小主子們肯定會喜歡蛋糕。」馬姑姑驚喜的說。雖然愛吃蛋糕的男人確實不太多，但就沒見過小孩子不愛吃蛋糕的。

「哎，謝大人您說，我這鋪子要不要給皇帝一點好處？」辛湖有些擔心的問。如果生意太好，她還怕有些吃不消，寧願先給皇帝一些好處，自己落得個安心。

如果舉國上下都愛吃，她的聲名一定會傳出去。辛湖本就打算將點心鋪子開成類似現代的全國連鎖店，遍布安慶朝的各個州府，現在才要在京城開一家試水溫。

若是暫時的肯定沒人在意，但當遍布各地後，絕對會有人眼紅。如果打著國家招牌，意義就完全不一樣，也不可能有人眼紅，所以她有點想讓皇帝占個名頭。

「這倒不必要。反正也要交稅收，皇帝哪會盯著妳這點收入？」謝大人笑道。

「哦。」辛湖點頭，見謝大人還沒想到自己的野心，也不好再多說。反正這也不是一、兩年能達成的目標，可能要花十年、八年，甚至更長的時間，現在提這話也早了些。

謝大人又接著說：「皇帝這樣做，除了真心喜歡吃，多少也有彌補燕王的意思。皇帝哪會不知道，妳搞這麼大的動作，不就是想去涼平府開點心鋪子？說是大郎做生意，但開在涼平府，皇帝自然也明白，這就是燕王的生意。」

「皇帝這是什麼心態啊?要是覺得對不起燕王,就該對他好一點,幹麼在年前就急匆匆把燕王趕走,又是那麼偏遠窮苦的地方,天氣又冷,還不知道那麼多人,在路上怎麼過?怎不給他一個好地方?」辛湖驚訝的問。

這皇帝的心,真是矛盾。

謝大人笑笑。「皇上的心事,哪是我們能猜到的?不過我看他的樣子,對燕王的事情,其實也有後悔的意思。」

不然皇帝也不會時常招他說話,還時不時提到燕王幾句,證明他對燕王其實還是有感情的。但皇帝的做法實在矛盾,大家也都搞不清,這到底是為了什麼?

謝大人走後,辛湖等人還是興奮的無法安靜下來。

平兒說:「大姊,我們是不是趕快把這個好消息寫信告訴大哥?」

「那是當然,我馬上就去寫。」辛湖樂呵呵的笑道。

胡嬤嬤卻拉著她說:「哎喲,鄉君,您都熬了一天一夜,還是早點歇息吧,就算現在寫了信,年前也送不出去。」

辛湖愣了片刻,拍拍頭說:「是啊,我高興得都糊塗了,都快過年,寫了信也寄不出去。」

眾人全都哈哈大笑起來。

這個晚上,辛湖一整夜都在作夢,夢中她把點心鋪子開到安慶朝的每個角落,所有人都知道她的大名，她也成為那些穿越劇中風光無限、人見人愛、花見花開的正宗女主角。第二天她居然是笑醒的。

因為有皇帝的親筆牌匾，辛湖他們原先計畫的小間點心鋪子，自然就不太適合。謝夫人乾脆把自己的兩間鋪子全都提供給辛湖。

辛湖一開始只打算弄間小鋪子，就開一個店頭專門賣點心，後面有個大點的灶房就行。她原先設計的裝修也簡單，現在卻一下要把規模擴大兩倍不止，那就要重新設計過。

看著辛湖在紙上畫畫寫寫，謝夫人驚訝的說：「阿湖，妳還會畫這種圖啊！」

「哎，我也不過是瞎弄的，這會兒也不可能指望別人來幫忙了。」辛湖笑道。

她在腦海中拚命尋找前世一些連鎖大店的裝修設計，從中選取適合現在需要的亮點，再重新組合，一共弄出兩組風格，設計圖紙足足畫十多張，整整熬了三天才算完工。

「來、來，大家都來看看，你們覺得哪種風格好看？」辛湖打著哈欠問道。

眾人一一看過後，爭論不休起來。有人認為富麗堂皇的好看，有人認為清靜淡雅的設計更好，但大家都有一個共同的疑問。

謝夫人代表大家，問：「這圖上畫的都好看，但無論選哪一種，要做出這樣的效果，可不是一月、半月時間，至少得三個月才能完工。」

辛湖皺眉。她忘了自己身在古代，光靠人力，確實困難重重。

思索好久，辛湖推翻前面這兩張設計圖，重新又設計一份極簡單的裝修圖。

兩間房子，一間隔出一半當灶房，一半當大堂，除了可以直接出售點心，供客人自己選購之外，還設計幾張桌椅，讓大家可以坐下來等；相鄰的這一間則隔成幾個小間，供貴女與貴婦人來小坐片刻，喝喝下午茶、吃吃點心，坐著說會兒閒話，類似現代的咖啡廳。

畢竟古代人更講究隱私，尤其女子出門，都愛待在比較安全無閒雜人的專用房間，所以她把小雅間弄得比較高雅，並且分隔男女間。

室內全部採用竹製品做裝飾，包括桌椅也全用竹器，因為有現成的竹器供她選擇。前不久，她正好從翠竹村弄來一批貨，本來是給大郎準備的貨品，這會兒得先緊著自己用。好在這些貨都是精品，也是她指定要的種類。

翠竹村的竹器品項，早就比以前齊全，有幾樣還是在她的指導下完成。當然她只提供成品圖紙，甚至她只需和有經驗的老師傅說出自己的需求，別人就能慢慢摸索出她要的樣式來。

比如吊椅、類似沙發的大靠椅，這兩樣就是在她的指導下出現的新貨。而且吊椅還分為好幾種，有的像鞦韆，有的是圓圈狀；靠椅的樣式就更多，有一人座、兩人座的，再大的甚至完全可以供人睡覺，形狀更是多種多樣。

光靠這兩樣，她就賺不少銀子。翠竹村的人對她簡直信服到不行，因為靠這兩樣新產品，他們的生意比以前好太多。

大堂的一邊放兩張大靠椅、一張大茶几，再利用屏風隔斷，另一邊則放兩張鞦韆似的吊掛長椅與一張長桌子。小椅子與小圓桌就放在雅間裡，因為地方小，雅間的面積很小，一間僅能容納五、六個人，太大的桌椅根本就擺不下。就連招待茶水也是使用竹杯、竹碗，只有盛放糕點的盤子用精緻的白瓷。

鋪子的整體裝飾以竹子為主題，簡單又富新意，且施工也方便，耗時短。

辛湖一畫完圖，就迫不及待的問：「怎麼樣，大家再看看還有沒有需要改的地方？」

謝大人看到這樣的效果圖，十分驚訝，雖然她只是採用最普通的立體白描手法，效果卻非常好，十分逼真，給人一種身歷其境的感覺。

過好一會兒，謝大人才感嘆道：「阿湖，妳這圖畫得太好了！我都不知道妳還有這等技藝，怎麼平時不見妳畫畫呢？」

辛湖其實並不擅長畫畫，像平時大家小姐們一起比琴棋書畫時，要讓她正正經經畫一幅畫，她還真畫不出來。但她很會做手工，而這種裝修圖，與大家平常所說的畫是不相同。

「我不會畫畫，這種只能叫圖紙。山水人物畫，我一樣也不會。」辛湖聳聳肩。

看謝大人還想再問些什麼，謝夫人連忙打斷他說：「阿湖畫的這個圖真好，我都等不及想看到實物了。」

謝大人對著妻子笑笑，又深深的看辛湖一眼。

因為要裝修點心鋪子，陳家人忙得團團轉，就連謝家也跟著忙到不行。

平兒、大寶和阿毛每天跑前跑後，裡裡外外的活都需要他們做，辛湖給他們分工，這也是給他們鍛鍊的機會。現在就讓他們學著處理一些事情，不僅是幫辛湖的忙，這也是他們遲早該學會的事情。

特別是平兒，他已經算成年男人，也該負責頂門戶，因此，辛湖也特地分派任務給他，讓他帶著兩個弟弟忙進忙出。

辛湖自己的事也不少，不僅要時不時去看一下鋪子的裝修進度和效果，又要教馬姑姑多做幾樣點心。由於現在的條件有限，有些糕點想做成功，也必須花不少心血，實驗幾次才能成功。不過這不算最急，馬姑姑目前已經學會五樣糕點的製作，足以能夠應付。

同時辛湖還得培訓出幾個服務生，總不能鋪子開起來，就一個跑堂的小二吧？況且還得準備一、兩名女性服務生，專門為那些貴女與貴婦們服務。幾天下來，辛湖都恨不得把自己分成幾半。

她活了兩世，這是第一次創業，偏偏還沒開始就已經惹得眾人關注，搞得她都有些緊張起來，不得不打起十萬分的精力來，務必做到最好。

其實不只她緊張，謝夫人也一樣。這不，謝夫人又過來問她準備的人手如何了。

辛湖決定先準備四名服務生——兩個中年嬤嬤、兩個年輕男子。灶房除了馬姑姑這個點心師父之外，至少還得配一個打雜的，比如和麵、洗洗刷刷、燒火等等。這些活可不像在自己家裡做幾盤點心，一個人就能完成。

「我們先只算必要的人手，灶房一個打雜的、一個跑堂兼賣點心的、兩個專門為雅間服務的小二，一男一女，所以至少要四個人。」辛湖說。

「四個人肯定不夠，起碼得六個人。灶房弄兩個打雜的，一男一女；雅間侍候女客的也得兩個僕婦。」謝夫人反對。

她覺得辛湖太保守，因為有皇帝的親筆牌匾，這點心鋪子一開張必定大紅，客人肯定會多，就四個人怎麼忙得過來？就算一開始生意沒那麼好，因為不知道好不好吃，還沒打開局面，但也得多備兩個，以免客人多起來，臨時加人會手忙腳亂的。

「也好，有備無患吧。」辛湖同意，卻為些為難，因為她缺人手。

謝夫人卻說：「這可不是有備無患，而是本來就要用到這些人，其實我覺得六個人還太少了呢。」她本來想說得備八個人的。

「哎，不知道這會兒還能不能買到人？家裡哪有這麼多閒人啊。」辛湖發愁的問。

胡嬤嬤說：「這事就交給老奴了，先買幾個人回來調教著，家裡的活有我擔著呢。」

「其實最重要的是那個跑堂兼賣點心，並且還得收銀子的人，不好選。這個人要精明能幹，還要會寫、會算，最重要的是必須可靠，普通下人可擔不了這個職責。」謝夫人說。

「嗯，我已經和阿超說了，讓他去做。等鋪子生意做大之後，他就是掌櫃，再由他挑選出兩個跑堂小二。對了，胡嬤嬤，這次買下人要挑幾個十二、三歲上下的少年，給阿超調教。」辛湖說。

然我那邊不是賣點心的，但待客也有相似之處。」謝夫人說。

「好，那就多謝了，我正想著該如何讓他們先體驗一下。」辛湖立刻打發四個她早就挑選好的下人，先去謝夫人的鋪子裡實習。

送走謝夫人，辛湖為難的苦著臉，把下人的名單畫過來畫過去，再也找不出多餘的兩個人。實在是這些人要麼不適合，要麼就是家裡也缺不得。

看著辛湖為難的樣子，胡嬤嬤一口氣買了三十個下人回來訓練。這次她要多備些人，先養著也好，免得下次又這樣為難。三十個人也算是大手筆，立刻引起一些人的關注，就連辛湖看到她帶回來的這麼多人，都嚇了一跳，她都懷疑家裡安不安置得下這麼多人。

「鄉君，我多買些下人回來，慢慢教著，不管是家裡還是鋪子上，都得先備起來才行。」胡嬤嬤解釋道。

其實一開始她就想多買些人回來，但辛湖覺得不太需要，畢竟陳家根基太淺，一下買太多下人，會引起不必要的麻煩。

不過現在不用怕了，畢竟大寶和阿毛的兩處莊子和兩座宅邸，實際上也算是陳家的產業，都需要人手打理，多買些下人，也不怕別人嚼舌根。

「也好，確實得先多備起來，還得快點訓練，免得要用時，缺人缺得沒法子。不過家裡安置得下嗎？三十個人住的地方怕都不夠吧？」辛湖有些擔心的問。

「是有些不夠，不過這不是大問題。反正得分些人去蔣宅和寶爺的宅子裡去，暫時先擠一擠，把規矩先學齊全，就分些人走。」胡嬤嬤早就考慮過這個問題。最難調教的是要派到鋪子裡去的人。去那裡幹活，首先就得精明有眼色，可要比在家裡使的人更加機靈才行。

接下來的日子，辛湖和胡嬤嬤，外加謝夫人還時不時的來搭把手，大家幾乎是沒日沒夜的忙碌，總算趕在正月十九這個好日子，點心鋪子開業了。

天下一絕點心鋪子正式開業這天，整個京城沸騰了，熱鬧不已。

天下一絕，這口氣也夠狂妄。

可當第一鍋熱騰騰、香氣撲鼻的蛋糕出爐時，圍觀的人全都擠進來。

辛湖親自在灶房裡坐鎮，胡嬤嬤充當臨時司儀，在門口迎來送往。

因為客人比想像中來的太多人，辛湖原先想的那些促銷活動一個也沒來得及用，甚至連宣傳都不需要，因為外頭老早就有人在談論鄉君做的點心。

皇帝那一手把點心分給後宮的法子真好，幾乎立刻就讓整個京城的人都知道，所以這鋪子一開張，就來了不少的客人。

看到這麼多人，第二天辛湖馬上就訂了個規矩。總共五種點心，每樣都限購，每人一次只能買兩樣，並且只能各買一斤。因為實在是供不應求，她都親自動手，但她和馬姑姑師徒二人雖然一直沒停過，可無論做出多少來，就是一搶而光。第一天開業，就忙個腳朝天。

隔天辛湖就下定決心，每天只做那麼多糕點，賣完就不做了。如果不停的做下去，很快就會把人累倒了。而且這種饑餓行銷模式，也會更加令人想吃這些點心，不用害怕只是一時趕流行。

雖然她訂的價格不便宜，但吃得起的人，也不在意這幾個銀子。

如此一直持續一個月，熱度都沒有消退下去，天天都是賣得光光的。辛湖自己還得天天過去幫忙，否則光靠馬姑姑一個人完全不夠。所以忙了幾天後，辛湖就又挑三個人在身邊跟著學做。

之後，大郎果然帶著一堆東西回來了。他也組了支商隊，裡面很多人都是燕王帶過去的人，只不過這些人不是他的下屬，都是下屬的家眷，不屬於被嚴格管控的人，跟著大郎四處亂跑是沒問題的。

十多個人的商隊、二十五匹馬，這是大郎的試水溫之行，東西與人手都不算多，只能算是小型商隊。

大郎一進門，胡嬤嬤就派人去叫辛湖回家。

「哎喲，大老爺終於回來了，您這一去就是一年多呢。」胡嬤嬤笑道。

「是啊。妳先把這些人安置下去吧，家裡要是安置不下，就先安排到蔣府去。」大郎說。

「好的。」胡嬤嬤連忙叫人帶著整支商隊往蔣府去。

得到大郎回家的消息，辛湖放下手中的活，匆匆忙忙回家。這傢伙一去就是一年多，從年尾到現在居然連封信也沒寄回來，搞得她擔心不已。

等她回到家，大郎已經洗漱過，換了身乾淨的新衣服。雖是如此，她還是一眼就看出，大郎黑了又瘦了些，長途跋涉後的疲倦十分明顯。

「備好飯了嗎？」辛湖問。

「已經吩咐去做了。」大郎答。

兩人才說一句話，王姑姑就過來說：「鄉君，飯食已經好了。」

「先去吃飯吧。」辛湖說著，率先往小飯廳過去。

大郎一連吃了兩碗飯，又喝一碗湯，才放下碗。

「我帶了個商隊回來，讓胡嬤嬤把人安置到蔣府去，等會兒妳去看看那些貨物。」大郎打一個哈欠，把一個帳本交給辛湖。

「行，你先去休息，這些事我來安排。反正一早就和謝夫人說好了的。」辛湖說。

「嗯，我是得去休息了，好累。」大郎說著哈欠連連。他自從到涼平府就沒歇過一天，確實是累慘了。

辛湖過來蔣府，商隊的十幾個人也正在吃飯，院子裡堆滿貨物，胡嬤嬤正一邊吩咐兩個下人好生看守這些東西。

「那些人都安置好了嗎？」辛湖問。

胡嬤嬤點頭，說：「這邊的客房早前就準備好，人都安置下來，這會兒大家正在吃飯呢。」

「有送信去請謝夫人嗎？」辛湖又問。

胡嬤嬤點頭，表示已經安排人去謝府了。兩人正說著，謝夫人帶著謝管家與幾個人過來了。

「哎喲，這麼多東西啊！都有些什麼？」謝夫人問。

「帳本在這裡。」辛湖說著把手中的帳本打開，眾人聚在一起看過後，才開始清點東西，分門別類的運往雜物鋪等地方。

謝夫人走之前又問：「阿湖，大郎有說會在家待多久嗎？」

「沒呢，但總不可能三五天就走吧？」辛湖笑道。他們哪來得及說什麼，總共不過說幾句話，大郎就去休息了。

「就是，這一去就是一年多，難得回趟家，總得在家歇個十天半月吧。」謝管家也說。再說了，處理這些貨物也需要時間，要運走的貨物也得花時間清點。

大郎這一覺睡到第二天日上三竿才起來。回到自己的家、睡在自己的床上就是格外舒服。飽飽的睡一覺之後，他舒服的伸個懶腰，精神明顯好了很多。

小飯廳裡辛湖獨自慢慢的喝一碗粥，順便等大郎起床。陳家的早餐其實很簡單，他們一家人依舊和往常一樣，早餐不過就是粥、麵、包子等，每天也就那麼兩到三樣，夠吃就行了。

「吃什麼?好香。」大郎說。

「哎喲，終於醒了，睡得好嗎?」辛湖問。

「嗯，很好，還是自己家裡舒服。」大郎說著，坐下來吃早飯。

辛湖遞一碗粥給他，說：「先喝碗粥，暖暖胃。胡嬤嬤，叫廚房把飯菜端上來。」

大郎接過粥碗，三兩口就喝完，再看看桌上剛出鍋熱騰騰一盤肉包子與五個小菜，笑道：「我難得回來，就沒有多準備一點?」

「就這幾樣還不夠你吃嗎?」辛湖白了他一眼，又說：「還真當自己能吃多少呢?包子和稀粥管夠，不夠還可去煮碗麵條。」

大郎也不回嘴，挾一個大肉包，一口就咬掉一半，連吃了兩個包子，才說：「還是自己家的東西好吃。」

辛湖又給他裝一碗稀粥，還剝了一個鹹蛋，說：「行了，少感嘆，快吃吧，吃完了帶你去點心鋪子看看。」

「生意很好吧?開了多久了?」大郎問。

「很好，每天都供不應求。」辛湖笑道。

「哎喲，太好了!」大郎坐不住了，三兩口吃完飯，擦一下嘴巴就要走，一副迫不及待的樣子。

不過才走出三步，他又停下來，「哎」了一聲，拍下頭。

「怎麼啦？」辛湖不解的問。

「妳過來，我給妳帶了點東西回來。」大郎拉著她的手，往自己房裡走去。

辛湖還沒反應過來，就被他一把拉住手。男人的手大而有力，十指交纏時，辛湖才後知後覺的明白，這傢伙牽了她的手。

家裡下人、僕婦也不少，見到他倆手牽手的走過，不少人都羞紅了臉，辛湖尷尬的抽一把自己的手，大郎卻握得更緊了。

「快放手啦。」辛湖小聲提醒他。

大郎笑笑，沒說話，卻也不放手，只管急切的拉著她往前走。

牽著他的手，辛湖只覺心亂跳，卻又有些雀躍。她不知道自己在期待些什麼，腦子裡居然一片空白。

進屋後，大郎一把抱住她，急不可耐的咬住那雙飽滿的紅唇，男人撲面而來的情動，瞬間就讓辛湖身體發軟發燙了。大郎身體叫囂著想更進一步，但理智卻提醒他，自己什麼也不能做。所以片刻之後，他只憤憤的放開她，然後在心裡狠狠的咒罵陳中清幾句。

兩人都努力平復自己的呼吸，好一會兒，大郎才微啞著嗓子說：「來看看，我給妳帶的東西。」

他打開一個漂亮的首飾匣子，裡面裝著些十分精美的純銀飾品，非常具異族風情，以花卉為主體，做工精細，十分漂亮。

「哇，好漂亮！」辛湖驚訝的拿起一支髮簪，看著上面栩栩如生的花紋。

大郎順手拿幾支髮簪幫她插在頭上，問：「喜不喜歡？」

「喜歡啊。買這麼多做什麼？」辛湖嗔怪道。

「那邊的銀飾品可比京城便宜多，成色是比不過妳平時戴的那些飾品，不過勝在樣式新鮮，給妳帶些回來試試，順道看有沒有人喜歡？」大郎說。

女人的飾品永遠也不嫌多，更加喜歡新鮮的樣式，這些少數民族的銀飾都是精品，樣式也不誇張，多半以花卉和動物為主，不像以前辛湖在電視上見到的那些碩大、可以戴滿整身整頭的巨型銀飾品。

其實這些飾品大郎也是仔細挑選過的，全是適合京城女子佩戴，多半是樣式精巧，勝在工藝上，但並不笨重，很適合年輕姑娘與小女孩們戴，顯得青春有活力。

他插在辛湖頭上的幾支髮簪，都屬於比較豔麗的，襯得辛湖更加明麗動人。其實今天早上辛湖有特意打扮過，平時因為要去鋪子裡幫忙，她都是簡裝，也不怎麼化妝，但大郎回來了，她就特地打扮一番，畢竟這傢伙明顯喜歡看她這樣裝扮。

果然，看著鏡中那張豔若桃李的臉，大郎又蠢蠢欲動起來。為了不讓自己失控，他努力控制住自己，嘟囔著。「我怎麼覺得妳越長越好看了。」

辛湖被他這句話弄得哭笑不得，完全不知要說什麼好了。被人誇好看本當是件很開心的事，怎麼從大郎口裡說出來就這麼彆扭呢？

「好了，走吧。點心鋪子有幾樣你以前沒吃過的新點心呢。」最後，辛湖表面冷靜的說，卻在心裡拚命吐槽——你這個笨蛋，就不能說幾句好聽話嗎？

對於還沒成親就已經有老夫老妻的感覺，辛湖實在是有些遺憾，自己沒有體會到剛剛戀愛的那種小兒女情懷，就提前進入相處多年的平淡模式。

雖然有些遺憾，但看大郎的目光黏在自己身上，她覺得還滿甜蜜的。

兩人到達鋪子時，裡面已經坐滿等著買點心的客人，甚至連外面都有人排隊。

「生意這麼好？」大郎驚訝的問道。

「是啊，很不錯。」辛湖頗為得意的說。

每天做的點心，只要一出爐就有人等著買，要不是她制定限量發售，怕是有人一來就會說要全包了呢。

辛湖還弄了個號碼牌，每天只發六十個，憑號牌買東西。

正說著，一陣香味傳來。

「來啦、來啦，這爐出的是芝麻餅！」阿超大聲的叫道，招呼排在前頭的客人過來。

幾個人心滿意足的包一包芝麻餅走了。芝麻餅的銷量最好，主要是男女老少皆宜，格外香甜。並且芝麻餅不講秤重，論個賣，一個芝麻餅足有三兩重，十個就是三斤呢。不像蛋糕與餅乾那麼小小個，一斤雖然看著多，其實不夠吃。

大郎聞著香味，都忍不住想拿一個嚐了，可是這些出爐的都是有人訂的，他要是拿走一個，就會有客人不夠數。

他在鋪子裡轉一圈，仔細欣賞整間鋪子的裝飾。他沒想到辛湖居然用竹器來裝飾鋪子，說實話這些竹器算是便宜貨，只不過勝在樣式新奇，但經過辛湖的精心設計，與這鋪子又格外的相襯。

「這些竹器擺在這裡真不錯，都是妳弄的？」

「嗯，我想著，反正這些竹器你也是要拿去賣，不如我先試用一下，讓別人先看看。現在看來效果還不錯，我都想再開一家竹器鋪子。」辛湖笑道。

點心鋪子一開業後，就真的有人看中這裡的竹器，尤其是那兩張與大沙發同作用的大靠背長椅，因其獨特的造型，又格外寬大，可坐可躺可睡，很多人都喜歡，不少人來問要到哪裡去買呢？可見這個廣告效果還滿不錯的。

這種椅子她也很喜歡，所以在自己家裡、蔣府和大寶的宅子裡，都放幾張在小客廳裡，用來招待親近的客人，有時自己也可以躺躺歇息。

「開是可以開，不過應該沒有點心賺的銀子多。而且光個點心鋪子就已經把妳忙暈了，妳還有精力嗎？」大郎說。

「怕什麼，等我多帶幾個人出來後，點心鋪子就不用我親自照應了；竹器鋪子就更簡單，只需找兩個人在鋪子裡做事就足夠。」辛湖說。

她想過，竹器鋪子需要的人手不用多，最多配一個掌櫃、兩個夥計就可以，而且竹器是純粹的買進賣出，不像點心鋪子要傳授技藝，更加單純，人也更加輕鬆。

「行啊，妳自己看著辦吧，就是不要把自己忙壞了。」

再一次聞到香味，大郎實在忍不住了，不滿的說：「我想嚐一個都不行，只能在這裡白流口水嗎？」

辛湖暗笑，說：「你坐會兒，我去灶房幫幫忙，給你單獨做一爐。」

大郎在點心鋪子裡坐了一會兒，見識到點心一出爐立即搶購一空的盛況，心裡卻一個勁在盤算這麼好的生意，如果是放開手賣，能賺多少銀子啊？但賺歸賺，人怕是會忙壞，難怪阿湖要限量了。

辛湖在京城先開一家做試點，他完全可以想像到，時間一長，點心的名頭就會傳遍大江南北，憑著這口碑，不怕這點心鋪子到其他地方不賺錢。對他即將在涼平府開的點心鋪子，也很有好處的。

約半個時辰，辛湖果真給大郎單獨做一爐芝麻餅，因為這個爐子是專門用來做試驗而比較小，這些餅做的就稍微小一些，甚至還大小不均，數量卻不少，足足裝滿一籃子。

大郎滿意的連吃兩個，直呼：「難怪這麼多人來買，確實好吃。」

「這籃子給你帶回去，讓你那些同伴們嚐嚐，我還得再忙一會兒。」辛湖說。

如果到鋪子裡來買，哪能買到這麼多？這算是她開後門做出一爐的餅。畢竟每天準備的材料是有限的，她用掉一些料，就得再給馬姑姑他們再備出這些料來，否則後頭的客人怎麼辦？

第八十二章

「他們都是大肚漢，這些可不夠吃。」大郎笑道。

「又不是當飯吃，這麼多，一個人都能分兩個了。」辛湖揮揮手讓他快走，急急忙忙的就要去幹活。

「哎，妳還親自動手啊，他們自己做不好嗎？」大郎驚訝的問。

他還以為這鋪子是不需要辛湖親自動手，只需要指點一下呢。

「他們做得好，我不過是幫幫忙。今天幫你做了這麼多，他們又得備料又得做點心，就忙不過來了。」辛湖解釋道。

「敢情自己吃一點都不行啊？」大郎愣愣的，簡直不知要說什麼好了。自己家的生意，卻連自己都無法隨便拿來吃。

「哎喲，讓你走你就走吧，等會兒冷了，味道就沒這麼好了。」辛湖完全不明白他到底在糾結什麼，她又急著要幹活，沒空再理他了。

大郎無法，只得摸摸鼻子先走，到晚上，他才拉著辛湖討論這個問題。

「要是活太多，就多找幾個人來幹活，別什麼事都自己去做，妳還怕累不夠啊？」

「這不是非常時期嗎？教出一個徒弟不容易呢，我不去幫幫忙，他們忙不過來。」辛湖解釋道。

「那就再多教幾個人。」大郎又說。

「我知道，所以又挑三個人來跟著學。」辛湖頭疼的說。

找個有天分，又喜歡做點心的人並不容易，況且他們家又不是有使不完的下人可以隨便挑。說來說去，還是手頭上能用的人太少，這也是沒辦法的事情，得慢慢來。

「雖然涼平府窮，生意也沒京城這麼好，但現在這樣子，點心鋪子生意應當會不錯。要是也像京城這樣好的生意，可怎麼辦？」大郎擔心的說。

辛湖撫額，不知要說什麼好了。別人是擔心生意不好，他們卻要擔心生意太好，把人累壞了。

「要是像現在這樣，馬姑姑一個人也忙不過來。涼平府不是很窮嗎？哪裡會有這麼好的生意。」辛湖安慰道。

生意太好，如果不停的做，人會累死。現在學會的人太少，她也就教出一個馬姑姑能獨當一面。後面又帶的三個人雖然已經跟著學一個多月，但學得最好的春芽，也只學會兩樣。春芽是辛湖主力培養，準備接馬姑姑的手，做這家鋪子點心大師父的人。另外兩人之後是要跟馬姑姑一起走，雖然還沒怎麼學會，但給馬姑姑打下手還是很堪用，以後這兩人得靠馬姑姑自己來教。

不過馬姑姑一走，若春芽還不能完全頂上，辛湖得有陣子必須親自上陣，一想到這裡她就頭疼。她雖然愛做美食，也架不住這樣沒日沒夜不停的做啊。

辛湖希望自己能盡快從這裡脫身出來，把鋪子交給阿超打理。以後她也和別人一樣，每月查一次帳，只管賺到多少銀子就行了。

知道辛湖的為難之處，大郎說：「要是人手實在不夠，再多買些回來挑著用吧，妳不能老這樣親力親為了。」

「我知道，可是真難找到適合的人，年前都已經採買三十個人回來了。」辛湖頭疼的說。本來有十多個人，是打算扔進鋪子裡當學徒和跑堂，可是總共也只挑兩個人可以進後廚房幫忙，而且這兩個還得讓馬姑姑帶走。

「這件事情我來幫妳解決。」大郎一聽是沒人手，立刻表示自己找得到人。

「真的？你去哪裡找人，可靠不？不可靠不行的。」辛湖連忙追問。

「我明天出去轉轉，以前那些同袍們也有生活過不下去，找幾個人過來很容易的。」大郎說。他心裡其實已經有人選，但還是得親自去確認一下。

「那這件事可交給你了，你盡快給我弄幾個人回來，再帶一個徒弟出來，我就能收山了。」辛湖打算以後就讓徒弟去收徒弟，她只管安心當她的祖師爺。

「我辦事妳放心，保證完成任務。」大郎開玩笑的說。

辛湖「啐」了他的一口，說：「任務不完成，不讓你進門。」

「這麼凶，還沒成親就不讓我進門，我娶個惡婆娘，以後可怎麼辦？」大郎勾起唇角湊近她，輕笑道。那火熱的目光卻不由自主的往辛湖身上掃。

男子濃郁的氣息，再加上滾燙的呼吸，立刻讓辛湖不由自主的往後退，只覺得渾身發燙。為了掩飾自己的尷尬，她連忙順勢踢他一腳，還罵道：「滾！快點去辦事。」

大郎大笑幾聲。他就愛看這樣羞澀的辛湖，嘴裡又調笑幾句，惹得辛湖又是氣又是羞的，對他一陣拳打腳踢。

「哎喲，妳這是要謀殺親夫嗎？」大郎連連後退，嘴裡卻不忘佔便宜。

眼看辛湖真要生氣，他連忙轉移話題。「對了，我這次還帶兩個廚子過來，想跟著妳先學兩、三道拿手好菜回去開食肆和酒樓。」

這兩個廚子都是燕王的人，本身廚藝也不錯，一人跟著辛湖學兩、三道菜，就足夠在涼平府開一家口味獨到的酒樓。

辛湖氣呼呼的看著他，暗忖這傢伙幾時學得這麼油嘴滑舌，自己居然招架不住。

「怎麼樣？」見她不吭聲，大郎追問。

「行啊，他們想學什麼？」見是談正事，辛湖冷靜下來回答。

「反正挑妳拿手的教幾樣就行。」大郎道。說實話，辛湖會的太多，他也搞不清楚哪道菜會最得涼平府人的喜歡。

「那你說說，那邊的人都喜歡什麼口味？是清淡還是香辣或是重鹹的？」辛湖問。開酒樓最重要是迎合當地人的口味，如果人家愛吃清淡的，你偏偏弄些又辣又鹹的，人家敢吃嗎？

「他們也愛吃辣的，嗯……實際我也不太清楚。」大郎想半天才說。他一向不挑食，什麼都吃，還真不知道有多大的區別。

「那當地人愛吃一般肉類，還是魚類？」辛湖又問。

「都吃，好像沒聽過有特別的禁忌。」大郎答。

「這麼說，無論做什麼都可以啊。」辛湖笑道。

「反正妳選別人不會的教兩、三樣就行，他們本身的廚藝就很不錯了。」大郎說。

「嗯，這兩天我琢磨一下，挑幾道簡單又好吃，別人又不會的菜式出來。」

「哦，對了，我明天要出門，能不能幫我做些點心讓我帶上？」大郎又說。他得拿這些點心去吸引人過來幹活。

「可以啊。明天早上我早點起來，先去鋪子裡幫你做一爐讓你帶走。」辛湖說著，吩咐人去鋪子裡，讓馬姑姑他們多備些明天要用的料。

第二天，天才剛亮，辛湖和大郎就急匆匆的去鋪子裡。半個多時辰後，大郎帶著一大籃剛出爐的芝麻餅與各式點心，揹個小包袱就出城去。

當天傍晚，大郎順利的找到蔣大廚的家。這傢伙見到大郎，一下子沒反應過來。

「哎喲！大郎你怎麼來了？」

自從在京城分別後，兩人就沒見過面，這回見了面，兩人自然得好好敘敘舊。

蔣大廚的女兒都半歲大了，他媳婦見客人來，連忙去灶房張羅飯食要招待大郎。

蔣大廚抱著女兒，笑咪咪的和大郎說閒話。

大郎帶來的點心多，這小姑娘雖然牙齒都沒出兩顆，卻也抱著塊蛋糕吃得津津有味。

「哎喲，這麼精貴的點心，做啥帶這麼多？費銀子！」蔣大廚怪他。

「這不是買的。我們家在京城開了家點心鋪子，這是自己家人做的。」大郎笑道。

「喲，是你那個妹子整出來的？」蔣大廚驚訝的問。

大郎不好意思的說：「那其實是我媳婦兒，不過我倆還沒來得及成親。」接著他簡短的把自己家的事情，跟蔣大廚說一遍。

蔣大廚聽得目瞪口呆，好半天才說：「唉，你這也不知是走運還是倒楣，好好的，官也被搞沒了，不過有個鄉君未婚妻，還有三個有出息的弟弟也算不錯。你家開的鋪子，生意很好吧？」

「生意確實很好。不瞞你說，我這次過來，就是想找幾個家境差的同袍們去鋪子裡幫忙。你看有沒有哪個能學會做點心，又想去京裡的人？鋪子裡想要找兩個學徒。」大郎說。

蔣大廚一聽，立刻說：「就讓我去吧，我們家現在的情況不太好。我當初的那點銀子就置下這宅子，然後買三畝地，娶個媳婦兒就花光光了，剛又添個娃兒，真是快養不起了。」

「可是這學著做點心，你行嗎？而且阿湖帶的都是女徒弟。」大郎反問。

蔣大廚如果想找個活兒幹，可以去鋪子裡幫忙，甚至可以去即將要開的竹器鋪子裡做事，比如招呼客人，甚至在廚房打下手，幹些體力活都行，但讓他做點心，大郎有點擔心他學不會。他的本意是想讓蔣大嫂去學的。

「做點心啊，我怕真不行呢，但幹別的活呢？我有把力氣，什麼活也都會幹點。可惜了，我媳婦學不會，連個饅頭都做不好，還得我動手。」蔣大廚說。

他家現在條件真心不好，光是置產業、娶媳婦兒就把家底全部花光光。如果他能出去尋個活幹，再把家裡的地租出去，或者讓他妻子自己種，家裡的收入增加，日子就會好過得多。

大郎想了想，同意讓他到鋪子裡去幹活，反正也確實需要人手。但做點心的人，他還得繼續找。

「那個阿重現在日子過得怎麼樣？」大郎問。

蔣大廚一聽，就皺眉直嘆氣。「唉，別提了。阿重也是倒楣，本來就跛了一條腿，拿回來的銀子還全部給他爹治了病，現在是一貧如洗，連媳婦也娶不起，家裡一點產業也沒有，我都替他發愁呢。」

「他家只有他爹了嗎？沒有其他人？」大郎問。

「哎喲，他爹花光了他的銀子還是去了，所以他現在是一個人吃了全家不餓，東一餐西一頓的四處打零工。」蔣大廚說。

阿重和他倆都是過命的交情，但阿重比他們倒楣，年紀輕輕就跛了一條腿，幹活自然就比不上正常人。現在身上又沒一點家產，總共就一間遮風避雨的破房子，哪裡娶得到媳婦？

「不知他學不學得會做點心？」大郎有些為難。養一個阿重不算什麼，但現在最重要的是，得找個可以學做點心的人。大郎原以為蔣大廚或他媳婦能學，哪想到他自己都說不行。

「明天早上去問問不就知道了？你難得來一趟，今天就在我家歇一晚上，若他不行的話，還可以去找其他人啊。」蔣大廚說。

隔天，蔣大廚果然帶大郎去找阿重。

見到大郎，阿重自然也十分驚喜，連忙招呼他們進屋說話喝茶。

看著屋子雖然破舊，卻收拾得乾淨整齊，大郎就知道阿重是個勤快人。雖然拖著一條跛腿，阿重還是忙進忙出的要弄飯菜招待大郎和蔣大廚。

「行了，你就別忙了，大郎是特意來找你的。」蔣大廚連忙制止他。

「找我？」阿重驚訝的問。

大郎又簡短的說一下自己的事，然後說：「我家的點心鋪子裡要找學徒，你對做糕點有沒有興趣？」

「就是這些糕點嗎？」阿重指著桌上放的那包點心，問道。

「是，這都是我家鋪子裡賣的點心。現在阿湖才正式收一個徒弟，而那人不久就要跟我去涼平府開鋪子，京裡的鋪子只有一個點心師父根本忙不過來，阿湖就想再收一個徒弟。」

大郎說。

「能，我能學得會，平時我都自己攤餅做饅頭，我的廚藝可比蔣大哥強多了。」阿重連忙說，又怕大郎不相信，還要立即去做給他看。

「那就行了。你先跟我回京去，跟著阿湖學兩天試試看，學不好也不怕，就在鋪子灶房裡幫著打打下手，慢慢學。」大郎說。

他自然知道阿重廚藝比蔣大廚強，阿重就是因為廚藝好才會被選去當伙頭軍，他是大郎不幹伙頭軍之後，特意挑選出來的人。

大郎帶著蔣家全家和阿重一起上京。蔣大嫂暫時不用她幹活，因為她得在家帶女兒，而蔣大廚在鋪子裡的灶房裡打下手，幹力氣活；阿重則先跟辛湖試兩天，辛湖表示很滿意，就正式收他當徒弟。以後鋪子裡就有兩個點心師父，兩人分攤工作，就不用把人搞得那麼累。

不得不說，阿重真是個很有天分的學生，比馬姑姑都強，一點即透，一學就會，跟辛湖學兩天就會做芝麻餅。有這樣一個好學生，著實讓辛湖鬆一口氣。

解決掉鋪子裡人手不足這個問題後，辛湖也有空教廚子做菜了。

接下來幾天，辛湖專心在家琢磨新菜譜，最後決定弄幾個簡單點的菜，太複雜了怕一時難以學會。

魚類，她打算教三種做法：一個炭燒，一個水煮魚片，一個剁椒魚頭。這三道菜是用不同的魚，味道也格外有特色。

肉類，她打算就做紅燒肉、辣子雞丁、烤羊排。

這六道菜，魚的那三樣基本是獨門絕技；肉類的三道菜，烤羊排是用她的獨門調料，紅燒肉與辣子雞丁雖不算獨特，但她的做法與眾不同，味道也格外好些。

最後，她又贈送一道白切肉片，重點是她自製的調料醬。

她做好這桌菜，請兩個廚子過來品嚐。

兩個廚子早就聽聞她的大名，在嚐過她做的菜之後，就更加心服口服，認真的跟她學了幾天，才掌握到這幾道菜的絕竅。

與此同時，大郎他們要帶走的貨物也陸陸續續的準備好，翠竹村的竹器也都運送過來，其中有幾樣高檔竹器他格外滿意，就是點心鋪子裡的裝飾竹器。京裡的裝修，他打算直接複製到涼平府的點心鋪子裡去。

辛湖也覺得很好，利用「天下一絕」點心鋪的獨門裝修，把這些竹器推廣出去，以後再開分店，就全部採用這樣的裝飾，也算是一種品牌形象。

大郎這次走，不僅要帶回大量的貨物，還要帶上馬姑姑與小桃、小荷兩個小姑娘，外加一個叫大有的十六歲少年。她倆是馬姑姑自己挑的，兩人不僅要照顧馬姑姑，還要跟著馬姑姑學做點心，而大有是給大郎當長隨，他身邊不能一個侍候的人都沒有。

辛湖沒有為大郎準備一個丫頭去貼身侍候，主要原因是，這樣貼身侍候的大丫頭很容易牽扯不清。第二就是，大郎也不是什麼嬌慣養大的人，根本就不需要人貼身打點內務，他最需要的是有個替他跑腿辦事的人。

除了這四人之外，大郎還要帶烘烤用的爐子和做點心用的模子，這些可是要保密的東西，不可能在涼平府現做。主要是爐子，辛湖花很大的精力才打造出來，做一個爐子不容易，價錢還貴得要命。所以大郎這一行帶最貴重的物品，就是這兩臺烘烤糕點的爐子與烤箱。

所有物品都打包齊備，這是大郎出發前待在家的最後一個晚上，平兒、大寶和阿毛都回來了，一家人難得聚一聚，辛湖特意整治一桌大郎愛吃的菜。大郎這一走，少說也要幾個月見不到。

「回來只待二十天，就又要走了，也不知幾時才能再回來？」平兒苦惱的說。

大郎一走，家裡、鋪子裡的事情就要全部落在他頭上。很多事情辛湖並不方便出面，大郎在就由大郎處理，大郎不在家，當然得由平兒去處理。

「這些事你遲早得去打理，你快點學會了，也能讓阿湖清閒些，什麼事都讓她一個女人出面，怎麼行？家裡這麼多男人。」大郎笑罵道。

平兒臉紅，不好意思的說：「我又沒說不去做，就是怕做不好。」

大寶和阿毛更加理直氣壯的說：「我們還小，還輪不到我們吧！」

「你們倆也別想著躲清閒，等竹器鋪子開起來，就教你們倆打理。平兒就專管點心鋪子。」辛湖說。
不把這三個弟弟扶持起來，她哪能放心丟開這些事？她已經和大郎說好，成親後兩人要到涼平府去過日子，至於平兒他們，就得自己在京中過日子了。
「我們倆也要學做生意嗎？」阿毛與大寶不約而同問道。
「不過是開間鋪子，哪裡要你們做生意了？只需要你們管好鋪子，進出帳搞清楚就行了。」辛湖哄道。
說實話，竹器鋪子的生意相較來說會簡單一些，畢竟貨源已經很穩定，銷量也不愁，他倆要是連這點事都搞不定，以後就只能給他倆找個能幹的媳婦兒來管家了。
「就是，你們也不看看，無論是點心鋪子還是竹器鋪子，都由阿湖先經營理順，才讓你們接手，等於你們只要按照既定的規矩行事就行，還有什麼搞不定？從無到有都讓阿湖完成，你們難道連守都守不好嗎？難道你們這一輩子都指望阿湖幫你們，以後娶了媳婦也得她來幫你們管事？」大郎擺出嚴肅的臉，教訓道。
大哥的威嚴還是很強大，說得三個弟弟都不好意思的低下頭，一個勁的表示。「我們會好好做的。」
「這還差不多。好了，明天我就走了，家裡的事情你們多為阿湖分擔一些，有什麼大事就給我寫信。」大郎滿意的點點頭。

第八十三章

辛湖搗嘴偷笑。家裡三個小的雖然也很聽她的話，但家主的威望還是大郎更勝一籌。且這三個小的明顯會怕大哥，而不會怕她，她有什麼事吩咐下去，三個小的雖然會認真去做，但怕和不怕還是有區別的，特別是大寶，這麼大的人了還會和她撒嬌。

託點心的福，平兒三兄弟在學堂裡的人氣都極高，與他們交好的人也越來越多，無論是真心還是只想吃他們帶去的點心，辛湖都很滿意。有一點很肯定的，他們三人的交友都越來越廣泛，開始漸漸融入京城裡。

「知道了。大哥，你幾時回來娶大姊？我們都等著你們快點成親，生幾個小姪兒給我們玩呢。」大寶問。

「就是，我以前老擔心大姊嫁不出去，又或者嫁出去了在婆家受欺負。」平兒笑道。

阿毛一向比較含蓄，這回卻說：「大姊這麼厲害，誰敢欺負她？大哥，你可得小心點，千萬別得罪大姊啊！不然，打得你不能進房。」

這些話把大郎和辛湖都鬧成大紅臉，辛湖拍了大寶和阿毛各一巴掌說：「好了，還不快去溫書，小心明天夫子罵你們。」

「起碼也要到明年才行啊……」大郎幽幽的說。他才是最巴不得早日成親的人好不好？

看得見、摸得著，卻吃不上，這滋味可不好受。

大郎把三個燈泡趕走後，說：「對不起，又得害妳多等一年了。」

「我可不急。」辛湖白他一眼，不以為然的說。她是真的不急，反正還不到二十歲，真不算大齡啊，況且一成親就意味著要懷孕生子，她心裡多少會擔心。這年頭可不像現代，可以剖腹產，女人生孩子就是在鬼門關上打轉！

「妳不急，我可急啊。我都二十了，人家像我這樣大的，兒子都有了。」大郎看著她，幽怨的說。

「你真這麼急，找人給你生去啊。」辛湖笑道。

「妳這女人怎麼說話的？我真找個人侍候，妳還不打斷我的腿。」大郎促狹的笑道。

「我才不打斷你的腿，我直接趕走你。」辛湖立即說。要是大郎真的找個房裡人侍候，她會覺得很噁心。

「我才不敢呢，妳一點兒大的時候就說過，不準我納妾，我哪敢啊。」大郎笑道。

當時他們倆自己談婚約時，辛湖就說過不准納妾的話，還說不和別人共用一個男人，這話大郎可一直記得呢。那麼小的小姑娘就把這話說出口，他想忘記都很難。一想到那時候小小的、根本看不出男女的辛湖居然說出這樣的話，大郎就覺得好笑。

再看看現在的辛湖，大郎不禁慶幸自己當初當機立斷拐到了她，不然後頭的日子要怎麼過下去，他還真不敢知道。反正有了辛湖，他的日子過得還不錯，這些年來辛湖的所作所為，讓他感謝老天能在那種艱難的時刻，讓他遇上她，也讓他有了一個幸福的家。

「知道就好。你要敢納妾、收房什麼的，我立刻走人，你一輩子都別想再見到我。」辛湖正色的說。要讓她和其他女人共享一個男人，她絕對受不了，更何況他們倆現在兩情相悅，中間就更容不得其他人。

「真想現在就辦了妳。」大郎惡狠狠的說。這女人脾氣也太大了些，連一輩子都不再見面的話都說出來，簡直氣得他肝疼。

「快滾、快滾。」辛湖笑罵道。這傢伙一見到她，整天滿腦子黃色思想，也不知他都是怎麼忍耐下來的。

大郎一把摟住她，使勁搓了幾把。女人香軟成熟的身體，令他幾乎把持不住，然而他卻只能狼狽的逃離。

送走大郎，辛湖懶洋洋的，忽然一點幹勁也沒了，總覺得心裡不對勁，大郎這一走，就好似把她的心都帶走。

辛湖一連在家歇兩天，才把情緒調整過來。現在阿重做點心的手藝已經很不錯，辛湖還教會他做了三樣春芽沒有學會的點心。正好他和春芽兩人分工，鋪子裡的五樣點心，春芽做兩樣，他做三樣，也忙得過來。

辛湖暫時不打算開發新品項，先讓他倆維持鋪子裡的生意。同時平兒也開始學習管理點心鋪子，因為辛湖開始要把精力放在開竹器鋪子上。

光選鋪子，辛湖就找大半個月，最後才在街角找了間門面特大，還帶著小院子的大鋪子。

辛湖看了很滿意，就花九百兩銀子買下來。

「大姊，九百兩我們得要賣多少竹器才能賺回來？」平兒有些好奇的問。

「這可說不準，如果三年能賺回這個本錢，我就滿意了。」辛湖笑道。

「要三年啊？還不如多開一家點心鋪子呢！」平兒說。單純講賺銀子的話，還是開點心鋪子更賺，畢竟是獨一無二，而且味道是真的很好。

「這事我暫時不考慮，太累，也沒那麼多人手。再說買下這間鋪子，就算做竹器生意不行，也可以改做其他生意，再不行，把鋪子轉手賣掉也行。」

辛湖買下這間鋪子，是有意為自家置點產業。畢竟他們家底蘊薄，除了真金白銀外真的沒什麼產業經營。

平兒似懂非懂。反正現在他是無法拿主意的，只要辛湖覺得可行，他也不會反對。

鋪子買下來後，辛湖花了大筆錢把整間鋪子重新翻修，又花去一個多月時，這段日子，正好蔣大廚在點心鋪子裡學著招呼客人也學得差不多。

辛湖打算把他調到竹器鋪子裡來當掌櫃。蔣大廚雖然沒讀什麼書，但在打仗閒暇時也跟著大郎學了些字，辛湖只要再讓阿超教會他記帳，就能立刻走馬上任。

辛湖從家裡調兩個口齒伶俐、十幾歲的小廝過來當夥計，三個人打理的鋪子，很快就正式營運起來。

因為有點心鋪子的廣告與連帶效應，竹器鋪子一開張生意就不錯。銀子雖然賺得不多，但客流量不小，大件的沒怎麼賣出，反倒是一些精美的小工藝品銷量非常好。

此時，大郎還在前往涼平府的路上。他剛回到京城時，就立即寫信給燕王，讓他先準備好點心鋪子，只等他們人一到，就能正式開業。

燕王不動聲色的先在涼平府裡生活好一段日子，天天和大郎四處轉，早就把整個涼平府摸得差不多。收到他的信，立即準備好鋪子，先做一些簡單的修建，只等大郎回來做最後的裝飾，就可以開業了。

至於燕王妃帶著一眾女眷等人，一路上也趕得非常急，可是人數眾多，還帶著一堆行李，再怎麼急，也不可能有多快，等他們到達涼平府已經是臘月底，馬上就要過年了。

大郎那時天天帶著幾個人在外面跑，途中曾碰到這支大部隊，和陳華見上一面。

大郎當時告訴他。「你們這麼多人，怕是難安置了。燕王府在燕王到達之前，根本就還沒有修建。眼下，趙甲才讓人日夜趕工，弄好了幾座院子，只能勉強把主子們安置下來而已。」

陳華聽得目瞪口呆，心裡把知府與皇帝等人罵了個狗血淋頭。這麼多人，連住的地方都沒有，他們該怎麼辦才好？這大冷天，難道要讓大家搭帳篷嗎？

臘月二十八的上午，燕王那約四千人的大部隊，正式抵達涼平府。

這下知府急了。見到棺材才想掉淚，他又是後悔又是害怕沒早早把燕王府修建起來，他只得迅速令人收拾幾所別院和空宅子出來備用。

「下官涼平府知府，劉志章等人迎接燕王殿下及王妃娘娘大駕。」

面對知府等官員的迎接，燕王與燕王妃根本連哼都沒哼一聲，只有陳華代表燕王出面，淡淡說了一句「免禮」，接著連停都沒停，直接帶著車隊起駕前往燕王府。

知府等人只得跟著大部隊往燕王府跑。等燕王妃看到如此簡陋的燕王府時，差點氣得吐血，其他屬官們更是目瞪口呆，完全不敢相信眼前這就是燕王府。

「這麼多人如何安置？」

陳華也直皺眉頭。雖然已經得到消息，但親眼見到卻更加令人震驚。

「這完全是不把王爺放在眼裡啊！這位知府大人是想幹什麼？」底下人紛紛議論道。

「呵呵，這幾間院子還是我們千辛萬苦、趕急趕忙才弄好的，不然王爺來了，怕是都只能在雪地裡露宿。」趙甲冷笑道。這一席話更是引得眾人怒火中燒，只恨不得把知府拖來先揍一頓再說。

燕王吩咐燕王妃與兩個側妃先各占一座院子，說：「把妳們自己的人和行李物品先安置好。」也不管她們住不住得下，反正他自己都沒地方住。

接著，燕王把皇帝派來協助和監管燕王府的官員，比如長吏司等眾官員及其家眷等人，一股腦的安排到陳府，至於他們要怎樣分配住處，他就不管了。

長吏等人自然也不敢說什麼，看到如此簡陋空蕩的燕王府，長吏大人就知道自己這群人絕不可能有好地方安置。所以聽到燕王還給他們留了處宅子，心裡很是欣喜，立刻千謝萬謝的帶著自己的人馬前往。

另一頭大郎早就把自己弄到的貨物，搬到先前結識的商隊那座宅子裡去，同時還帶幾個人過去保護自己及這些貨物。那陳府，現在已經不是他的家。

如此將人員打散分開，龐大的隊伍總算變小一些。

「王爺，這些剩下的人要怎麼辦？」趙甲小心翼翼的問。

燕王皺眉，冷笑道：「怕什麼，知府肯定會來給本王解決這個問題。」

他就不信這個知府會這麼蠢，看到他的大部隊了還敢陰奉陽違。前面自己是懶得找他算帳，這回可得好好算一算了。

「他能幹麼啊？」趙甲一點也不相信知府的能力。

陳華緩過神來，冷笑道：「哪咱們就去知府衙門裡住吧。我就不相信，他家沒地方住人？」

趙甲恍然大悟，原來燕王等在這裡呢。知府不是不好好修建燕王府嗎？這麼多人總得找個地方安置，如果大家全部擠到知府衙門去，知府大人怎麼辦？

果然，陳華才喝一杯茶，連飯都沒來得及吃，知府就帶著一眾官員過來了。

燕王依舊沒有出面，陳華說：「王爺舟車勞頓，已經歇下。可是還有這麼多人沒有地方安置，王爺說讓知府大人先找地方安置下來。」

知府心裡暗暗叫苦，卻也不敢說不管。

知府看著燕王府空蕩蕩的圍牆裡，停著大量車馬，以及大量的人，很多人直接席地而坐，甚至還搭起幾座帳篷，頭上直冒冷汗。這少說也有三千人，真安置下來，得要多少地方啊？但是他卻不敢說不，因為進來時，那些人看他們的眼神就像看死人。

於是，知府連忙貢獻出自己的兩處別院和一座院子，嘴裡說的是，先徵用鄉紳們的別院，兩處別院安置下一千人，一座三進的院子，安置下一百人；其他官員們也貢獻出一處房產，勉強又安置下一千人。如此這般，還剩下一千多人沒地方可去。

涼平府的駐軍人數不多，駐軍最高階的官員僅是正五品的千戶，說是千戶，其實兵力根本不足一千，所以這位千戶實際上沒多大的權力。但因為此地有這個編制，所以空餘的營房甚多，這事燕王和大郎早就打聽清楚了的。

所以，陳華淡淡的問：「千戶大人那邊還有多少地方？」

千戶心裡飛快的盤算一下，不敢隱瞞，說：「擠擠還能安置下八百來人，但營房都較破舊，條件很差。」

陳華就點一千人，讓這位千戶帶走，先想辦法安置在營地再說。

陳華是直接吩咐千戶帶人走的，根本就沒有透過知府。雖然地方官員與駐軍首領各管各的事，哪怕知府的官階高，也管不到千戶，而千戶也不能在知府的管轄範圍裡搗亂。他倆屬於合作的關係，畢竟兩者在一個地方共存，所以他們之間還是要互相賣點面子的，有的地方官員與駐軍首領，私下還有千絲萬縷的關係呢。

因此千戶偷偷遞個眼色給知府，知府卻不敢表態，千戶只得帶著一千人馬走了。而這一千人馬的頭頭趙丁原本就是個正五品的千戶，官階又不比本地這個千戶低，而且他還和燕王一樣南征北戰過，武藝高強，軍功突出。

所以一到營地，趙千戶就立即自行安排自己的人馬去安歇，不出三天就把本地的千戶架空，自己做了這個營地的老大。

雖然把人分散好多個去處，卻還剩下約三百人沒地方可去，陳華似笑非笑的看著知府，好半天才說：「這些人，只能暫時先安置在知府衙門裡了，如果實在沒地方，就先安置在牢房吧。」

知府頭上直冒冷汗，連忙說：「哪能安置在牢房！知府衙門裡還有幾處空置的小院，先讓大家擠一擠吧。」

「如此，就多謝知府大人，這些人都交給你了。老夫一路行來也是疲累不堪，撐到現在已經極限，也不知道要歇息幾天。這馬上又是年節，所有的人，老夫就替燕王交給知府大人安置了。」陳華笑著說完，就端茶送客了。

意思是，所有的人，你接手了就得好好安置下來，我可不管，燕王也不會管。咱們大老遠跑來，哪個人不需要好好歇息一段時間啊？這兩、三千人的衣食住行就全靠你了。

知府被陳華打發出燕王府的大門，然後一連兩個多月都沒能再進燕王府的大門，而陳華扔給他的兩千來人，吃喝拉撒也全部由他照管。

另外去營地的一千人就更絕了，趙千戶不出幾天就把原先的千戶給架空，整個營地都由趙千戶說了算，連原先的那些兵丁也不敢說什麼。因為，趙千戶帶來的一千人可是真正上過戰場，跟著燕王南征北戰過的精兵，個個武藝高強。

他們雖是駐軍，卻哪裡比得上人家千里迢迢、長山水遠來的人？反倒被趙千戶操練得像狗一樣，在這種情況下，趙千戶輕而易舉成了駐地最有權威的官員，很快就把營地的一切都掌握在自己手中。

其他交給知府安置的人，也一樣厲害得很。他們每隊都有自己的領頭人，這些領頭人都極有手腕，一到目的地就找到管事，很快就把自己的人安置得妥妥當當。兩處別院各住了五百人，其實很擠，但人家也沒什麼怨言，一間房裡住五到十人，沒床鋪就打地鋪，反正大家都帶有隨身行李物品，就像在營地一樣安歇。雖然這麼多人擠在一起，卻因領頭作風嚴格，一點亂子也沒出。

所有人一安置下來，領頭人就找管事要糧食與柴草。這麼多人得吃飯啊。

管事的自然不敢同意，因為他也拿不出這麼多來，只得去找自己的主子決定，一來二去的就把領頭人帶到知府，又或者其他官員面前。官員很是頭疼，人家沒拿到東西也不鬧，就只緊緊的跟著你，一天分十隊、八隊的輪流來找。大過年的也不讓安生過年，反正是不達目的不甘休。

有這麼多人盯著，無論是哪個官員都沒了一點自由，什麼事也幹不成，甚至在家裡也不得安生，所以大家只好一起聚到知府家裡拿主意。

「大人，這事可怎麼辦？我們這幾天沒一刻鐘安寧過，那些人川流不息的往家裡去，不招待又不行，招待又招待不起。」眾官員一起抱怨道。

「我也沒辦法啊。」知府大人哭喪著臉，他連哄帶騙、帶威嚇的趕跑這些官員，癱倒在椅上，只覺得自己已經去了半條命。

燕王的近三千人馬，基本上就靠本地官員幫他養著了。至於住在陳府的那些官員們，燕王什麼也沒有幫他們備，只留給他們一個空房子住人。

所以長吏安置好自己的人之後，也開始找知府大人要糧要柴。反正他們是朝廷命官，知府又是本地最高長官，不找他找誰？這下知府不管都不行，不管人家就整天纏著你。

一直到年後，正月十五都過完，知府等官員依舊沒有見到燕王及燕王妃，而王府的長吏等官員，三天兩頭就找他們的麻煩，要這要那的，更別談有什麼交接手續了。

第八十四章

燕王打著你不讓我痛快，我就不讓你痛快的主意。整個春節期間，讓自己帶來的人把整個涼平府折騰個人仰馬翻。

燕王妃與兩名側妃都是嬌養慣的人，本就已經在路上吃夠苦頭，現在的燕王府還樣樣都缺，幾人全都病倒了。

燕王本來就已經夠煩心的，現在可好，一屋子的病人。主子們病了，連下人僕婦也倒下不少。雖然有隨行大夫，也帶不少的好藥材，但三位主子的病卻沒見好轉。

知府大人幾次來求見燕王，得到的都是王爺與王妃們都病了的說法。

陳華甚至十分生氣的說：「王爺和王妃們千里迢迢，不辭艱辛的來到涼平府，卻連個住的地方也沒有，連口新鮮菜都沒吃上，能不病才怪呢。」這話裡話外，就是怪知府沒有搞好燕王府，沒有好好照顧燕王。

知府大人簡直嘔得要吐血，還不敢說什麼，就害怕燕王會再想出什麼招來對付自己。況且他安置下來的那麼多人，他居然找不到一點點空隙，人家除了找他要好處之外，燕王的一點事都不吐露。

知府大人吃了燕王的苦頭之後，終於明白燕王不是自己能輕視的。現在他只想老老實實的為燕王辦事，就怕燕王哪一天又出什麼奇招來找他算帳，到時只怕連命都保不住。

整個涼平府的官員們，家家戶戶雖然不至於忍餓受凍，卻真真正正的過了兩個月的苦日子。

好不容易熬到二月，大郎就逃難似的帶著自己組建的商隊出發。燕王交代他，回來時多帶些糧食和種子，這個冬天大家都不好過，他不想再過這樣的日子了。

他們一走，燕王總算接見知府大人了，只是燕王見到他，第一句話就是說：「大人也該幫我修燕王府了吧？」

知府擦了把汗，說：「王爺，前面不是下官不修，實在是天氣冷，時間太短來不及。」

「現在天氣也開始變暖和，還不快點開工？可別到天氣冷的時候又沒修好。」燕王冷笑道。這個年不僅知府等官員過得苦，他也一樣難受。為了讓自己能舒服點，也不想把知府逼得太過，最終燕王扔給知府八千兩銀子辦事，知府這才灰溜溜的走了。

大郎離開涼平府之後，根本不知道涼平府發生了多大的變化，等他從京城回到涼平府時，燕王府已經大變樣，整個府邸的輪廓初現雛形。原有那五座燕王等人住的院子砌上新圍牆，被單獨隔開，其他的地方也全在動大工程。

燕王嫌吵，就跟自己手下開田的人住到簡易草棚裡。那裡離燕王府不遠，一整塊地都是荒的，燕王乾脆在這裡給自己弄一處農莊。

燕王親自參與，大家的幹勁可足了。不過兩個月的時間，就開出五百多畝的田，大多數都已經趕季節種上莊稼。

燕王看著這個農莊心情十分好。光靠這五百多畝田，如果收成好，基本上足夠養他的人。最近他查了這幾年來整個涼平府的收入，說實話，他完全不敢相信就那麼點。雖然現在都歸他，不用再上繳給朝廷，但他很明白，那點收入根本不夠養活他的四千人，所以這個農莊就成為他最大的指望。

他暫時還不想動涼平府的現有勢力，讓他們再運轉一、兩年，如果實在不行，他再出手干預。現在他寧願先自己養自己的人，反正涼平府荒地多、人口少，開荒種地，他也有足夠的人手。

大郎回來後，先到農莊來見燕王。見到眼前一塊塊整齊的農田，與在田裡認真幹活的兵士們，他還以為自己回到了蘆葦村呢。

「怎麼樣，本王的這個農莊不錯吧？等秋收後，就能吃上自己種的新糧了。」燕王笑道。這裡窮，他不願意剝削本地鄉民，選擇自己種田。

「王爺，這樣很好啊！」大郎由衷的讚嘆道。

燕王這個辦法真的很好，既讓這些閒置的人手有活可幹，又能有一筆收入，而且還能完全不受制於本地勢力，同時他也可以拿自己的農莊收成，來衡量本地的田賦稅收情況。可謂一舉多得，難怪燕王開心了。

「點心鋪子我已經選好地方，也粗略的翻修過，剩下的事情就交給你來辦了。」燕王疲憊的說。他最近快忙死了，得關注燕王府的建造，又得關注三個女人的身體，還得關注農田，簡直比打仗還累。

「王爺您放心，這事我自會辦得妥妥當當的。」大郎說。

燕王欣慰的笑了笑，說：「也不是那麼急，你們先安歇幾日吧，這一路奔波勞累的，該好好把身子養好才行。」

「這是當然，就是我不休息，馬姑姑她們幾個女人也得休息啊。」大郎笑道。

燕王準備的這個點心鋪子占地極大，有座大院子，後面還有兩個單獨的小院子，大郎與他帶來的四個人，都有地方住了。

小院子裡稍微做了點隔斷，他與自己的長隨大有住一起，馬姑姑帶著兩個女孩住一起。他們五個人，都各有自己的房間，後院還有單獨的灶房，供他們做飯吃。

馬姑姑滿意的說：「這裡條件還不錯啊，這個小院子足夠住一大家子人了。」

「可不是，以後我們這裡還得找幾個下人回來。」大郎笑道。

他們這一家五口，雖然有三個下人，但是打理內務、粗使、煮飯洗衣的下人、僕婦卻一個也沒有，雖然暫時可以自己動手，但時間長了肯定不行的，所以他打算等穩定下來後，就去買三、四個僕婦來使喚。

右邊的小院子留兩間房空著，等點心鋪子開起來後的跑堂夥計們住，而他帶回來的大量精貴貨物，也先堆積在這個院子裡。

隨後大郎找趙甲弄幾個人過來，在兩座小院與前面店鋪中間的空院子裡搭個頂篷，暫時把竹器等不怕風吹雨淋的貨物擺在院子。

歇個三天之後，馬姑姑總算緩過來；其他三個年輕人身體都挺好，很早就活蹦亂跳了。然後，大郎就開始布置點心鋪子。

燕王看著他們帶回來的這些貨物，笑道：「有心了，這些東西，我們還得開個竹器鋪子、綢緞鋪子才行啊。」

「有空的鋪子嗎？」大郎問。

「其實街上空鋪子多的是，你去買兩個大一點的。也不用這麼急，慢慢來，先讓點心鋪子試試水溫，看看本地人的購買能力吧。」燕王說。

「行。」大郎點頭。這事還是由他來比較好，畢竟燕王不好直接出面做生意。

等點心鋪子布置好之後，開業的這天，燕王特意讓陳華帶一大幫人過來給大郎祝賀開業。新鮮剛出爐的點心，香氣撲鼻，再加上陳華的現身，立刻就讓涼平府的大小官員以及富豪權貴家族注意上。

點心味道確實好，並且還掛上皇帝親筆書寫的「天下一絕」牌匾，自然還得宣揚一番。天下一絕的點心早在京城引起轟動，也得到很好的口碑，官員、富豪們早就有耳聞，也紛紛派自己的管事們來買點心。

開業第一天，生意實在太好，好得大郎完全沒想到。因為人手不足，大郎暫時充當掌櫃收銀子記帳。一整天，從天未亮到天完全黑下來，大家都累得提不起腳，還有客人要來買點心。

「請明天早上再來吧，我們收工了。」大郎笑道。

「就不能再做點嗎？」有人叫道。

「開業三天大酬賓，連續三天我們都會多做些，今天已經超量了，往後我們還得限購呢。」大郎解釋道。這是學辛湖的做法，生意太好，也不能一味的多做多賣。一來人手有限，二來也得讓客人保持熱度。

「限購？」有人驚訝的問道，完全不相信還有這樣做生意的，居然不想賣太多。

「是啊，過了這三天，以後每天都會定量做多少，做完固定的量就不做了。」大郎說。

「不會吧，難道你是怕生意太好嗎？」有人一說，眾人也跟著起哄。

「是啊，你們是沒去過京城，京城的天下一絕，每天天未亮還沒開鋪子，就有人在門口排隊，每天都是賣完就關門，從不多做，因為做不出來啊。點心師父也得休息，不能讓他們太累了。」大郎繼續說。

大有順著大郎的話說：「咱們家京城裡的天下一絕，可是皇帝親自寫的牌匾，宮中要吃，都得安排人過來買，而且還規定每個人每樣點心只能買一斤。」

這一連串，聽得眾人紛紛咋舌。

第二天一大早，果然有些人早早等著了。而這一天，陳華又安排三十個人過來買點心。陳華安排的三十人與他人混在一起排隊，一下就排出一條長長的隊伍，引得一些不知情的民眾們，紛紛詢問這裡出了什麼事情？

這樣連續三天，天下一絕就在涼平府打出了名聲。

吃過的人都叫好，沒有一個人認為不好吃，雖然大家各有所好，但整體來說，五樣點心都賣得極好，銷量雖比不上京城，但馬姑姑他們做出來的數量本也比不上京城。總之，大家都很滿意。

隨後大郎果真嚴格執行限量的規定。他和辛湖一樣，也弄出五、六十個牌子，每人憑號牌來買，多的根本就沒有。一個月後，涼平府的人都知道天下一絕的點心好吃，自然也有人開始私下算他每天能賺多少銀子？

這麼好的生意，在整個涼平府還是獨一份。點心鋪子試水溫成功後，大郎把鋪子交給燕王的人打理，自己開始著手竹器鋪子與綢緞鋪子的布置與規劃。

將點心鋪子交出後，大郎給辛湖寫了他們分開後的第一封信，信中自然是著重描述點心鋪子的成功，也表達了自己對家人的思念，只是這種思念完全是以教訓的口吻寫的，比如問平兒、大寶和阿毛有沒有好好讀書、有沒有好好幫辛湖做事等等。

看得辛湖直皺眉頭，暗嘆自己這輩子，怕是完全不能指望這傢伙給自己說幾句甜言蜜語了。

忙碌起來日子總是過得極快，馬上就到秋收時節，燕王的農莊和趙千戶的營地農場收成都極好，而燕王府也已經建得七七八八了。

得到好收成，所有人都很高興。知府大人也越發體會到燕王的厲害，所以很老實的把所有收上來的稅賦直接交給燕王，燕王的糧倉一下就滿滿當當，根本就吃不完。

於是他讓大郎再進京一趟，一來得補些貨物，二來也得帶點糧食去送給皇帝當年禮。朝廷少了涼平府的稅收，他這個做兒子的沒銀子，又不得不給皇帝老子送年節禮，乾脆拖兩車糧食進京了事。

皇帝收到燕王的年禮，簡直哭笑不得，不過當他知道兒子居然開了五百多畝荒地，自己去種田，心裡也非常內疚。燕王從小到大就沒一天是在享受，以前打了幾年的仗，現在又被迫去種田，因為不種就得餓肚子。燕王年前到達涼平府，沒地方住、沒菜吃的事情，他當然早就知道了。

皇帝不由得又難受又自豪。因為他很明白，這個兒子是個真有本領的人，沒吃的沒地方住，也能硬生生的挺過來，還能自己開荒種田，養起那麼多人，並沒有去剝削當地的老百姓，可見燕王無論在哪裡都能活得好好的。

大郎的回歸最高興的要算陳家人，他們可不管皇帝心裡是如何的糾結。

等大郎交了差事興沖沖的回到家，辛湖已經親自下廚，做好一桌子他愛吃的菜。

「喲，好香，做了這麼多好吃的！」大郎笑著，伸手就挾一塊雞肉扔進嘴裡。

「那是，這不是要好好招待你嗎？」辛湖開玩笑道。

「招待我？嘿嘿嘿，妳要怎麼招待我？」大郎湊近辛湖，眼光幽幽的看著她，問道。

「快吃吧。」辛湖裝作沒聽懂他的話，自己也端碗雞湯，慢慢喝起來。

大半年沒見面，大郎好像又拔高了點，皮膚仍有點黑，可能是因為長途跋涉，他臉上依舊有隱隱的疲憊之色。

吃完飯，辛湖立刻說：「你快點去好好休息下。」她就怕這傢伙飽暖思淫慾。這年紀的男子血氣方剛，極易衝動，弄得辛湖都有些可憐他了。

大郎幽怨的看她兩眼，眼裡露出渴望的目光，辛湖被他眼中的烈火盯得發燙，卻意志堅定的說：「好啦、好啦，快去休息吧，你看你黑眼圈都冒出來，得好好歇上幾天。」

「哎喲，還得忍啊。」大郎無可奈何的嘆口氣，夾著腿回房間去了。

他現在面對辛湖好像越發難控制自己了。尤其剛才兩人湊得近，他清楚的聞到辛湖身上那特殊的女人味，簡直讓他差點就失控。

因為做生意，應酬的多了，他也去過一些風月場所。他在那兒只敢喝喝花酒，看別人與那些風塵女子調情，雖然他能控制自己，但過後卻也會自己安慰自己，甚至經常作春夢。每當早上醒來，內褲濕滑滑的，他都又窘困又煩躁。也曾有人私下想送兩個人侍候他，都被他拒絕了。

更別說那些異族女子極其大膽，他去那些寨子收貨時，總有姑娘家對他唱歌跳舞，表露愛慕之情。曾經還有位土司家的大小姐有這個念頭，卻被大郎直言相告。「我已經有心上人。」

異族女子雖然感情外放，卻也尊敬這種不為色所誘的男子，對鍾情於自己心上人的男人更是格外尊敬，所以他後來去，就算有女子愛慕，也不敢太過主動。可是異族女子衣著打扮暴露，並不像漢人女子這般遮得嚴嚴實實，甚至根本就不在外男面前露臉。

她們大多露著小半截手腕、腳踝，甚至裸露半邊的胸脯，對大郎著實有衝擊感，而且這些女子並不避男子，他看到那些女子白花花的肌膚之後，總會連作幾天春夢。每當這種時候，他就越發渴望見到辛湖、越發希望快點成親了。

第二天早上，辛湖見到大郎在偷偷洗內褲，就明白這傢伙晚上肯定做了某種不可描述的活動。她只得裝不懂的樣子，輕描淡寫的問：「怎麼這麼早就起來洗衣服？」

「習慣了。」大郎幽怨的說。

「上火了吧？去開點敗火的藥吃吃。」辛湖笑道。

這事太常見，家裡不只大郎，就連平兒也開始偶爾有這種行為，大寶和阿毛可能也快了。一屋子的大男人，搞得辛湖很惆悵，孩子們都長大了呢。

時間一晃，她在這裡生活已經超過十年，看著小不點們長大，心裡有自豪也有不捨，想想再過幾年他們都得娶妻生子、有自己的小家庭了，她的心裡越發有些不是滋味。

「光敗火不行啊。」大郎悶悶的說。

我這種心態不對啊……怎麼好像要娶兒媳婦的婆婆。辛湖沒理他，逕自暗暗嘆息，才拉回自己的思緒。肯定是這段時間太閒的緣故。

「哎，前段時間有人跟我提說要給平兒作媒，我雖然推了，又覺得他年紀確實也不小，是該相看人家了。」辛湖恢復狀態，說起正事來。

平兒只比她小兩歲，但也到適婚年紀。

「再過兩年吧，總得等我們成親了才輪到他啊，他又不是很大年紀了。」大郎不以為然的說。他自己都得到二十出頭才能娶媳婦，幹麼弟弟們要早成親？以後乾脆訂個規矩，家裡子孫後代都得過二十才能成家。

「也行。我這不是怕趕急趕忙的，找不到好人家嗎？」辛湖笑道。

她其實也不是很急，只不過見到周圍十六、七歲的年輕男子都訂親了，甚至還有人已經成親，又不時有人跟她提到這件事情，才有點意動。

「哪會找不到好的？不過是憑條件罷了。咱們家現在的條件算不上好，他自己也還沒有考中，能說到多好的人家？雖說咱們不在意銀錢，但現在和妳提的人，哪個不是看著咱們家的點心鋪子？要不是這樣，恐怕也沒幾個人提到他們三人的親事吧？」大郎反問。

「話是這麼說，但別人看咱們家的條件，難道我們就不看人家的條件嗎？」辛湖也反駁他。雖然給平兒提親的人，確實有些是看中點心鋪子的好收益。

現在平兒管點心鋪子，人情世故方面也迅速成長起來。有心人都看得出來，辛湖這是著意在培養平兒。

再看看大寶和阿毛兩人也都在學習打理竹器鋪子，很多人就明白，辛湖這是在為整個陳家掙家業，並且很可能是要分給他們三兄弟的。這樣一想，很多人就眼熱了，別說平兒成為搶手貨，就連大寶和阿毛也有人關注上。

第八十五章

「對了，大寶的舅舅有沒有問過他的親事？」大郎問。

「沒有，他舅舅、舅母都說了，這事由我們做主。他們當娘舅的，沒有養過他一天，也沒什麼資格管他的親事，只要相看好人家，讓他們知道就行。」辛湖答。

他們也看得分明，大郎和辛湖對大寶都很好，絕不會虧待他，他們就不討嫌了。

「點心鋪子這麼賺錢，以後還會有更多人暗地裡眼紅。」大郎有些頭疼。這生意好了，他也愁；生意不好吧，就更加愁。

「確實，現在是在京裡，在皇帝的眼皮子底下，沒人敢說什麼。所以有人提過讓我們到別的州府去開分店，我都沒有同意。」辛湖說。

一來是點心不耐放。這年頭沒有防腐劑，也沒有真空包裝，食品的保存真是個很大的問題；二來，現在生意已經很好，她怕開分店管理不過來，還影響本來的生意。因此她正考慮加盟的方式。

最近辛湖又增加兩個新品項。一個極簡單，就是把饅頭切片烤乾，可以做成鹹味和甜味兩大類，其中芝麻味、焦鹽味的最吃香，因為她一共弄出七種口味，乾脆命名叫七味酥。而且因為製作簡單，價格也比其他幾樣點心便宜，反而成為銷量最大的一項。

另一項是蛋香元小餅乾，這雖然也是蛋類做成，卻因為烤乾，比蛋糕的保存期長一些。這兩個品項都屬於能放一段時間，所以她增加這兩項的量，減少蛋糕的產量。

別人看她還能不時推出新商品，就更加看重天下一絕這個品牌。

「涼平府那邊鋪子的生意好不好？要不要把新品項也加上去？」辛湖問。她打算把兩道新品項也傳授給馬姑姑，尤其饅頭切片這個做法極簡單，只要寫封信給馬姑姑，她自己就能試做出來，但蛋香元小餅乾難度就高很多，得看她的天分了。

「喲，妳又推出新品啦，我都還沒嚐過呢！」大郎不滿的說。

「放心，今天早上就讓你吃個飽。」辛湖笑道。兩人正說笑著，僕婦來請他們去吃早飯。

桌上果然有兩盤烤饅頭片，和一小碟蛋香元小餅乾。

「你都嚐嚐，看哪種更合口味？」

大郎嚐過後，說：「饅頭片更好吃，這個蛋香元孩子們應當會更喜歡吃。」

「對，確實是這樣。」辛湖笑道。很多客人也是這樣說。

「這兩樣保存的時間很長，你要是急著回涼平府，我就讓他們多做點，給你帶回去吃，在路上吃也行。」辛湖說。

「嗯，我是得返回涼平府，肯定不可能在京城過年。就等皇帝給燕王的賞賜下來，我們就得啟程。」大郎說著，十分掃興的放下筷子。

他這日子過得可真委屈。長大後，他們總共就前年在一起過個年，還冷冷淡淡的，今年他又得一個人在涼平府過年。

看大郎可憐兮兮的樣子，辛湖簡直哭笑不得。這傢伙真是越活越回去，不但臉皮變厚，還學會撒嬌了，只得勸道：「明年就好了。」

「唉，還得讓妳等一年。」大郎嘆了口氣，說。

明年他倆就可以成親了，到時他就帶辛湖去涼平府生活，不用像現在這樣分隔兩地，難得回來還只能看不能吃。

這樣一想，大郎心情變好一些，又說：「那妳得給我多準備些我愛的東西帶過去，這一去起碼又得幾個月我才能再回來。」

「好，你想吃什麼隨便提，我馬上就去辦。」辛湖爽快的同意。別說他提要求，就是他不提，自己也會為他準備。

宮中，皇帝特地讓人煮了燕王送來的米給他吃，嚐過後，皇帝居然覺得這些米煮的飯格外香，甚至比自己平時吃的高級特貢米味道都好，為此，皇帝還特地和太子說：「燕王種的米格外好吃。」

太子回自己府後，只得特意找出燕王送來的糧食讓人烹煮，和太子妃嚐過後，兩人均苦笑道：「這有什麼好吃的？不過是最平常的米罷了，父皇是想念著燕王。」

「就是，看來父皇其實也不是對燕王生氣，但他為何偏偏把燕王扔到涼平府去？那地方除了大就是荒涼，還滿是異族人，和我們甚至言語都不通。」太子妃說。

「妳就別管了，父皇讓吃，咱們就吃吧，還要在父皇面前說好吃。」太子說。

夫妻兩個滿肚子的不爽，卻也不敢說出來。

大郎回來後，也沒什麼時間閒在家裡，天天出門辦正事。而這次要帶回去的貨物比以往多幾倍。

現在他的商隊人馬又壯大不少，增加到一百人，所有人除了駕馬車的，每個人都騎馬，沒有一個人步行。這可是支超大商隊，反正打著送燕王給皇帝年節禮的名頭，也沒有人置喙，所以這次他帶回去的貨物就更多了。

不只大郎忙，謝夫人、張嬸嬸也都在忙。除了往常要的竹器與綢緞衣料之外，又多了些蘆葦村的特產，比如藕粉、蓮子等物，還有些涼平府當地不出產的糧食作物，與辛湖獨創的風乾醬板鴨、鹹蛋、火腿、果脯等物。事情多得不得了，大家都很忙。

因為有兩個小農莊，辛湖養不少的雞鴨豬羊，大力發展養殖業。糧食類的，她只種足夠全家上上下下人吃的分，其餘全部搞多重經營，除了養殖，還種果樹，不像別人只種糧食。這些家畜、水果自己一家肯定吃不完，她就想辦法再加工利用；一來保存期長，二來經濟效益也更高些。比如，多的雞蛋就全部供應給點心鋪子。

她還與謝夫人、張嬸嬸、大寶舅舅等幾家人說好，讓他們的莊子也多養雞，專供蛋給她。有的也可以多種小麥，供麵粉給她等等。她這樣做，不僅自己賺的多，還不愁原物料，更加帶動幾戶關係較親近的朋友家，讓大家都跟著得利，令大家都非常開心。

她家各式各樣的農產品也多，大郎愛吃的臘肉、臘魚、臘腸，辛湖早早就給備好一些，還有自己醃製的大醬、剁椒、各種鹹菜等等，她也準備好多。

這些東西，大郎還得分一些給燕王和陳華，及趙甲等幾位與他關係交好的同伴們。大家都愛吃辛湖做的食物，同樣是鹹菜，辛湖做的味道都格外好些。這已經是出了名，無論大郎帶多少回去，最後他自己也只不過剩下一點，吃個三五頓就沒了，所以他讓辛湖每樣再多增加一份。

「要這麼多做什麼？醃製品吃多了不好，平時還是要多吃新鮮的菜。」辛湖說。

「妳以為我自己能吃幾頓啊？還不都分給別人。」大郎笑道。

「我做的東西就是暢銷啊！你說，我不如在涼平府開一家專門賣這些東西的鋪子如何？」辛湖問。既然大家都愛吃，如果開一家這樣的鋪子，生意一定會好。她越想越覺得可行，兩眼放光的看著大郎。

大郎卻潑她一盆冷水，說：「先不要弄，待以後到涼平府再說吧。雖然妳做的這些鹹菜很好吃，但真正來買的可不多。」

「為什麼？」辛湖不解的問道。

「名門大戶，哪家不是有幾樣拿手的東西？妳做的這些雖然味道好，但不夠特別，人家是不會特地買的。人家家裡都有積年老僕，專門做這些的人，味道肯定不會差，誰還花銀子來買？窮人家就更別提，平時飯都吃不飽，有點銀子還不是去買米、麵，誰會來買醃菜？」大郎說。

辛湖不由得反駁道：「那為何你還要帶這麼多去送人？平時，我也得送一些給幾戶相好的人家，哪一年我做的少了？」

「所以，妳做的這些全是給親戚朋友家的，難不成妳以後做生意，就全靠賣給他們嗎？」大郎一句話問得辛湖啞口無言。

「不過，像醬板鴨和果脯比較特別，倒可以賣，妳還可以多想幾個類似這樣的品項。」大郎又說。這兩年他專門在外面跑生意，見多識廣了，自然比辛湖更瞭解市場行情，一席話果然說的辛湖連連點頭。

沒幾天工夫，皇帝和太子給燕王的賞賜及年節禮也都準備好，大郎也要出發了。現在天氣冷了，他們在路上肯定會遇上風雪，絕對不好走，辛湖很是擔心。

大郎卻不以為然的說：「這不算什麼，以前冰天雪地裡還打過仗呢，這不過押著一些貨物罷了，況且我騎馬也凍不著。」

「那行，你自己多小心，可別凍到了。」辛湖笑笑，又仔細檢查一遍大郎的行李物品，還把兩雙剛做好的皮毛手套給放在最外層。

其他大毛的衣裳、棉褲等都收拾得好好的，又幫他做了幾套新的裡衣與夾衣、各色鞋襪。這可是家裡一年來慢慢給他存下來的，這次正好讓他全部帶走。

「哎，忘記問了，涼平府有人給你做鞋嗎？也不知道這些夠不夠穿？」辛湖著急的問。

這會兒，辛湖才發現居然只給大郎做五雙鞋、兩雙靴子。像他這種長期在外面行走的人最是費鞋，這幾雙鞋子肯定不夠穿。

「有兩個僕婦能幫忙做點針線活，我都已經讓她們給我做兩雙鞋穿了。」大郎連忙說。

「那就好，我有空再給你納幾雙鞋底。」辛湖這才放心。

「哎喲，妳就別自己動手，現在有銀子，還是多找幾個會針線的僕婦回來吧。」大郎連忙制止她。

雖然以前他穿的鞋多半是辛湖納的底，但辛湖的女紅水準著實不怎麼樣，況且現在也不需要她親自動手，何必讓她搞得這麼累呢？

「我以前又不是沒納過。」辛湖笑道。

「小心妳的手吧，等會兒又說納鞋底把手都納傷，還是別自己動手了。」大郎打趣道。他還記得以前辛湖最煩納鞋底子。

兩人又貧嘴幾句，倒是沖淡不少即將分離的傷感。

這一年，近年關了，遠在涼平府的燕王又鬧出一件事情，說是有人監視著他。這一次他還真的抓到人犯。

他給皇帝上了摺子，直接寫道：「兒臣只要一想到，自己無時無刻不處在別人的眼皮底下就毛骨悚然、寢食難安，不知道自己還能活多久？難怪兒臣後院不安，許久都無子嗣出生。」

隨摺子而到的還有一名人犯。這名人犯其實是一直在監視大郎，被大郎揪出來的。

大郎本身沒什麼值得別人監視的地方，他就一個普通人，一不當官，二沒什麼權勢，監視他的意義何在？大家都想得到，目的肯定是燕王。

收到兒子這樣直白的摺子，皇帝大怒。居然有人敢這樣監視自己的兒子，就連他自己都沒這樣做過！雖然皇帝也會知道兒子的大部分行蹤，但也不可能細到這個地步。茲事體大，搞不好皇帝自己都處於這樣的環境之中。所以，這事可把皇帝氣壞了，他立刻進行三司會審，讓諸位大人共同查辦此案。

因此京裡諸位大人們，連年都過不安寧，得加緊查案子。偏偏這個人犯還被查出，與太子妃的某表妹有關係。這事可就更熱鬧了，搞得三個部門的人只差掘地三尺，把這名人犯歷年來生活過的每一個地方、認識的每一個人都仔仔細細的查過三遍。如此這般，眾人終於找到一些線索，同時也牽扯出不少事情來。

比如，在查證過程中，居然查到太子妃表妹夫家的把柄，搞半天，他們居然與廢帝有關；又比如太子身邊的人，居然有反黨，甚至連皇帝的後宮也查出不少事。距離皇帝上次大整頓也不過才兩年，在自己眼皮子底下，又搞出了這些事情，皇帝頓時暴跳如雷，又狠狠的整治一堆人。

如此，京城又是一番大震盪，抓了不少人，也砍了不少頭，又抄了好幾家。整個新年期間，沒有一家人敢熱熱鬧鬧過節，大家都小心地待在家裡避風頭，連最普通的走親訪友也不敢，生怕一個不察就被牽連。

浩浩蕩蕩的清查行動，一直持續到三月底，獲罪的人不少。這回大家都明白了，不能惹到燕王，因為只要燕王一出動就是大手筆，上次因大郎與陳中清的事情扯出一堆人，這回又是同樣的情況。

「別看燕王不在京城，這可是個殺神啊。只要扯上他，就會死不少人。」京城好多人都這樣說。

期間辛湖拘著幾個弟弟，關門閉戶，低調的過這個年，生怕別人遷怒陳府，畢竟這事是因大郎而起。

此案了結之後，大郎也回來了。這次他是回來迎娶辛湖，兩人很低調的成了親。因為他們這種親事，也不可能像正常的迎娶那樣大辦特辦，況且最近又出這麼多事情，就更加一切從簡，只請幾戶相熟的人家，辦一桌圓房酒就完事了。

新婚一個月後，大郎帶著辛湖離開京城，去涼平府生活。

京裡的風風雨雨，他們都不管；至於平兒三兄弟，留下胡嬤嬤在這裡照顧，平時他們只管上學念書，並不會受到多大影響。實際上現在也沒人敢說他們的閒話，大家對陳家都三緘其口，不敢隨便開口，就怕又被燕王扯上來。還有誰不知道陳大郎在幫燕王做事啊？

因為婚禮辦得太倉促簡單，所有人都覺得不滿意。

平兒十分不滿的說：「這哪像是婚禮！這喜事辦得比鄉裡小戶人家還不如。」他對自家的第一樁喜事辦得如此潦草相當不滿。

「就是、就是。」大寶和阿毛也同時表達不滿。

最近京裡的事真是多，他們有些同窗都不知不覺的疏遠他們，這完全是遷怒，這事又不是他們家惹出來的。真是所謂人在家中坐，禍從天上來，搞得大家連婚宴都不能好好辦。

「那也沒辦法啊，你們以為我不想熱熱鬧鬧的大辦一場喜宴？沒事的，我也不太在意。」辛湖笑道。

眼下鬧出太多事情，婚禮只能低調地舉辦。京裡不少人家被抄，還死了不少人，這些人說起來都與她有那麼一點聯繫，在這種時候她還大辦喜事，指不定背後被多少人咒罵。還是低調一點好，她可不想自己新婚燕爾時被人打攪，況且，她也不喜歡這裡那一套繁瑣的婚禮流程。

在現代，她就設想過自己的婚禮，只需要一個簡單的儀式，邀請幾位親朋好友做見證，然後兩人來一場浪漫的蜜月旅行就算完美了。

大郎也覺得很對不起辛湖，畢竟是人生第一大事啊！盼了這麼久的婚事，就這麼悄悄的完成。雖然他如願以償抱得美人歸，心裡卻始終有些不甘。

「阿湖，我們的婚事是辦得太倉促了，我們到涼平府後，再補辦一次熱鬧的。」大郎說。

「算了，哪有人補辦婚禮的。」辛湖反對。而且古代繁瑣的婚禮完全是折騰人，她才不想這麼累。

不過人生的第一大事，就這麼悄無聲息的完成，辛湖自己也覺得有些遺憾。因此她就把現代的想法說了出來。

「不過婚禮是太簡單了，不然我們補個蜜月旅行吧！」

「蜜月旅行是什麼東西？要怎麼補？」大郎十分感興趣的問。

辛湖看著他不解的樣子，悶笑道：「嗯，蜜月就表示兩個人剛成親，很親密的時光，旅行嘛，就是說兩個人出去四處玩啊。」

大郎這下懂了。雖然他不是現代人，也不懂蜜月是什麼東西，但光聽到剛成親很親密就莫名的懂了。

他思考一下，興奮的說：「這個好！我把商隊扔給趙管家就行了。這一回，我倆把所有人都扔下，就我們自己去玩，想怎麼玩就怎麼玩，玩多長時間都行。」

「就是這個意思，我們要好好的玩一玩。」辛湖贊成的點點頭。

這些年來，她的生活就沒有單純只為自己的時候。大寶他們小時候，她得照顧、養活他們，好不容易生活變好了點，大郎又去打仗，把整個家扔給她，這種為別人、為大局的生活一直持續到現在。

一聽到兩個主子要自己出門去玩，辛湖的貼身大丫頭春風著急的說：「鄉君，您現在可是有身分的人，不能單獨出門，身邊總得跟幾個下人才行。」

第八十六章

「我和大郎是兩人，哪是身邊一個人也沒有啊。」辛湖笑道。

她就是想單獨和大郎出門，如果帶一堆下人，還有什麼獨處的樂趣？況且她打算玩點新鮮花樣，培養一下大郎的浪漫情懷。他們兩人雖然已經成親，卻還沒有約過會、談過戀愛呢。有時，某些事只有最親密的夫妻間才能做。雖然她臉皮厚，但也不想有電燈泡天天夾在中間。

春風一個勁的反對，還說：「那多危險啊！總得帶幾名護衛、兩個僕婦，一路上也有人打點。這樣，兩位主子也能玩得更加舒服些。」

辛湖和大郎都是窮日子過來的，身邊沒人照顧侍候的時候多了，更何況兩人武力值超高，哪裡需要什麼護衛與僕婦？說不定反而還是拖累呢。所以，大郎交代好商隊的事情之後，某一日，趁著大家沒注意，他倆就悄悄的離開大部隊。

把商隊丟開後，大郎有種奇特的興奮感，問：「第一站去哪裡？」

「我對這裡也不熟，你不是經常在外面跑嗎？有沒有覺得哪個地方風景優美，格外好玩？」辛湖滿懷期待的問。

在現代時，她就想遊遍全世界，可惜她活到二十九歲也沒去過幾個地方。這會兒有了實現的機會，腦海中轉一大圈，卻不知自己想去哪裡了。畢竟這年頭，無論哪個地方風景都很好，沒污染也沒有被破壞。但壞處在於，也沒有人開發，旅遊條件艱難，甚至根本就去不了。

大郎想了想，壞笑道：「想不想去淮南？那裡有小橋流水人家，有大大的畫舫，還有名流名伎，和不少新鮮的小玩意與小吃食。」

辛湖腦海中立即出現秦淮河的風流場面，樂道：「行，咱們也去感受一下最熱鬧的溫柔鄉。」

「妳這個女人又滿嘴亂說，什麼叫溫柔鄉，是妳個女人該說的話嗎？妳小心點，這些話可不能在外人面前說。」大郎不滿的教訓道。

辛湖才不理他，反正這種事她也只在大郎面前說說，而且大郎不過是嘴上嘮叨，加上她也不要求一個土生土長的古代人，會有現代人的思考迴路。這會兒，她心裡滿是那些打小在書中見到的繁華與熱鬧。

兩人騎著快馬，一路飛奔，三天後辛湖覺得有些累了。主要是她白天趕路，晚上還得陪某人做運動，這剛開葷的年輕男人體力不可小瞧，她再強悍，也比不上大郎這種常年在外行走的男人，況且這幾年她在家裡也算養尊處優慣了，這會兒只想找個地方好好歇上兩天。

「我們先歇兩天吧，反正有的是時間，幹麼這麼急的趕路？」大郎有點抱怨的說。

如果不是辛湖執意要急著趕路，他是巴不得每天在一起耳鬢廝磨。畢竟相較於看風景，他更樂意面對辛湖曼妙有致的身軀，更樂意去開發那片完全屬於他的密區。

「今天晚上，我們分開睡。」辛湖打個哈欠，說。

再這樣下去，她都要力盡人亡。大郎是個悶騷型男人，不擅長用言語表白，乾脆用行動來表達。大郎常年練功夫，體能超級好，還無師自通，也許是偷看很多小黃書惡補，總之在床上真是越來越威風，辛湖覺得這樣下去，自己真的要腎虛。為了自己的身體著想，她決定還是先分開睡幾天。

「為什麼？」大郎不滿的說。他好不容易才能抱著媳婦睡，居然還被剝奪這項福利，這怎麼能忍？

「我太累，要好好睡覺，有你在，我能好好睡嗎？」辛湖瞪他一眼，不由分說的要了兩間上房，各住各的。

於是這天夜裡，辛湖倒頭就睡，一覺睡到大天亮。早上醒來，她居然還有點不習慣，大郎沒把她摟在懷裡。

另一個房間的大郎卻失眠了，硬生生瞪著眼睛熬到天亮，其中幾次想爬到辛湖的房間去，卻不敢這樣做，怕嚇到辛湖。辛湖睡夢中若被驚到，肯定會以為出了大事，要是把他當成賊人，兩人打鬥起來，驚動外人就不好了。

吃早飯時，辛湖神采奕奕，年輕的身體經過一夜好眠，立即恢復過來。大郎卻哈欠連連，一副徹夜未睡的樣子。

辛湖大驚，不解的問：「你這是怎麼啦？昨夜出去了？」

大郎幽幽的看她幾眼，一口氣喝光碗裡的粥，有氣沒力的說：「不習慣，怎麼也睡不著。不成，今天晚上我一定要和妳一起睡。」

辛湖嘴裡一口粥差點噴出來，嗆得驚天動地，好半天才說：「不會吧？我昨夜睡得真好，今天覺得精氣神格外好。」

大郎不滿的看著她，用譴責的語氣說：「哪個新婚夫妻會分開睡？而且做妻子還扔下丈夫，睡得這麼香？」

辛湖簡直要笑死，不過笑完後又覺得心裡有點甜滋滋的。大郎卻繼續撒嬌，非得要辛湖今天上午在客棧裡陪他。

辛湖只好安撫的說：「好啦、好啦，今天白天我們就在附近玩玩，晚上早點歇息，明天一大早再趕路。」

兩人說鬧一會兒，果真就在附近轉了轉。其實這地方也沒什麼好玩的，本也是個不大的小縣城，總共就那麼一條街道，賣的也不過是些最普通的貨物，沒逛一會兒辛湖就興趣缺缺的被大郎拐回客棧，才一進門就被撲倒。反正最終大郎還是把昨夜的缺給補回來，然後兩人美美的睡一個午覺。

下午天氣熱就更不想出門。客棧裡準備清爽的綠豆湯，兩人各喝掉一碗，就在樹蔭下閒坐。你看看我、我看看你，時間不知不覺的也就過去了。

三天之後，大郎帶著辛湖來到繁華熱鬧的淮南城。遠遠看著高大的城門，辛湖就激動起來。這裡有遠傳京都的豔伎，有最糜爛的生活，辛湖就是衝這些豔名而來的。

兩人來的也巧，正逢上淮南三年一度的荷花節，所以進城的人很多。排隊的都是些從四面八方趕來的風流公子，以及一些乘機來做生意的商人，大郎與辛湖在一眾排隊進城的人中並不惹眼。

「怎麼這麼多人啊？」辛湖老實的排隊，低聲問大郎。

在他倆身前排隊的幾個年輕男子，聽到他的問話，笑道：「這位小兄弟，你不知道馬上就是荷花節了嗎？來的人當然多，大家都是慕名而來。不只是今天人多，前幾天就有這麼多人呢。」

「敢問各位兄臺，荷花節有什麼來由？」辛湖問道。

她外出一向扮成男子，根本沒人發現她是個女人，因為她即使說話，也能用假音裝成男聲。

她最開始表現這一絕技時，連大郎都嚇一跳。

「妳還會什麼？一併露一手唄。」大郎笑道。

「這個嘛，得讓你慢慢發掘，一下就告訴你，不就沒趣味了嗎？」辛湖大笑道。

「妳就得意吧。」大郎看她得意的樣子，笑得直搖頭。

不過大郎心底卻有些好奇。其實一直以來，他對辛湖的來歷就很好奇，從最初見面，他就不信一個鄉下土妞會有那麼多見識。不過一想到自己重活一世，他對辛湖如何在小小年紀就見多識廣，就沒覺那麼奇怪了。有過自己的經歷，他想也許辛湖和他一樣。

但婚後，辛湖又一次挑起他追根究柢的心。

因為他覺得辛湖真是越來越值得發掘，瞭解的越深，就越明白辛湖是個多麼奇妙的人。雖然他接觸的女子極少，但就算是男人，他也沒見過像辛湖這樣什麼都懂一點的人。再有學識的人，一般也是專注於某一項，不像辛湖，什麼都能插上一、兩腳。

「哎喲，敢情兩位兄弟還不知道荷花節？」有位公子大笑道。

周圍的人聽得這話，都笑起來，馬上有好心人開始為辛湖講解。

所謂的荷花節，就是各大勾欄院比拚的日子，比拚的人，無外乎是那些爭奇鬥豔的女子們。這些出名的藝伎，除了長得美，才藝才是最重要的。

藝伎得詩詞歌賦、吹拉彈唱、琴棋書畫樣樣精通，還得長得美如天仙。培養出一個這樣的女孩，得花極大的代價。當然這個女孩成名了，為老闆帶來的錢財也是源源不絕的。

一個花魁為勾欄院帶來的聲譽可以流傳很久，女孩子十五歲開始出來接客，一直到二十五歲才會收山。

一般來說，一個女孩從五、六歲就開始不分日夜的學習這些知識，花費十年的時間才能學成，而且還得挑那些自小聰慧，並且長得漂亮的小姑娘來培養，可以說培養出一個花魁，是極不容易的一件事。

淮南城最出名的怡紅院與倚翠樓，是其中的佼佼者，每三年這兩家就會競相出一名花魁，兩家幾乎包攬歷年來荷花節的前幾名美人。除此之外，還有幾家叫得出名號的，比如群芳閣，也會每隔幾年就出一名美人，往年也曾經出過花魁。

這些傳承幾十甚至上百年的伎館，因其處於最繁華熱鬧的大城市，即便是在災荒戰亂年代也沒有受到太大的影響。因為淮南城一向富庶，歷代皇帝在這裡都有行宮，駐軍數目多且大半是精兵強將，把這個地方護衛得相當好。

當年的廢帝就是因為太沈迷女色，經常到行宮來，一住就是幾個月，荒唐太過，導致朝政被人把持，安王才有機可趁，拖他下馬，自己當上皇帝。但是安慶帝本身不是個愛享受的人，加上剛上位時朝事繁忙、國庫空虛，沒時間也沒心情來享受。

這兩年來，皇帝身邊的美人也夠多，加上自己年紀也不小，著重於養生，他還想多當幾年皇帝，所以一直沒來行宮住過，更別談欣賞這裡的美人。即便今上未曾造訪，行宮卻一直保持良好，所有的花費也一直維持，大家都在想，萬一哪一天皇帝來了呢？只要皇帝沒發話取消經費，就有希望。

這幾年來，安慶朝各地漸漸恢復生機，淮南這個原本就沒受到多大影響，並且良田多又富庶的地方，人民的生活水準又更好了。有錢的人多，做生意往來的人也多起來，這些勾欄院自然而然又紅火起來。

說來這也是安慶帝上任以來，淮南舉辦的第一次荷花節，從四面八方湧來的客人不少。其實以前花魁之爭並不叫荷花節，現在會改名，主要覺得荷花美豔又高潔，取其寓意，以示這些姑娘們都是賣藝不賣身的清白女子。

實際上除了花魁之外，不管是怡紅院、倚翠樓還是群芳閣都做皮肉生意，而當紅的花魁青春一逝，若不是從良下嫁，只能靠教養稚妓為生，有些甚至和普通妓女一樣接客。

這些青樓裡，都會養不少年紀小的漂亮小女孩，這些小女孩打小就被精養著，學文識字、習各種技藝，指望一舉成名，但百分之九十九的女孩最終也只能當個普通的青樓女子，她們亦會按照其學識豔名，分為三六九等。

荷花節，能出名的都是長得如花似玉，吹拉彈唱、詩詞歌賦無不精通之女孩，人人都有傲視群芳的過人之處。她們要進行為期九天的三場選拔，最終才能確定花魁，同時還會依次評選出前五名。

這五名姑娘各有千秋，唯一相同的都是才識過人、體態風流的大美人，捧她們場的達官貴人自然也多，青樓也能因此賺到大筆的銀子與名聲。

辛湖興致高昂的聽旁人談論這些詳細的事情，心中迫不及待想見到那些美人們。

「聽說今年怡紅院的含煙姑娘是大熱門。」有人說。

「哪裡，倚翠樓的如柳才是有最多追隨者的人。」有人急急的分辯道。

「什麼啊，群芳閣的輕塵姑娘才是最厲害的。」又有人說。

聽來聽去，辛湖總算明白，目前已經有三名候選人，光聽這三位的名字，辛湖就能想像出她們的形象，就不知她們是不是名副其實了。

聽了一堆八卦，終於輪到他們進城，辛湖這才意猶未盡的與幾個八卦公子道別。因四方賓客雲集，兩人找好幾家大客棧，卻都住滿了。

「怎麼辦，難不成只能去住小客棧？」大郎煩躁的說。如果他自己一個人，是無所謂住哪裡，但帶著辛湖，況且兩人還是來度蜜月，總不能住到魚龍混雜的地方去吧？不管辛湖扮得再怎麼像男人，她實實在在就是個女人，他可不敢賭沒人會發現辛湖的真實性別。

「咱們找間遠一點的客棧吧，只要乾淨就行了。」辛湖卻不以為然的說。這時就好比現代逢上大節日出遊，每個景點都人山人海，還想找什麼好飯店啊？能有個地方住就不錯了。

兩人只得牽著馬，四處遊蕩，最終在個偏遠角落找到一間小客棧。實際上，這都不能稱之為客棧，就是個臨時的家庭客棧。因為這戶人家裡人口少，宅子倒不小，又沒有正式營生賺錢，就想乘機賺點銀子貼補家用，前陣子才把後面那間空置的小院子好好的收拾出來，為了招攬客人呢。

「客人就兩位？」帶他們參觀的老僕，小心的問道。

「是的，就我們兄弟兩人。平時只要你們提供熱茶水、早上準備好早餐，晚上如果我們要在這裡用餐，會事先提醒你們；另外我們的馬得好好照顧。」大郎答。

老僕鬆了口氣，這兩位客人算是符合主人的要求。他知道主人家也是沒辦法，才想出這個法子來賺錢。大郎與辛湖兩人只有兩匹馬，人看上去也乾淨清爽，也不像是脾氣古怪的有錢富貴人家，正合主人的意。

院子雖然小，但勝在乾淨整潔，與整間宅子的後門相通，跟前院則相隔甚遠，根本不會打攪到前院的主人家，出入又方便，住在此地又不必與其他人擠，大郎和辛湖都很滿意。

這裡的價格也不算太貴，大郎扔出一百兩銀子，包下這個小院子。

一百兩銀子，主人家答應讓他們住半個月，包括給他們準備熱水、熱茶和照顧馬，還有普通的早餐等都包在裡頭。如果吃正餐，則要加菜錢，主人家也擔心他們吃得太好，招待不起。

大郎完全不知道自己誤打誤撞，這裡的主人居然有不可言說的身分。

這戶主人家，就是廢帝的情人。這位美人還為廢帝生了個兒子，知道她身分的人極少，而且還都是廢帝的心腹得用之人，他們留部分人手保護這對母子，其他人則在暗中進行活動，企圖光復廢帝的江山，扶這個孩子上位，所以一直以來花費都極大。

錢不夠用，美人不得不自己尋些出路。這種出租自己房子的賺錢方式，算是最穩妥、不需花費多大的精力。畢竟來的這些客人，他們都精挑細選，並且都是短租客，過不了多久就走。

一百兩銀子雖然少，但一年裡能來個十批、八批客人，也有那出手闊綽的，住個三、五天也給一百兩。所以一年下來至少也能賺上一千兩，足夠供這母子兩人及家中僕婦、護衛們生活了。

他們家表面的所有生活來源，就是一處小莊子，其產出也不過能勉強維持家裡的開銷，若遇上年收不好，連養家餬口都不夠。不賺點銀子，如何養這麼一大家子的人？

這處宅子裡總共十位僕婦、十位護衛，多是武藝高強的暗衛出身，其中也有部分是太監和宮女出身。這個不得見光的皇子，也有兩位師父，一個教文，一個教武。

街坊鄰居們雖然都知道他們這一戶人家，卻極少有人見過他們。不過高門大戶家的孤兒寡母，不與外人來往也很正常，所以他們是什麼時候搬來的，居然也沒人說得清。戰亂時，確實有不少人搬來搬去，這地方的大多數原居民也換好幾批，全成了互不知底細的人。

第八十七章

大郎與辛湖自然不知道這些事情。他們住下來了，對這個小院十分滿意，這裡可比住客棧更舒服些，也清靜。小院裡就他倆，不用與他人一起進進出出，也不必擔心會讓辛湖的身分暴露出來，行動也自在許多。

這間相當於特地闢出來的小院，看起來不大，實際上卻夠住一家人，只住他們兩人顯得有點空蕩，兩人也只用一間正房而已。

院子裡一應設施齊全，還有個小灶房，裡面鍋碗瓢盆也很齊備。辛湖乾脆就讓老僕不用給他們送熱茶水過來，她自己燒水更方便，只需幫他們把水缸裝滿。反正她也不習慣外人侍候。

老僕很痛快的答應了。不一會兒就有個壯年男子挑著水桶過來，三擔水就裝滿水缸。

「客人還有什麼吩咐嗎？」老僕問。

「對了，我們洗衣服要去哪裡用水？」辛湖問。她是個女人，自然不能把衣服交給老僕拿去洗，就連晾曬都得小心，不能讓別人看到。

老僕果然面露驚訝，問：「客人不需要我們幫洗衣物嗎？」這兩位客人又沒有帶下人，難不成要自己動手洗衣服？

「不用了，我們兄弟出門在外，一向自便慣了。」大郎連忙答。

「哦，可以出門去河那邊洗，也可以在院子裡洗，我們給你們擔水。」老僕答。

從後門出去，不過一里多路就有條小河，正是淮南河的支流，用水極方便。挑水的僕人也是從這條河裡挑來的水，附近的居民，幾乎全部都用這條河的水。

「那就再給我們擔一擔水，放在院子裡供我們洗衣服。」大郎說。辛湖雖然扮成男人，但內裡的衣服自然還穿女式的，一個大男人如果拿著女子的裡衣出去洗，肯定會被別人當成怪物，所以衣服還是在院子裡關起門來洗更妥當。

老僕點頭，立刻又吩咐那壯漢去挑來一擔水，直接把水桶放在院子裡。

辛湖燒了開水，仔細的洗刷鍋碗瓢盆。她雖然帶的行李少，但必要的茶壺、茶杯、碗筷全都有，甚至還有一大一小兩個木盆，大的也不算太大。出門在外，古代的客棧又不像現代飯店，所有用具都有消毒，她不敢用別人用過的盆子洗澡，只得自己帶個盆子，用來洗澡、洗衣服，連在外面吃喝，也都用自己的杯子、碗筷。

她這種行為，大郎一開始極不習慣，不解的問：「妳這是做什麼？」

「用自己的乾淨啊！你說這些碗筷茶杯，也不知什麼人用過，要是有病，可是會傳染給人；澡盆也一樣，也會傳染一些病。」辛湖說。

「哪有病人會出門？」大郎嘟囔。

有病不在家裡好好養著，誰還出遠門？不過他再想想，那些達官貴人們出門也確實是自帶用具，帶著大堆的行李物品，樣樣齊全，的確不用外面的東西。

「有些人病了，表面上是看不出來的，他自己都不知道；而且有些病傳染性極強，共用鋪蓋、澡盆等，都能被過上病氣，比如那些花柳病。」

辛湖乘機教育大郎，把這些知識傳授給他。她和大郎偷偷溜出來時，就帶上自己的衣服鋪蓋，只不過現在天氣不冷，不用帶太多太厚的，兩人的行李看上去也就不太多。

大郎皺眉，看她幾眼，才說：「妳打哪知道花柳病的，還知道這種病會傳人？妳個良家婦人，以後不要在外面瞎說什麼花柳病了。」

「書上看來的。」辛湖想都沒想就回答他。反正現在，她把自己講不來出處的知識全推給書本。

大郎到底還是有些疑慮，就找機會查證。確認後，他出門也儘量自己帶鋪蓋與個人用品。

辛湖燒了熱水，痛痛快快的洗了大澡，再把衣服洗乾淨曬好。以防萬一，裡衣還小心的用外衣蓋住。

忙碌到這時，天也黑了，兩人出門去吃晚餐。

老僕還多嘴了一句，說：「客人可以去南街，那邊最熱鬧。不過，夜裡可不能太晚回來，我會留人守著門，客人回來後直接叫門就行。」

「好的，多謝老伯。」大郎笑著打了招呼和辛湖走了。

入夜，淮南城果然一片燈火輝煌，熱鬧的很，與別處早早就宵禁的情況完全相反。

「果然不同啊。」辛湖笑道，這種情況讓她想起現代。來到古代後，一到晚上，外面根本就是黑的，難得見到燈火。實際上，她也是第一次晚上出門玩樂，興奮的四處亂轉，眼睛都不知該看哪裡才好。

「夜裡做生意的都是些秦樓楚館，大多數人是出來尋歡作樂的。」大郎提醒她。要吃飯還是趕緊找地方，不然遲了，就只能去青樓吃了。

「那有專門吃飯的地方嗎？」辛湖興致勃勃的問。

其實她很想去見識一下古代的吃花酒，這可是得到真正的青樓去，就不知大郎願不願意，帶她去見識見識？

「當然有啦，妳看前邊不是有家酒樓嗎？」大郎指了指前面，果然有一家格外高大的小樓，裡面傳來陣陣喝酒划拳的聲音。

「不錯嘛！」雖然不是青樓，但裡面明顯很熱鬧，辛湖大樂。

大堂裡坐好幾桌，雅間包廂大約也是滿的。兩人一向簡單慣了，自然直接在大堂裡坐下。招呼客人的小二動作極麻利，嘴皮子也索利的報上一堆招牌菜名。

兩人叫了三菜一湯，沒有要酒，只要了兩大碗公米飯慢慢吃著。菜雖然都是普通貨色，但味道還不錯，辛湖這會兒也沒有心思享受美食，張著耳朵聽著他人談笑。

這些人談論的大多也是有關荷花節的八卦，除了含煙、如柳、輕塵之外，還有不少新名字，可見參加的美人還真不少，難怪吸引各地的人紛紛湧來。

聽著不時有人大聲表白那些美人，搞得辛湖簡直以為自己回到現代。這還是她到古代以來，第一次見到如此開放的民風，好似這裡的人都格外不在意那些封建禮教。

「走啦，回去了。」大郎見她滿臉的興奮，連忙把她帶回來，生怕她會一時起意跟著那群人跑。能在這裡吃吃喝喝、高談闊論的，想來也是有點身分地位的人，辛湖真和他們混在一起，指不定還會再去湊熱鬧。

「幹麼呢，我們也跟著去玩玩吧？」辛湖不滿的說。

「都什麼時候了，該休息了。」大郎不由分說的拉著辛湖往回走，很快就與那群說笑的人分開。

「還早啊，休什麼休。」辛湖低叫道。

到沒人的地方，大郎才說：「人家去青樓尋歡，妳個女人去湊什麼熱鬧？」

「我就不能去看看美人、聽聽小曲嗎？」辛湖笑問道。

「胡鬧，走了。」大郎不肯。還要看什麼美人啊？身邊這位他還沒來得及看夠，這大好時光，還不如回去好好熟悉、熟悉自己的新媳婦。

兩人正拉拉扯扯間，突然一個有些熟悉的聲音，熱情的說：「哎，小兄弟，難得咱倆又碰面，這時間回什麼回？還早的很，走走，咱們一起去玩玩。」

辛湖和大郎面面相覷，簡直有些哭笑不得，居然在這個地方又遇上進城時一起閒聊的那幾位公子哥兒。這幾位和他們一樣已經梳洗過，換上乾淨的衣裳，顯然也是酒足飯飽，特意出來蹓躂的。

辛湖大喜，連忙拉了拉大郎。她才不會放過這個難得的機會，都到這個地界來，不去看看這些繁華的夜生活，豈不是白來一趟嗎？大郎無奈，只得跟上去，這時幾個人才互相介紹。

這三位中年紀最大的彭公子顯然是帶頭者，另兩位是胡公子與嚴公子。三人來自離淮南並不算遠的東南府，是專程來參加荷花節、看美人的。

大郎笑道：「我們兄弟姓陳，諸位喚我一聲陳大郎就行，這是我弟弟陳二郎，我們從清源縣來。」

彭公子略一沈吟，說：「清源縣，這可遠了。兩位陳兄弟大老遠的過來，總不會是為了看美人聽小曲吧？」

「是啊，我們是為了一樁生意來的，替老闆在前頭跑跑腿。」大郎笑道。

「說的也是，大多數人可不都是趁著荷花節的東風來做生意的，也只有我們幾個無所事事的傢伙，才有這閒心看美人聽曲兒呢。」胡公子笑道。

幾人說說笑笑的往前走，大郎又說：「我們兄弟是第一次來淮南，正巧逢上荷花節，沒想到這地方如此熱鬧繁華，果然不愧為江南最富庶之地。」

「那是，不然大家為何都齊聚過來呢？雖然美人好看、小曲好聽，那可都是銀子捧出來的，才會熱鬧繁華啊！」胡公子大笑道。

「胡兄說的果然有理。」眾人皆大笑。

辛湖暗樂。沒想到這群人其實都是明白人，卻一副四處尋歡的德行，這又是為什麼？還是說，公子哥兒們本身是最愛湊這個熱鬧的？

他們一路走走聊聊，沒多久就到一家點著一圈紅燈籠的春風閣。

辛湖暗道。春風閣，難道這裡也是一家青樓？但看門口來來往往的客人卻不多，不像那些一眼就看得出來的銷金窟，並不熱鬧，難道是因為生意不太好嗎？

辛湖正胡亂想著，胡公子三人停下腳步，對大郎說：「陳兄弟，一起進去玩玩？」

都到這個地步，見辛湖在一邊躍躍欲試，大郎也只好硬著頭皮說：「請。」

門口自然有迎客的人，熱情的招呼他們五人。入得大廳，辛湖才發現這裡居然十分清爽，沒有想像中的靡靡場景，大廳不大，人也不多，樓上不時有絲竹之聲，聽著像琵琶聲，卻沒聽見唱歌的聲音。

辛湖只管睜大眼睛四處打量。大廳裝修得十分清雅，只有幾個類似僕婦的人侍候在一旁，一點也不像歡場，反倒有點像文人墨客們愛待的場合。當中，有一階旋轉似的樓梯直登二樓。

胡公子三人應當是熟客，根本不用人帶領，自個兒就上去。

樓上卻別有洞天，有個大大的戲臺子，也有看臺，其實形式和現代的電影院差不多，只不過格局小一些。看臺不像現代一排排的，而是一桌一桌的，有幾桌已經稀稀落落的坐一些客人，清一色是年輕公子哥，年紀最大不過三十多歲，年輕的也就和大郎差不多歲數。

戲臺中間有人在調琵琶，只是燈火較暗，影影綽綽的看不清楚人。

眾人尋個位置坐下，立刻有人過來，在桌面擺上茶水點心瓜果。

一曲彈完，燈火亮起來，中間那人站起身，朝觀眾們行禮，看著那人的身段，辛湖總覺得有些不對勁。

看臺上的觀眾有人大聲叫好，扔下一把賞錢，發出一陣叮叮噹噹的響聲，那人自然不停的行禮道謝。胡公子三人也各掏出荷包，象徵似的扔出一些賞錢，大郎和辛湖見狀，也學大家的樣子，各扔了一把大錢出去。

等大夥兒都停手，彈琵琶的人才退下去，接下來就有小丫頭快速上臺來打掃，把那些賞銀全部收起來。

接著又上來一位美人，因為燈光的緣故，根本就沒看清楚來的是什麼人。這回彈的是古琴，還是邊唱邊彈，這美人一開口，辛湖就明白自己剛才為何總覺得不對勁了。搞半天這是一家男風館，這些伎子居然都是男子。

而且這唱歌的男子，顯然年紀並不小，但他的聲音充滿磁性，歌唱得好，琴也彈得極佳，聽得辛湖幾乎是如癡如醉，連看臺上的眾人也全部停下交談與吃喝，都認真的欣賞。可見這位是春風閣的臺柱，水準極高。

一曲畢，這回所有人全都熱鬧的叫好，聲音大的令辛湖猛然間發現，原來在這位公子出來彈唱時，附近不知不覺居然坐滿客人。這次的賞銀可比剛才多了不知幾多倍，辛湖清楚的看到胡公子他們這回扔出的都是五兩一個銀元寶。

「真是太好聽了！」辛湖說，也跟著扔出一錠銀子。

大郎無奈的看著她，沒法子，也一樣扔了一錠銀子，兩人瞬間就出手十兩銀。

胡公子三人顧不上他們，一個勁的叫著讓那人再彈唱一曲。坐在他們對面一桌，其中有位公子像是狂熱的粉絲，邊叫邊扔銀子，大把的銀子不要錢似的撒下去，像是恨不得把那彈唱之人叫上來親近親近。只可惜，臺中之人無動於衷，好似對這種場景習以為常。

「無雙公子、無雙公子，再來一曲。」不少粉絲大叫道。

他這才低笑幾聲，站起身來，說：「多謝各位貴客，無雙這廂有禮了。」說完很風流倜儻的行個禮。

燈光聚在他身上，辛湖幾乎屏住呼吸。臺上的男人說不上有多美，但身材修長，面如白玉，很有股迷人的氣質，令人目光不知不覺的追隨他。果然配得上公子無雙這個稱號，他一出聲，令賓客們叫得更加瘋狂了。

無雙公子臉上帶著迷人的微笑，環顧一下四周的客人，十分有風度的坐下，擺開架式。這回卻彈唱一曲極度纏綿悱惻的傷感愛情故事，引得一眾貴賓悄然淚下，曲畢，無雙公子行了一禮，就突兀的退場。

辛湖悵然的嘆口氣。為這樣一位風華絕代的男子，卻不得不委身於歡場中而傷感了一回。

「哎，無雙公子難得登臺，依舊迷人啊。」有人感嘆道。

「那是。想當年，無雙公子可是風靡整個淮南城，就是那些花魁頭牌，誰又比得過他的琴與歌？而且無雙公子擅曲，今天的曲就是他自己寫的。」有人介紹道。

「原來還是位才子啊。」辛湖嘆道。這樣的男子，原本應當有更廣闊的天空，活得更自在，現在卻只能在這一方小天地裡，給各位賓客彈唱。

「無雙公子可是位大才子，只可惜生不逢時，在這裡已經待了整整十年。」又有人說。

「是啊，十年了。十年過去了，無雙公子居然還在這裡，他為什麼不自己贖身？」有人問。

「就他這個身價，自己如何贖得起？想當年，有位貴人出價一萬兩都沒能把他贖走呢。」

有人說起當年往事，更激得眾人一陣陣感嘆。

不過也有人說：「無雙公子真的離開這裡，出去也不會有好去處，還不如留在這裡自在。就算他能自己贖身，出去要是遇上那不長眼的粗俗之人，又該如何自處？沒了春風閣庇護，他還不是任人宰割。」

辛湖暗暗點頭。這樣出名的人，如果沒有極高的地位和強有力的保護者，出去真是極容易被某些人糟蹋，還不如繼續待在這裡。這裡有自己的規矩，他也不過是需要定時出來彈唱幾曲，這對他來說，也相當於是一份工作。只不過，這份工作估計沒有多少薪水，人身也沒多大的自由。

但那又如何，誰讓他出身於最底層？他也只能待年華老去，無人再記得他時，才能真正的解脫。

眾人皆沈浸在無雙那勾魂奪魄的琴音中，久久不能回神，可見都是最真誠的粉絲。但無雙下臺，春風閣的另一門生意也開始熱火起來。既然是男風館，來此的人除了來聽無雙的琴之外，其他人也不外乎是來尋歡。

大郎和辛湖自然沒這種愛好，胡公子三人也只好意興闌珊的與他們兩人道別。

回途中，辛湖又是感嘆又是驚訝，一直在喋喋不休的說著話。辛湖平時是個很冷靜的人，極少有事情能引起她強烈的情緒變化。

見到她此刻如此激動，大郎又是好笑又是吃醋的問：「妳激動個什麼勁？那無雙公子再優雅、再能琴會歌，也不過是個歡場中人。雖然他的追隨者不少，但妳看人家還不是該怎樣就怎樣。一點也不像妳，不過是見第一回，就興奮得不能自持了。」

辛湖看他幾眼，恍然明白這傢伙其實是有些吃醋了。

「你不覺得無雙公子很了不起嗎？多有才的一個人啊。」辛湖笑問道。她有種追星的感覺。

「倒不覺得了不起，不過無雙公子確實算是個人才。」大郎答。在這個無數達官貴人來尋歡作樂的地方，留下的不僅僅是無數的金銀珠寶，也留下不少的談資與把柄。

第八十八章

無雙公子這個只賣藝不賣身的異類存在，引起過無數人的好奇。

大家都在猜，無雙身後其實有個極厲害的金主。

無雙在音律方面極有才華，不僅自己能歌會彈，還會創作。他留下大量傳唱的歌曲小調，其詞有綺麗、有優雅、有悲愴，也有活潑向上的，其風格多變，其他人難以望其項背，無論是十年之前還是十年之後，都沒有人能超越他。而本地歡場，甚至外地歡場上傳唱他的歌曲小調的美人不少，也間接給無雙打響名聲。

無雙公子的名號不僅在淮南出名，也引起燕王的興趣。

所以大郎來了，他帶著辛湖假公濟私，度蜜月兼辦公差，他還在想如何去接近無雙公子？誰知到淮南的第一夜，就見到無雙公子。

回來後一進房，辛湖就迫不及待的開始寬衣。她得解開束胸，胸前裹了幾層，又緊又熱，要不是為了外出玩樂，她才不樂意受這個罪。

等大郎端洗臉水進來時，辛湖已經脫掉上衣，正在解束胸。看著眼前光裸著白花花的肌膚，晃得大郎呼吸立即急促起來。

幾層束胸布解開，那對跳脫的白兔立刻跳躍起來，這下大郎哪還忍得住。

夜還很長，兩人糾纏著，後來辛湖只覺得自己的頭髮都全是濕的，熱得快要融化了，才迷糊的睡過去。

第二天，辛湖不可避免的睡到日上三竿。此刻大郎早已經起了床，正在院子裡打拳練功夫，桌上他給辛湖留的粥和包子都已經冷透了。

「醒啦，肚了餓了吧？我去幫妳把早餐熱一熱。」大郎收拳，滿頭是汗的往灶房走去。

「行了，去打水洗把臉吧，我自己來。」辛湖攔住他，自己動手去。

辛湖把包子直接蒸了蒸，粥也熱一下，就著鹹蛋與小菜吃得飽飽的。她懶洋洋的伸個懶腰，一點也不想動。昨夜大郎折騰了大半夜，今天她沒精神出去亂跑了，正好天氣也熱，她也樂得不束胸部，就只穿件寬鬆的衣服，懶散的躺在椅子上納涼。

大郎去洗個澡，換下汗濕透衣服，頭髮還是濕的，直往下滴水。

他坐在院子裡洗自己剛才換下來的衣服，辛湖想到昨夜兩人弄髒的床單，吩咐道：「去把床上的東西也一併洗了吧，趁著天氣好，把那些鋪蓋、衣服全部洗一遍，好好曬曬。」

「得，這麼多，我還是拿到河邊去洗吧。」大郎說。

「行啊，你去吧，我就在院子裡歇歇，今天不出去了。」辛湖打個哈欠，揉了揉痠軟的腰，一點精力也沒有了。

見到大郎拿著一堆衣物出去，老僕笑道：「客人要出去洗衣服嗎？這麼多，要不要我叫個僕婦過來幫忙？」

「不用了，我習慣自己來。」大郎笑著推辭。

別說現在辛湖在外人看是男人形象，就算她是本來的樣子，他也不好意思讓別人見到床單上的髒污。昨夜的戰果可不小呢，不然，今天辛湖也不會懶在家裡不想動。

聽到他倆的說話聲，辛湖想到一個大男人自己出去洗衣服，也確實不太好看，還是回房束上胸，又跟上去了。兩人一起，總好過大郎一個人去洗。

沒想到河邊十分安靜，乾淨整潔的石板鋪就的碼頭上，一個人影也沒有，倒是不遠的河對岸靠著一條不大的烏篷船，一動不動的歇在一棵大柳樹蔭裡。

兩人邊洗衣服邊閒聊，還沒洗完一件衣服，一群半大孩子嘻嘻哈哈的跑過來。見到兩個大男人在洗衣服，那幾個小孩居然都笑起來，還指指點點的。他們長這麼大，還沒見過大男人洗衣服。

辛湖一向不覺得男人幹家務有什麼不對，以前在蘆葦村時，因為她的帶領，大郎、平兒等人都會做家務，無論是洗衣還是煮飯，人人都會。在他們家的帶領下，村子裡的男人都會自覺地做這些家務活，後來慢慢就演變成一種習慣，整個蘆葦村的男人，沒有人覺得男人就不能幹家務活。

被小屁孩們嘲笑了，辛湖笑罵道：「喲，小子們，你們這樣小心以後娶不到媳婦哦。」

「切，你們倆才娶不到媳婦呢！大男人還自己來洗衣服，羞不羞臉！」有個小孩膽子大，嘴巴也俐落，開口就反駁一句。

「嘖、嘖，這麼大點，別的沒學會，倒是學會了看不起人。」辛湖感嘆道。

結果，這句話不知如何踩到這群孩子的痛腳，他們群起而攻之。一個個七嘴八舌的和辛湖爭論起來，有人還不停的嘲笑他們，兩個大男人幹女人的活。

辛湖簡直是好笑又好氣，不理他們心裡過不去，理會他們，又顯得自己和個孩子計較了。兩人被這群孩子搞得灰頭土臉，只得快速洗完衣服，灰溜溜的回去。

那原本停著一動不動的烏篷船上，卻走出一個男人，若有所思的盯著他倆離開的背影。

「公子，您看什麼？」男人的侍從好奇的問道。

「看剛才被孩子們嘲笑的兩個男人。」男人漫不經心的答，心裡卻十分羨慕那兩人。不管孩子們如何嘲笑，他們回去的背影卻一點也沒受影響。

他甚至從那個個子高大些的男人行動裡，看出幾分柔情。這種感情他一眼就可以看出來，他們並不是兄弟，雖然哥哥是會愛護弟弟，但那種愛護卻不同。

「這也不算什麼稀奇事，那可能是一對。」侍從小六子說。對生活在一家男風館的主僕二人來說，看到兩個男人在一起，不是很正常的事嗎？

實際上，公子好像對什麼事情都不感興趣，他活著多半時候，給人的感覺就是在完成一種任務。他無法理解公子為什麼會這樣，但他打心底很心疼公子。誰也不願意生活在那麼骯髒的地方，公子卻過了十年。

除此之外，公子的擔子也重，他不得不為春風閣的生意操心，不得不為了令春風閣的生意更好，而耗盡心血的譜寫新曲。那些銀兩如流水般的進來，卻全部被人拿走。他知道，公子不得不這樣做，想要活下去就得聽命於他人。

無雙是羨慕眼前消失的兩位年輕男子，但是他也有自知之明，他的這一生，很早以前就已對情愛無期望。

他只不過是盼望著，有朝一日能離開春風閣，去過自己的生活。不需要奢華與熱鬧，只需一處小宅子，一方小天地，就算避世隱居，日子清苦也無所謂。

「公子，回去吧。」小六子等了許久，才輕聲提醒主子。

他不懂為何公子喜歡在這裡閒坐，但公子卻經常要乘這條船到這裡來悠閒半天。也許公子就愛看那些孩子無憂無慮的打鬧玩樂，因為他自己無法過這種生活。

「走吧。」無雙回過神來，返身進入船艙。這些年過去，他的唯一私產就是這一條普通的船，而他唯一能自由行動的地方，也就這一條小河的這一段路程而已。

他來這裡，也不過是為了出來呼吸一點自由的空氣，給自己增添些活下去的勇氣。

辛湖一回到小院，就氣呼呼的去換衣服。她先解下厚厚的束胸、換上輕便的內衣，就穿了件薄外裳躺在門口納涼。

大郎曬完衣服，端來一碗早就涼透的綠豆水，說：「好了，和一群孩子生什麼氣？我們又不在這裡生活，過沒幾天就走，誰還記得我們啊？」

「我不是為自己生氣，我是氣這麼小的孩子，居然就覺得女孩子就該幹家務活，男人天生就高人一等。」辛湖說。

其實想了想，這些事又與她有多大關係呢？她管不了別人，也改變不了這個社會。這裡不像蘆葦村，就那麼幾人，在她的潛移默化之下，男人對女人的態度也改變很多，女人的地位相較於別的地方，是高出一截了。但這終究是個男權社會，女人依舊只能依附男人生活。

「妳還沒見過那種不把女孩子當人的家庭呢。好啦，妳管不了別人，我們只能做到自己不這樣就行了。」大郎說。

「唉，這麼一想，我就希望自己只生兒子不生女兒了。女兒家想在這個世界自在的生活，太難得了。如果遇上個好夫婿，夫妻恩愛，生活還有點樂趣。要是遇上個納一堆妾、貪財好色、不把妻子當人的男人，那日子該如何過？」辛湖摸了摸自己的肚子說。

她這個年紀正是好生養的時候，兩人自成親後，除了某幾日不方便之外，就沒有空過，天天都得運動運動，這樣下去，想必很快就會有孩子了。

大郎聽了她這句話，哈哈大笑起來，說：「妳想太多了。如果我們有女兒，只要教養得夠好，父兄又有地位，她的日子怎麼會差？再說，妳看看謝夫人，還有很多像謝夫人那樣的女子，她們的日子也都過得不錯吧？」

「是，謝夫人的日子確實不錯，可是我若想到張嬸嬸，都替她覺得憋得慌。」辛湖說。

張嬸嬸最終還是與朱公子和好，主要還不是因為這是個男權社會，張嬸嬸不可能獨自帶走兩個兒子，除非朱家人死光了。

「張嬸嬸現在的日子過得不錯啊，朱家人敬愛她，她的地位也高，而且過沒幾年，小石頭都該娶妻生子了，她也可以享受清閒了。」大郎說。在他看來，張嬸嬸的運氣還不錯，如果朱家人噁心一些，又再娶妻生子，張嬸嬸的日子才叫難過。

「反正我是不認可男人三妻四妾。與一群女人睡一個男人，想想都噁心！」辛湖說。

「又胡說了，什麼叫噁心啊？雖然我不會納一堆妾，但男人三妻四妾是常事，這樣的男人多的很，反正與妳也無關，妳管人家噁不噁心啊！但妳這話要是說出去，可是會引發一堆人的口誅筆伐。」大郎說。

「我知道。不過我管不了別人，可以管我自己啊。所以我寧願不生女兒，不想她過這種噁心的日子。」辛湖說。

「好啦、好啦，八字還沒一撇，妳都沒懷上，就操心女兒嫁人的事情，這也想太多了吧？」大郎笑著湊過來，心道，有這閒情想些有的沒的，還不如幹正事，先生個女兒再說。

反正他是不愁自己女兒以後過得不好，有他和辛湖在，難不成還能看著女兒在夫家受苦受罪？大不了，一拍兩散唄。而且訂婚前，他們做父母的，還能不好好的考察對方的人品家世嗎？

辛湖一巴掌拍開他，正經的說：「我看你還是該好好謀仕途，想讓女兒以後少受些罪，你起碼也得是個大人物。」

「行，我會努力的，這會兒還是讓我先努力生個女兒再說吧。咱倆這可是在度蜜月，就該好好享受，不是想這些亂七八糟的事情。」大郎低笑著，擁她入懷。

歇了兩天之後，大郎和辛湖才開始真正的淮南之旅，打算遊遍、吃遍整個淮南城。在一條小巷子裡，辛湖發現一家很有特色的鋪子。

這裡生意不算好，進來買東西的客人不多，但鋪子的老闆卻格外悠閒，自己坐在躺椅上，搖著大蒲扇，嘴裡哼著小曲兒，手邊的小几上擺著一壺荷葉泡的茶，邊上還放著兩盤點心。

他喝幾口茶、吃一塊點心，再搖頭晃腦的哼唱幾句，一副快樂似神仙的樣子。看到他如此清閒的樣子，辛湖忍不住走進鋪子裡。

原來這是家專賣小泥人的鋪子。貨架上擺滿各種情態、色彩鮮豔的小泥人。

「哇！好可愛的娃娃。」辛湖驚呼一聲。出門玩，除了吃吃喝喝、看看風景之外，無外乎是要買買買啊。見到如此可愛的娃娃，她自然要買一些回去賞玩。

辛湖逐個先看一遍可愛的小泥人。這些小泥人五官唯妙唯肖，面部表情十分傳神，接著她才隨意拿一個起來，仔細看著泥人身上那件做工精良的小衣服。這可是真正的衣服，與現代小姑娘們玩的芭比娃娃類似，都可以給泥人脫換衣服，只不過小泥人並沒有配多件衣服。

辛湖笑道：「老闆，您為何不給泥人多搭配兩套衣服？客人拿回去就能直接給泥人換裝，換個新花樣啊！」

老闆慢騰騰的走過來，笑道：「客官，您這話有理，不過我這小泥人，賣的可不是衣服，如果碰上有心人，自然會自己動手給它再做幾身衣服。」

「哦，原來是這樣啊。」辛湖笑。搞半天，老闆並不是沒想到，只不過是故意的。

辛湖再想想現代的芭比娃娃，不僅可以做多套換裝的衣服，還有配套的首飾與包包，甚至還有梳妝檯、衣帽架等等，整的就好似一個真人，什麼都給娃娃準備好。如果這樣多備些東西，這泥人是不是更好賣一些？而且價格也可以賣得更高，利潤自然也就更大。

不過辛湖沒有說出來。她想要自己做這門生意。大郎看她眼光流轉的樣子，就知道這傢伙又有什麼好點子，不由得跟著盯上這滿屋子的泥人。

最後，辛湖買了好幾套神采各異的泥人娃娃。見狀，老闆又拿出幾個漂亮的小木箱，是用來專放小泥人的。小木箱的外觀做工也十分精美，比新嫁娘的嫁妝箱子不差呢。

「這麼多泥人，買個箱子裝起來吧？省得摔碎了。」老闆說著，打開箱子。喲，裡面還分隔呢，正好一個坑放一個泥人，可見這箱子也很實用。

辛湖拿著箱子，非常喜歡，也不在意多花點銀子，自然就買了幾個。

「老闆這日子過得真舒服，你看他哪是做生意的樣子？整個比神仙還美呢。」辛湖指指老闆的靠椅、茶几及茶几上擺放的茶水點心。

「可不是，估計這家鋪子的生意不錯，賺到的銀子夠老闆花銷，他才會這樣享受。」大郎說。

一般做生意的，如果鋪子的生意不好，愁都愁死了，哪還有閒情吃吃喝喝、哼小曲的？「也是，這會兒他的生意就極好。」辛湖笑道。不僅他們買的多，出來的客人，人人都提著一、兩只精美的小木箱，顯然都買不少。

接著兩人又轉戰到另一家鋪子。這裡依舊是賣手工藝品，只不過是裝飾用品；有木雕的髮簪、手鐲等首飾，還有小孩子玩的鯉魚、葫蘆等等，做工都很精巧，品項多樣，十分好看。

辛湖眼睛一亮，笑道：「我可以在這裡，給那些泥人買些玩具和飾品。」

大郎很無語，實在不能理解她的邏輯。小泥人只是玩具，還給它們配玩具和飾品？這真是太奇怪了。不過難得見她像小孩子的一面，也就由她去了。

買這些小玩意兒辛湖毫不手軟，幾乎進店必買，買的還多，沒一會兒就買一大堆，大郎心想，這種買法，等回到涼平府，都可以開家鋪子專賣這些東西了。但見到辛湖買的開心，他就沒開口阻止，還偶爾參與評點一下。

辛湖很開心大郎能參與，畢竟男人的眼光和女人的眼光不同。有時候，大郎的建議居然還十分搭調，比她自己選的更適合呢。兩人一來一往，漸漸的大郎也被她帶起興趣，開始很認真的東挑挑西看看。

逛完這一條手工藝品街，兩人手上已經拎著許多大包、小箱子了。買的東西可真不少。

拿著東西，辛湖笑咪咪的往另一條巷子走，她聞到香味了。對一個吃貨來說，鼻子是相當靈敏的。

見有客人來，幾家鋪子都開始熱情的招呼，辛湖和大郎叫了新鮮的桂花糖藕、蓮子湯水等時令小吃。

「這個時候還有粽子呢，我們要幾個嚐嚐。」已經是七月，早過了端午，居然還有人在賣粽子，辛湖立刻興奮的買了幾個。

「真不錯，好吃。」吃完後，辛湖滿意的說道。

「這些甜湯水，味道還比不上妳弄的，有什麼好吃的？」大郎不滿的說。

「我覺得還可以啊，哪樣不好吃？」辛湖問道，她吃著感覺還滿好的。

「最好吃的反而是那些粽子。」大郎反駁道。他吃粽子並沒有要求有味道的，只選白粽子，就著滷菜吃，就好像吃一頓帶著粽葉清香的糯米飯。

「還別說，那些小粽子確實很好吃，糯米勁道有嚼勁，粽葉的香味完全浸入糯米中，十分清香。」辛湖表示贊同。

在他們說話的時候，也有一群人過來吃東西。聽到辛湖的話，又見她吃得香，中間那男子居然也叫兩個他從不吃的粽子，坐在一邊慢慢的吃起來。

第八十九章

吃一頓飯，也等於歇會兒腳，接著他倆又開始逛街。

這一天，大郎體會到女人逛街的戰鬥力，幾乎沒把他累死。他覺得比他出門談一天生意都累。辛湖的體力原本就相當強悍，又好吃好喝的歇兩天，體力充沛，加上她興致高昂，不停的拉著他四處逛，買買買，到最後，大郎手裡都提滿，辛湖的手也沒空著。

回來後，大郎幾乎不想動，覺得自己的腳都走疼了，他一屁股癱坐在椅子上，兩隻手也因為拎太多的東西累得很。辛湖卻一點也不見累，還有精力去燒洗澡水。

洗完澡後，辛湖清點一番戰利品，把該包好的包好，才滿意的去睡。這一夜，大郎破天荒的居然沒有動她，自己先睡著了。

辛湖滿臉壞笑的用手指戳戳大郎的睡臉。

「嘻嘻，這下可找到法子治你了。哼，明天咱們繼續逛逛，看你晚上還有沒有精神折騰。」

說完，她倒在枕頭上，立刻就睡著了。

第二天，大郎又到河邊來洗衣服。河邊依舊十分安靜，不見忙碌的百姓，那條小船仍然停在對岸。

不知道這船停在那裡是幹麼的？大郎有些奇怪的抬頭看幾眼小船。看樣子也不像是條漁船，雖然本地船隻多，但這樣光停著的卻也少。他正看著，有個老漢過來挑水，大郎見他腿腳並不太方便，就幫他把水挑到岸上去，又問道：「那條船是幹麼的？」

「那船常停在這裡，多半也是這個時候，下晌就不在這裡了。沒人知道是誰家的船，也沒見船主人出來過，只偶爾見到有個僕人似的男子，下船買過一些走街串巷賣的小吃食。」老伯倒是個健談的人，居然還說的很清楚。

「哦，我還以為是附近哪家的船，還想著能不能租下來用幾天？」大郎笑道。

「你不如去上游看看，那邊有不少出租船。」老漢笑道。

「好的，多謝老伯。」大郎點頭。他的確想租船，過兩日就是荷花節，那大舞臺是搭在一艘巨大的畫舫上，這艘畫舫會停在上游的一個大湖上，湖面一分為二，滿是荷花，一邊與大河相通，看客也好，來這裡比賽的美人兒也罷，都是坐船來的，方便各自行事。

通常富貴人家都會駕自己家的船來看熱鬧，這樣也方便自己帶的女眷。其實就算是男子，也是三五成群坐在自家船上，帶上侍候的僕婦、下人，吃喝拉撒想怎麼舒服就怎麼舒服。

老伯挑著水一跛一跛的走了。無雙公子坐在船上喝著茶，出神的望著正搓洗衣服的大郎。剛才大郎與老漢的談話，他和小六子都聽見了，河面本來就不寬，今天他又故意把船停靠近大郎洗衣服的碼頭附近，所以聽得一清二楚。

無雙不知不覺居然想接近大郎與辛湖。在這兩人身上，他看到生活的熱情，令他原本一潭死水的心，有了一絲騷動。

小六子十分明白他的心情，乾脆撐著船慢騰騰的划過來，直接划到大郎面前停住，問道：「我剛才聽到，你說想租我們家的船？」

大郎驚訝的看著小六子，笑道：「是啊、是啊，我和弟弟是專程來玩的，正想租條船看荷花節盛事呢。」

「我們公子這條船，從來沒有人能上來過，也並不出租。但我家公子最愛文人墨客，如果你和你弟弟能夠留下一些墨寶，或是能傳唱的歌賦，我們就不收租金，讓給你們用幾天。而且，我家公子還能給你們弄個好的地方停船。」小六子說。

無雙公子撫額，有些無語的看著小六子，他沒想到小六子居然還有這麼能說的時候。

「好啊、好啊！」大郎大喜，放下手中洗好的衣服，上了船，與無雙公子見了面，談了會兒話。

大郎十分滿意這船的設施，果然如小六子說的，什麼都齊備並且乾淨整潔，一看就不是普通出租的船。這樣的船，主家很顯然不缺銀子，肯定不可能出租，但人家很明顯是給他一個機會。他打算把辛湖叫過來應戰。

無雙公子是喬裝打扮過的，因此大郎根本就沒認出他就是無雙公子。

「說到文采，我是個粗人，我弟弟倒是有點喜歡，你這個要求，我只能把他叫過來應戰了。」

無雙公子自稱姓吳，說：「如果陳公子有空，不如就這會兒去叫你弟弟來，我正得閒，能與你們兩人喝幾杯茶，也算是交個新朋友。」

大郎答應了，立刻回去叫辛湖。這位吳公子給他的印象極好，是位謙謙公子，舉手投足間都有股特別的氣質，與他說話也格外舒服。他是想租下這條船，況且這位小六子還說可以幫他弄個好地方停船，這可是有銀子也辦不到的事情。

大郎一走，無雙就有點坐不住了，心裡居然很盼望那小陳公子能有些真才實學，他情不自禁的問：「小六子，你覺得這位陳公子如何？」

「這位陳公子如何我不知道，不過他很是疼愛他那位弟弟。反正待會兒他們就過來，我倒要看看，那位小陳公子是有何等本領？」小六子笑道。

看無雙公子原本一貫木雕似的臉上，隱隱露出些期待與笑容，小六子鬆口氣。他是真希望公子能結交一位朋友，才這般自作主張，如今能看到一點效果，真好。

那頭，大郎回去一說，辛湖立刻有興趣，飛快的換裝，就興沖沖的要與大郎出門。

「妳先準備一下吧，就這麼出門？」大郎看辛湖一陣風似的，連忙叫住她。

「有什麼好準備的？過去我隨便唱首歌不就成了？」辛湖不以為然的說。

既然人家說，不會詩詞歌賦也無所謂，能傳唱的歌也行。她這會兒別說唱一曲，就是唱十曲也有。

那些現代流行的古風歌曲，本來就是她的最愛，以前有事沒事，她學過好幾首。況且她這個「學」可不單單會唱，而是模仿原唱者，能模仿個六、七分水準出來，讓人根本就不相信是她唱的。

所以她一上船，見到吳公子面前有古琴和笛子時，腦海立刻浮現兩首曲子。

第一首是李商隱的〈無題〉。「相見時難別亦難，東風無力百花殘……」

她是用男聲唱，聲音低沈有力，再加上詞又那麼出色，才聽四句，吳公子臉上就露出驚喜的表情。

唱到第二遍時，吳公子居然開始彈琴，那絲絲入扣的琴音與辛湖的歌聲融在一起，令大郎折服，對他的觀感更好。這位吳公子在音律方面是極有造詣的人，聽一次就能伴奏得天衣無縫。

「實在是寫得太好了。」吳公子驚喜的感嘆，在心裡不停的咀嚼著這幾句詩詞。

「接下來，我用女聲唱一首悲苦的。」辛湖也發現到吳公子能與自己的歌聲相和，不由得想考驗一下他的音律造詣。

她話音一落，吳公子差點不敢相信自己的耳朵。能各別用男聲與女聲唱歌的人還真不多，剛才這首已經超出他的預期，現在辛湖居然還能用女聲唱一曲，他不敢相信竟能遇上這等奇才。

「請，我等洗耳恭聽。」吳公子有禮的說。

紅樓夢中的〈葬花吟〉，辛湖用自己的原聲，更能表達出歌中的悲苦，況且這首歌本就是由女聲來唱。辛湖吟唱時，第一段無雙公子也一樣用心聆聽，第二段時，他這次取了笛子來和，也配合的相當好。

那濃烈憂傷的情調，還有那段「一年三百六十日，風刀霜劍嚴相逼，明媚鮮妍能幾時」，更十分貼切無雙公子這種身分的人，聽得他淚濕滿襟，幾乎連笛子都吹不成調。

大郎完全不知道辛湖竟有這等功力。這曲子無論是調還是詞，都十分出色，就是太傷感，完全不像辛湖這種人能唱出來的，她的形象一向都是積極向上，卻又唱得十分感人，好聽極了，就連他並不太喜歡這種調調的人，都非常喜歡這首曲子。

唱完之後，無雙公子半天從歌裡出不來，這份悲苦就連小六子都聽懂了。這首歌完全就是為無雙公子這樣的人寫的嘛。

過了好久，無雙公子才整理好自己的情緒，兩眼通紅，規規矩矩的對辛湖行個大禮。說：「這兩首曲子實在太得我心。敢問陳小公子，能否把詞寫給我？」

「當然能。」辛湖想都沒想的說。

吳公子大喜，連忙令小六子拿來筆墨，請辛湖書寫。

辛湖連連擺手，不好意思的說：「這個嘛，我字寫的極差，不好獻醜。」她一眼就看出這位吳公子一定是位大才子。古代才子哪個不寫得一手好字，她那手字實在不好意思在這位大才子面前獻醜。

吳公子驚訝的看辛湖兩眼，有些難為情，覺得自己太過唐突了，卻又很快說：「我來寫吧。」

旁邊大郎的「我來寫」三字，與吳公子幾乎同時說出口，兩人自然也都聽到對方的話，說完兩人怔愣片刻，相視一笑，都不太好意思。

不過吳公子很顯然立刻明白，自己不該與大郎搶，連忙把筆遞給大郎。

大郎接過筆寫了第一首李商隱的〈無題〉。這很短，不過幾句話而已，大郎很快就寫完。

大郎的字是經過刻苦練習，見過他寫的字的人，都少不了要誇他兩句。他很有自信，自己的字拿得出手。

吳公子果然也微微點頭，說：「大陳公子這字寫得極好，行雲流水卻又入木三分。」

「過獎了。」大郎微笑道。他的字雖拿得出手，卻不敢小瞧這位吳公子，連忙把筆遞給他，讓他寫下一首。

辛湖開始唸〈葬花吟〉之詞，這首詞完全是用女兒家的情懷道出來，除了格外傷感之外，也表達了女主高潔無奈的情懷，辛湖慢慢地唸，吳公子寫得非常專心。

吳公子連寫字的動作都格外有氣質，用筆如有神，筆下之字卻如鐵畫銀鈎，蒼勁有力，寫的時候大郎就看得目不轉睛。等他一寫完，大郎連忙仔細的欣賞一遍，由衷的讚賞道：

「吳公子這字比我好太多了。」

兩人的字屬於完全不同的字體，卻各有千秋，只不過吳公子的字顯得更加蒼勁有力些，完全看不出他這種文雅的男子，居然能寫出如此波瀾壯闊的字體，辛湖與大郎都受到不小的震撼。

吳公子卻如獲至寶般開始背誦這兩曲詩詞，顯然詞比曲調更吸引他，他激動的背誦完後，才用極讚嘆的語氣說：「小陳公子，您這兩首曲子可謂價值千金，實在是寫的太好了！」

「呵呵，過獎過獎。」辛湖老臉都紅了。實在很想說這根本不是自己寫的，卻不敢直接說出口，怕吳公子和大郎追究它們的出處。

「好曲子就該流傳下去，您介意我把它們傳出去嗎？」吳公子小心翼翼的問道。

「不介意，好東西就該分享。」辛湖想都沒想，就同意了。

大郎眉頭一皺，連忙說：「這樣吧，吳公子可以傳唱出去，但是不能說出我弟弟之名，我不想惹來麻煩。」

其實辛湖一說完就後悔了，聽到大郎的補救，連忙點頭。

吳公子驚訝的看他倆一眼，又若有所思的點頭，說：「好，但是我也不能白得這兩首價值千金的曲子。」

辛湖看看大郎，不知該如何接話了。顯然吳公子並不想白白佔便宜。雖然這對她來說真不算什麼，畢竟並非自己的心血，她不好意思得好處。

大郎也愣住了。這當然可以賣銀子，但他沒做過這樣的生意，並且這是辛湖的，也不是他的，他做不了這個主。

見到他們這模樣，吳公子展顏一笑，說：「這樣吧，兩位也不是俗人，肯定不樂意要銀子，不如我送兩位一樣東西，聊表心意。」

說完，他令小六子進裡艙去，拿出一支通體碧綠的玉笛，要把這件寶貝送給他們。這支笛子是他的心愛之物，價值千金，是件不可多得的寶貝，且他平時並不在外人面前表演笛子，人人都道無雙公子善琴，卻無人知道他笛子亦吹得極好。

小六子有些肉疼的看著笛子，卻也明白公子心情極好。

辛湖雖不識貨，但也能看出這玉笛的貴重。

大郎更連忙推辭道：「我們兩人都不會吹，這笛子送我們也是浪費。」

這下換無雙公子不知該說什麼好了。但他拿得出手，除了那張他平時用的古琴之外，就屬這笛子最貴重。他這些年來，並沒有用心給自己收集什麼好東西，更別談存下多少身家。

「這樣如何，吳公子給我寫幾副字？」辛湖靈機一動，提了個建議。

大郎也連連點頭。他不擅詩詞，對字卻十分識貨，自然清楚吳公子的字相當有成就。就剛才這手字，拿出去也必定讓人驚豔，這種好東西，可遇不可求。

不料聽了她的話，吳公子卻顯出有點為難的樣子，辛湖正想說什麼，吳公子突然站起來，對他倆行了個大禮，說：「實不相瞞，我本風塵之人，給你們寫幾帖字不算什麼事，卻怕讓你們惹人笑話。」

大郎與辛湖這下都驚訝萬分，沒想到如此出塵的人，居然是風塵中人。

大郎腦中靈光一閃，不敢相信的問：「無雙公子？」

吳公子平靜的點點頭，去洗了一把臉，露出本來的容顏。這麼多年來，他的心總算再次跳動起來。

「春風閣十年來的魁首無雙公子，傳聞琴棋書畫無一不精的無雙公子，實在令在下太過驚訝，沒想到，能在這種場合下結識無雙公子。」大郎看著他這張出塵脫俗的臉，喃喃自語。

辛湖更是瞪大雙眼，看著無雙公子。她不得不承認，無雙這個名字真的很貼切面前的這位男子。

當年她第一次見到謝大人，有如見到天人，可這位無雙公子比當時的謝公子一點也不差，甚至更添一些仙氣，也同時多幾分憂傷，兼有一股冰清玉潔的氣質。這樣的人出身在歡場中，難怪那些歡客們會為他狂擲千金。

「太好了！上次在春風閣總共就聽了一曲，如果無雙公子能夠為我們單獨奏一曲，這兩首曲子就算我贈送給公子了。」辛湖激動的說。

想聽無雙公子的琴，雖說去春風閣就能聽到，但是在春風閣聽，哪能比得上單獨為他倆彈奏？況且這裡安靜清幽，就像與知己好友在一起似的，那感受可好太多。

無雙公子大喜，連忙說：「無雙真是三生有幸能遇上兩位，還收穫兩支極得我心的曲子，今天實在太痛快，別說彈一曲，就是十曲也不在話下。字嘛，我回去後再慢慢寫來，只要二位不嫌棄就好。」

說完，無雙公子擺好琴架，信手彈奏了一首曲子。本來並不太懂音律的辛湖，卻從這曲調裡聽出知音的感覺，她明白，無雙是把他們當成知己了。

「你沒打算離開春風閣嗎？」辛湖十分同情這位風華絕代的男子。

無雙苦笑道：「身不由己。無雙本是螻蟻之人，比那些風塵中的女子更不如。她們還能指望有朝一日從良，被恩客贖出去當個良人，無雙這輩子，怕是走不出春風閣了。」

見他倆面露不忍，無雙又說：「其實我暫時過得很好，畢竟一個人住單門獨院，生活奢華，除了沒有自由身，一切該享受的也不缺。這樣的日子，可比那些食不果腹、衣不蔽體的人好太多。」

但辛湖和大郎心中仍是不忍，十分同情他。

說穿了，他現在是臺柱，平時衣食住行確實無一不精，但是他替春風閣賺到的銀子卻是源源不絕的，春風閣哪會放棄他這樣的搖錢樹？客人大部分都是來看他的色，順帶聽他的曲，再欣賞他的才華，多數人還不是想占有他？正因為知道這一點，所以他才一直堅守著，只希望年華老去，青春不再之後，能離開春風閣去過幾年清靜日子。

交了無雙這位朋友，辛湖心情極好。回去後，她興趣濃厚的與大郎不停的談論無雙。

大郎也覺得無雙確實很不錯，但因為無雙已是燕王名單上要查的人，先入為主，他自然不敢太過憑感情來判斷無雙到底是什麼人？

況且有一點他也很懷疑。無雙成名十年之久，雖然替春風閣賺的銀子多，但身為春風閣神一般存在的無雙公子，居然會在一條小船上與他倆相交相知，實在有些湊巧。而且他發現無雙與小六子這對主僕，身上都有功夫，既然有功夫，為何不逃離這個地方？

就無雙的心態並不像貪圖享受，肯定也耐得住寂寞，為何又不走？這點令他百思不得其解。

第九十章

辛湖聽了他的疑問，有些猶豫的說：「會不會是春風閣為了控制他，給他吃了什麼毒藥，他沒有解藥就只能聽命於春風閣？」

「肯定不會。如果這樣，春風閣不會讓他保持清白之身十年之久。妳那天也看到，想得到他身體的人可不少，也有人肯出大錢，春風閣為何不賺這筆銀子？況且，春風閣本業做的就是皮肉生意。」大郎反問。

「這你就不懂啦，春風閣就是用奇貨可居這招。無雙保持清白，可比他隨便接客要更令歡客們追捧。如果他也像其他小倌一樣，名氣最多也只延續三年，就不會有如今的無雙公子，春風閣又何必殺雞取卵呢？」辛湖說。

她覺得春風閣不過是利用無雙來吸引更多的歡客。雖然無雙也因此保全自己，但如果無雙真的接客，那些人能輕易得到他，哪還會像現在這樣，為了聽首曲子、見個面，就瘋狂打賞？

這也間接說明無雙確實才貌雙全，無人能及。只可惜這樣的男子卻只能待在春風閣裡，真是暴殄天物。長得太漂亮，又沒有撐得起的家世與後臺，這美貌只會帶來禍害。

「妳這說法也沒錯。可是妳也知道，春風閣再怎麼有後臺，如果真遇上位高權重的想要得到無雙，別說出得起贖金，就算不給銀子，一樣能帶走無雙。我不信這十年來，就沒有這樣的人，那無雙又是怎麼躲過的？或者說春風閣又是如何化解的？」大郎又提出個疑問。

「哪家青樓背後沒有大後臺？說不定，淮南知府就是春風閣的後臺呢，有人撐腰，誰會這麼不長眼？」辛湖說。

她想了一下，整個安慶朝，最賺錢的生意就是開青樓，裡面的收費可不是一般的高，所以哪家青樓與官府沒有勾結呢？更何況青樓還算合法，是官府允許存在的。

「不，淮南知府是皇帝的人，他來此也不過兩、三年，春風閣卻已經存在十多年。」大郎又說。

「哎喲，不是還有什麼怡紅院、倚翠樓什麼的，那幾家應當也不比春風閣差吧？說不定生意還更好，畢竟好男風的人是少數吧？」辛湖說。

「阿湖，妳怎麼懂好男風的？」大郎聽得直皺眉。這些話真不是辛湖這種良家婦人該說的，他現在越發猜疑辛湖的身世，他都要懷疑辛湖像他這樣，多活了一世。

可是自己就算多活了一世，很多方面還是趕不上辛湖。除非辛湖上一世的身世地位相當高，接觸的都是他所接觸不到的，她才會懂這麼多、這麼雜。

想到這裡，大郎直接說：「阿湖，其實這次我並不是單純帶妳來玩。我也身負重任，燕王派我來查無雙公子。」

「什麼？你是來查無雙公子的？」辛湖還沒想到怎麼回答前個問題，就被這句話弄愣了，好半天才問道。

「是，我不過是假公濟私，借著帶妳出來玩的名頭來查事情。」大郎坦白的說。

「難怪你這麼懷疑他。可是，我暫時是看不出他有什麼不妥當，而且我很欣賞他這樣的人。」辛湖苦惱的說。

她不希望無雙真是什麼間諜之類，但內心卻不由自主的這樣想。青樓是人流來往最大的地方，而且來的都是有錢有勢之人，想要編織關係網，青樓的確是個好地方，比酒樓、客棧更好用，因為青樓兼具二者功能。

「唉，我也希望他是清白的。如果真的涉及到大案，他只怕小命不保，而且他這樣的身分，如果坐牢……」大郎話未說完。無雙若被關押，下場不但很慘，還很可能被強暴。

辛湖嘆口氣，說：「別的我們也管不了。大郎，看在相交一場的分上，如果無雙真的被收監關押，不管有罪還是無罪，你都要想法子暫時保全他，我不想看他受辱，這樣比殺了他還更加令人不能接受。」

大郎點點頭。「我知道，我也不願看到這樣的事情發生，但是他的處境真的很不妙，而且他的嫌疑也不小。」他其實很想和辛湖討論一下案子，卻又不好洩漏太多，畢竟他沒有這個權力讓辛湖知道這個案子。

「算啦，先休息吧，有些事情你再擔心也沒用。既然是燕王派你來的，這案子恐怕不小，燕王應當不會只派你一個人吧？」辛湖問。

「嗯，肯定不會只有我，我一沒官職、二沒權勢，不過是先來探路。只希望其餘的人能快點來，畢竟查案，我也不在行。」

「燕王能管這裡的事情嗎？他不是只能待在涼平府嗎？」辛湖有些好奇的問。身為藩王，燕王無事不得出自己的封地，如果偷偷跑到淮南來，被人知道會是件很可怕的大事，很有可能被當成他想造反。

「這事應當是皇帝指派。說來也奇怪，皇帝有什麼不好處理的事就扔給燕王，卻偏偏把燕王丟到涼平去，真令人想不通。妳說皇帝這是重視燕王，還是討厭燕王？」大郎有些好奇的問。

「也許皇帝對燕王，就是典型的有事鐘無豔，無事夏迎春吧。」辛湖很不以為然。皇帝總共只有兩個成年兒子，燕王又功高位重，如果再給他權力，太子還有什麼地位？也許皇帝只是怕兩個兒子爭奪皇位，乾脆就把燕王流放似的丟到外面，但有事情時，又讓他去處理，這就令人覺得可笑了。

這天夜裡，無雙連夜把這兩首曲子譜出來，還稍微修改一下，改過後，他覺得更加貼切。他還作了一首詩，寫好後，令小六子送給大郎。

接下來兩天裡，無雙更是靈感大發，又譜出一首新曲子，正好可用在荷花節上。

荷花節讓辛湖大開眼界，她第一次知道，沒有現代的高科技，古代這些歡場姑娘們竟這麼多姿多藝。

開場，一陣歡快激烈的鼓聲中，幾位紅衣水袖的美人兒登場了。隨著鼓點飛快的旋轉踢跳，竟然是胡舞。這些美人兒們不停的甩袖，長長的水袖有如飛舞的彩虹，其中一名袖子的盡頭還墜著小錘子，直擊場中央那巨大的鼓面上，與其他鼓點交相應和，惹得眾人陣陣喝彩叫好。這個開場舞，非常不俗，輕而易舉的挑起眾人的熱情。

除此之外，另一支舞也是辛湖非常喜歡的。

清亮的琵琶聲與剛才歡快的鼓點不同，這次的曲子相當平和，卻回味悠長。接著笛子、古琴等樂聲響起，場中央又出現一個約臉盆大小、蓮花似的舞臺，蓮花的葉子片片打開，中間露出一位面罩輕紗的美人，層層疊疊的紗衣掩不住其玲瓏身段。美人在臉盆大小的蓮花臺上翩翩起舞，有如月下仙子一般，蓮花周邊還圍繞著幾位穿綠衣的舞者，她們就好似圍著荷花的綠葉，卻也個個都身姿柔軟，體態輕盈。這番美景，又博得陣陣喝彩聲。

辛湖簡直目瞪口呆，沒想到在這裡看到傳說中的飛燕舞。

一連三天，辛湖都被節目的花樣看花了眼。她覺得這些節目比現代一些綜藝節目更好看，因為種類繁多，不會讓人覺得看多了無聊。雖然一早就知道花魁得會很多東西，但比試現場她才知曉，一個花魁的知識面有多寬廣，她暗自驚嘆。難怪有人會花大錢來捧場，這些花魁的確值這個身價。

荷花節的節目精彩，可以說包羅萬象。有風雅的，也有世俗的；有文比也有武比；有令人放鬆休閒的，也有令人緊張激動的。總之，這種大型表演，單單一句精彩是概括不了。

其間，燕王居然也來了。

「燕王，您怎麼也來湊熱鬧了？」辛湖笑問。她才不信燕王是單純來看荷花節。

「妳就別裝傻了，大郎還能什麼也不和妳說？妳會相信他帶妳來這種男人們尋歡作樂的地方玩嗎？」燕王打趣道。

辛湖大窘，不過她在燕王面前已經厚臉皮慣了，也不甚在意。

接下來，燕王就和他倆一起行動。

「無雙的節目是做壓軸吧？」燕王問。

「應該吧。」辛湖答。那首〈無題〉在無雙的譜曲下，又有了新鮮的生命，演出者獲得極大的成功。另一首〈葬花吟〉一直沒出現，辛湖估計無雙會留給自己表演。

果然，最後真的是無雙上場。

雖然他出場並不是為了出名，只不過是為了助興，況且他這人一向清冷，起始兩句眾人還沒太大的感覺，但〈葬花吟〉卻太過憂傷，有如杜鵑啼血，引得眾青樓姑娘感同身受，紛紛落淚。

才唱半闋，就令所有人都安靜下來，一時間整個湖面只有那悲愴曲調滑過，再加上他那時而清亮、時面低沈的吟唱，直擊人心底。

不要說別人，就是辛湖都聽得滿臉是淚。這首曲子被無雙一改編，更引人入勝了，每個聽眾，都能聽出不同的感覺。

燕王從這首曲子中，聽出無雙想從春風閣脫身的強烈願望。

「我懷疑淮南城的青樓與廢帝有關係。無雙這個人很關鍵，你們與他相交，覺得他為人如何？」燕王問起正事。

辛湖與大郎偷偷對視一眼，才小心的說：「我個人認為，無雙是個非常出色的才子。如果他真的有事，我能不能在這裡先替他求個恩典，請王爺能在他死之前保他清白。」

燕王還是第一次見到辛湖這種態度，他皺起眉頭。如果真的查出來無雙有牽涉，那可是大事，牽連到廢帝，難道還會有好下場嗎？可這也是辛湖第一次正經的求他，顯然無雙在她心中的地位不低，這令他越發對無雙感興趣了。這是怎樣的一名風塵男子，會把辛湖急成這樣，還沒開始查，就在為無雙找後臺了。

「王爺，無雙確實是個學識與才華都非常不凡的人，我和阿湖都不忍心見到他被人污辱。」大郎連忙接過辛湖的話，一道求燕王。

「你們倆別急，等本王先見識見識他再說吧。」燕王並沒有答應他們，停了片刻又說：「若是他真如你們所說的那般，本王會保他清白的。」

他也想見見這位成名十多年的無雙公子，究竟是個怎樣的人？畢竟盛名也很拖累人。像那些其他的紅牌、花魁，到後來還不都破了所謂賣藝不賣身的說法，為的也不過是賣個好價錢、賣個好人家罷了。

在辛湖的安排下，燕王同意與無雙單獨見面。

怕無雙對燕王有所防範，他們見面初始，也只是談論荷花節的事情。燕王本身就是個很出色的男人，雖然沒什麼音樂細胞，但詩書讀過不少，琴棋書畫也懂得不少，談吐自然不凡；再加上他為了投無雙所好，還做不少功課。

果然雙方很快就談得很投入。在談完一些荷花節上的精彩節目之後，燕王心思一轉，裝作無意的說：「辦一場這樣的荷花節，一定花不少銀子。」

「那是當然，花了一萬多兩，這還是因為畫舫是原先就有的，只是重新翻修一遍；還有那些燈籠，花費也不小。當然，這些花費都是大家合夥出的，分到每一家頭上，其實也不算多了。」無雙答。

聽到他的答案，大郎心裡一驚，顯然無雙不僅僅只是個臺柱，他居然能知道這些細節，足以說明他可能也是策劃者之一，最起碼是知情者。

「這樣的活動，肯定也能賺到不少銀子？」辛湖也跟著問一句。

「那是自然。比如輕塵、含煙、如柳三個得到的打賞可不少，而且所有參與的姑娘們，都或多或少有打賞，粗粗算一下，沒有一萬也有八千，再加上她們出名了，很快就會推出她們的專場，到時自然有捧場之人來花重金，不怕賺不回本錢。」無雙不以為然的說。這些出了名的姑娘們，也不過是新培養出來的搖錢樹，老鴇們自然會想盡方法推她們賺銀子。

「哦，你怎麼這樣清楚？」燕王故意好奇的問。

「我在春風閣都待十年了，現在的春風閣是如何賺銀子的，難道我還一點都不知道？而我也要幫他們做很多其他的事情，不然他們會讓我這樣清閒嗎？」無雙反問道。

「你這話就有趣了，你難道還要幫春風閣想辦法賺銀子嗎？」辛湖、大郎接著話題問。

「那是當然，不然我幾天才登一次臺，彈兩首曲子，就能令春風閣滿足了嗎？」無雙搖頭。如果不是他會賺銀子，他也無法還能保持這副清冷面孔，在春風閣有一席之地。所以說，為了保持十年的清白，他付出的也不少。

「你有這個本領，早該想辦法贖身，去過自在日子。」辛湖急道。

「我也想啊。」無雙低嘆道。他比任何人都想離開春風閣，可是這個希望卻不知何時才能實現。

「如果有人能幫你離開春風閣，你準備付出什麼代價？」燕王突然發問。

在大郎、辛湖、燕王三人的注視下，無雙臉上閃過一絲驚喜，隨即搖搖頭，苦笑的說：「什麼代價？我如今最大的本錢，除了寫曲之外，就剩下這身皮囊。」

「我不要你的身子，保證給你安排一個安全自在的地方度過餘生，你能付出什麼？」燕王步步緊逼的問。

無雙驚訝的看他幾眼，又看向辛湖與大郎，有些不明白似的，問：「什麼意思？」

「春風閣的前身，是廢帝弄出來的，我不知道你與廢帝有何關係，但恐怕你待在春風閣十年，也不僅僅是無法贖身吧？」燕王銳利的目光，像一柄出鞘的刀，死死的盯在無雙身上，令他無端端打個寒顫，全身的血似凍住般。

辛湖緊緊盯著燕王，搞不懂為何他會突然發難，想說什麼，卻被大郎死死的拉住。

過了好一會兒，無雙才一字一句的問：「你們是何人？」

「無雙，我……」辛湖急急忙忙想要解釋，燕王卻一揮手說：「你們退下去吧。」

辛湖和大郎不得不離開小船，兩人像熱鍋上的螞蟻在岸邊打轉。

「燕王是怎麼回事，不是說來和無雙先認識一下嗎？怎麼會這樣？」辛湖有些六神無主的問。她很怕會失去無雙這個朋友，從此以後再也無法與任何人談談歌、唱唱曲。無雙是她難得交到的知心朋友，這令她很無助與傷心。

「別太擔心了，燕王做事一向不按常理，我懷疑在我們剛才的談話中，他已經抓到什麼蛛絲馬跡。他是個說話算話的人，妳不必太擔心無雙。」大郎拍拍辛湖，說。

果然，無雙出來後淡笑道：「無事。我知道，有些事情遲早會尋到我頭上來。這樣也好，我終於可以解脫了。」

這一刻，他反而有種如釋重負的感覺。剛才和燕王的一席話，已經令他明白自己所做的事，以及身邊那些人、那些事，皇帝都知道了。這一切終於要結束了。

三天之後，燕王暗中捕殺不少人，其中包括辛湖和大郎租住的這家主人，母子二人皆死。當天晚上，整個院子都燒起來，火勢猛烈，大郎與辛湖如果不是有武功在身，只怕都會受傷。他倆雖然拚命救火，卻依舊只能眼睜睜看著大火慢慢燒盡這座宅院。

其餘涉案的人，都被燕王捉住了。

皇室為了確保江山世世代代傳下去，每代都會為新帝暗中培養一位心腹王爺，這位王爺必須暗中保護皇室的人。這個人可以擁有很大的權力，卻不能有野心，因此人選很重要。原來廢帝也一樣，打算培養這個兒子，當暗中保護皇室的人，安慶帝則選中燕王。

燕王直接在淮南審案，摧毀掉廢帝的最後一著棋，更收穫不少財物。

燕王感念無雙的本領，又有辛湖與大郎的求情，他也不想浪費這個人才，就直接帶他到涼平府來替自己辦事。當然，現在的無雙改了名字，叫吳清。

有吳清的幫助，大郎的擔子會輕一些。燕王手下的人雖然不少，但真正會做生意、賺銀子的人並不多。吳清算一個，大郎、辛湖兩人只能算一個。

第九十一章

吳清被燕王帶到涼平府，脫離歡場生涯，但他內心並不開心，而且涼平府的生活他也不習慣。

他也只有在大郎和辛湖面前，心情才會好一點。就算燕王讓他恢復良民身分，他心情也不好，畢竟他多年的願望是離開這個俗世，去過自由的日子。

燕王雖然沒有明著把他束縛在身邊，實際上大家都明白，他這輩子也很難脫離燕王的掌控。說句不好聽的話，他是逃出狼窟又進入虎穴，只不過現在的條件好一些，擁有更多的自由。但自由自在這個詞對他來說，依然很遙遠。

看到辛湖內疚的目光時，他說：「鄉君，別太在意這件事，這事怪不到妳頭上，我現在的生活比在春風閣好很多。」

「你還說不在意，那你為何叫我鄉君？」辛湖有些傷感的說。她不希望失去這位朋友，她能聊得來的朋友很少，如果吳清和她有了隔閡，她真的會很傷心。

「我真沒想到妳是名女子。」吳清這倒是實話。辛湖扮成男人，根本沒人能認得出來。現在面對女子打扮的辛湖，他還有些不習慣，甚至不知如何與她相處？

「難道因為我是女子，你就不想認我這朋友了嗎？」辛湖有些委屈的問。

「也不是，只不過多少要避嫌啊。」吳清無可奈何的答。

剛進門的大郎正好聽到這句，連忙說：「避什麼嫌啊！我都不在意，你避什麼？」

「就是，我們都不在意，你幹麼那麼在意？」辛湖追著吳清問。她希望他能放下心結，多出去走走，日子總會慢慢好過的。

到了涼平府，吳清就認識辛湖和大郎兩個人。所以，辛湖經常會帶他上街玩，又或者約他到自己家來玩。如果他們不來找他，他就獨自一個人待一天。

涼平不比京城，民風比較開放，街上做生意買賣、活動的女性不少，甚至有不少大姑娘也大剌剌的在街上逛。

吳清第一次嚐到天下一絕的點心時，非常喜歡，當他知道這些都是辛湖做出來時，更加驚訝了。

「阿湖廚藝天下一絕，不僅會做點心，菜也燒得極好。」大郎頗為自豪的說。

吳清其實也是個食無不精的人，談到美食，話就多起來。

「淮南菜以清淡為主，我又要養嗓子，一向不太敢吃辣的，時間長了，也習慣這種口味。到涼平後，廚娘雖然竭力迎合我的口味，但她做的菜，真不得我的喜歡。」吳清有些不滿的說。以前再怎麼樣，生活上，他還真是過得極不錯，現在倒好，連飯都吃不慣了。

燕王其實很禮遇他，讓他帶著小六子單門獨院的住著，燕王還給他配幾個粗使下僕、廚娘和丫頭等等。當然，其中不少人也順帶監視他。

「今天我下廚，弄幾道你愛吃的菜，大家一起喝幾杯。」辛湖笑道。

吳清有些不好意思，想說什麼，大郎卻笑道：「不礙事的，燕王殿下也常來我家裡蹭飯吃，陳華他們也一樣。你要是願意，也可以讓那廚娘過來跟阿湖學幾道菜。天天吃不合口味的飯菜，也是難受。」

為了迎合吳清的口味，辛湖把菜做得十分清淡。

桂花蓮藕、清蒸魚、蓮子百合羹、白斬雞、絲瓜瘦肉、蛋花湯，再加上鹹魚茄子煲、辣椒炒肉兩道比較重口的菜，都是很家常的菜式。

坐上桌，吳清還說：「真是不好意思，打擾了。」他還真沒到哪個人家裡做過客、吃過飯，見這陣仗，很顯然大郎與辛湖並沒把他當外人。

辛湖和大郎一向不講究，當然是三人一桌吃飯，倒是吳清有些不好意思，他不僅平時一人吃慣了，更沒有和女子同桌共餐，一開始他還有些拘束。

大郎說：「我們家不講太多規矩禮儀，飯菜也不會弄很多，怕浪費。我們都是苦日子熬過來的，歷經荒年也餓過肚子，所以我們吃飯，一般就是三菜一湯。我們也不把你當外人，你是我們倆的朋友，這也只算是吃頓便飯。」

「這些都是鄉君親手做的菜嗎？」吳清有些驚訝的問。

「那是當然。她會做很多種菜，八大菜系她都會一些，不過今天這頓只是便飯，也沒有事先好好準備，就只做些普通家常菜。」大郎說。

吳清看著辛湖，一臉佩服的模樣，簡直不知該說什麼好了。

辛湖親手盛一小碗蓮子百合羹，說：「這蓮子是我們老家產的，味道格外好。你嚐嚐，與你在淮南吃的，有什麼不同？」

吳清喝了一口，果然很滿意的說：「確實好喝，味清甜，很有淮南的風味。」

「桂花蓮藕才是真甜，我就不愛吃。」大郎笑道。

「其實桂花藕粉才好吃呢。」吳清放下碗，有些想念春風閣的美食。要說春風閣有什麼最值得他留戀的，就是那些美食了。

「這個我們也有啊。我們以前在老家時，都自製蓮藕粉，也教會鄉親們製蓮藕粉，現在這裡賣的蓮藕粉很多都是從我們家鄉運來的。」大郎笑道。

「就是，你要是愛吃，我送你一大包，反正也不值錢。」辛湖笑著吩咐人去準備。

這下吳清更吃驚，問道：「你們倆怎麼什麼都會？」

「嘿嘿，你去鋪子裡看一下，裡面很多貨都是我們倆做出來的。」大郎又來一句，聽得吳清頓時瞪大眼睛。

「行了，快吃飯，吃完再聊天。」辛湖笑道，又給吳清挾一塊白斬雞，說：「你嚐嚐這雞肉，看喜不喜歡吃？如果喜歡，我把做法告訴你，回去後你讓廚娘學。相當簡單，一學就會。」

吳清嚐過之後，非常喜歡這道菜，一連吃了幾塊雞肉。剩下的清蒸魚、絲瓜湯他都一一品嚐，連茄子煲都嚐了，就是最後那盤辣椒炒肉不敢嚐。

「都很好吃，就是這個茄子有點辣，但我還能接受。」吳清有些羞澀的說。

這些菜真的都很合他的胃口，因而這頓飯他吃很多，完全不像以前在春風閣，每樣都只動兩筷子，大部分的飯菜，都進了小六子與幾個僕從肚腹。

「我們家的人都愛吃辣的，你不能吃辣就不要試了，會上火的。」辛湖笑道。她看得出來，吳清非常喜歡她做的這幾道家常菜，而且這幾道菜真的很簡單，極好學。

「哎，好不容易吃頓飽飯啊。」吳清摸了一把肚子，臉上終於露出一絲笑容。他現在很明白，辛湖和大郎是真的把他當朋友，而不是可憐他的處境。吳清打開心結，三人又和好如初了。

接下來的日子，辛湖和大郎經常約吳清到自己家來吃飯，還帶著他四處跑，比如去農莊摘菜、看農戶打魚、挖蓮藕等等。這些生活樣樣都讓吳清覺得新鮮有趣。

有了辛湖和大郎的開導和關心，吳清終於一改終日鬱鬱寡歡的樣子，變得開朗起來。

這時，燕王才開始正式分派任務給他。

大郎也乘機為他說話。「殿下，吳清心中的結不可能這麼快就打開，以後我和阿湖還會經常親近他，慢慢開導，讓他儘快適應這裡的生活。」

「嗯，他這個人其實也很孤獨，有空你們多和他說說話，儘量讓他早日投入新的生活，好多活正等著他來做呢。這樣一個人才，本王是不會埋沒他的。」燕王點點頭，說。

他明白吳清有心結，不可能一下就真心實意幫他做事，畢竟他也算是強迫般的留下吳清，打壞他想去自由生活的夢想。可是，他既然留下吳清，當然不可能就這樣白白讓他走啊。

燕王就是看中吳清會賺銀子，才把他帶到涼平府來的。

「殿下要我幫您想辦法賺銀子？」吳清驚訝的問道。他完全沒想過，燕王留他下來，居然是為了這種事情。

「是啊。你既然能幫春風閣賺銀子，肯定也能幫本王賺銀子。」燕王點頭，一點也不在意自己說出的話有多不可思議。

吳清目瞪口呆，簡直不能理解，為何堂堂親王居然能如此不在意的說出這樣的話？燕王的臉皮也真夠厚，雖然人人都愛銀子，但大多數人都會一臉清高的說：這是阿堵物，好像愛好黃白之物的都是俗人，極少有人這麼直白的說想多賺些銀子，尤其是那些地位高的人。

「殿下，您手下有那麼多人，怎地偏偏看上小人這點微末之力呢？況且，小人以前做的生意，與您這裡完全沒有相同之處。」吳清忍不住反問。燕王難不成想開家男風館，讓他再登臺去彈琴唱曲吧？

燕王像是看穿他的想法似的，一點也不在意的說：「本王也不是要你去彈琴唱曲，再開個春風閣為本王賺銀子。至於要如何賺，就看你自己的想法。不過這事並不急，你和阿湖他們可以出去多走走、多轉轉，再好好想一想。」

這幾年來，燕王越發明白，沒有銀子什麼事也不好辦的道理，而他身邊能賺銀子的人實在很少。就是大郎能幫他撐起一個商隊，說穿了也是靠辛湖與京城的謝大人兩夫妻的幫助，再加上這支商隊也是獨一無二，占盡先機與天時地利。不然單靠大郎自己，還不一定能把商隊做得這麼好。

所以，他必須再開闢新的賺錢路子。這次沒那麼多的有利條件，就只能靠自己人的頭腦與眼光，而他看中的就是吳清這個本領。

他相信吳清有這份能力，因為在春風閣那種環境下，吳清都能保全自己，不然早幾年就該被老鴇逼著接客了。畢竟好男風的人，都喜歡鮮嫩的男孩，而他早就過這個年紀，不趁著他姿色正好的時候賣得好價錢，等他真的老了，就算再有風姿也沒有哪個歡客會來捧場。誰樂意啃老草啊？都老胳膊老腿，還有什麼樂趣。

所以，吳清當時也知道這一點，才會想盡一切辦法多給春風閣賺錢，讓老鴇覺得他有可利用之處，不必用身體拉客來賺錢。這筆帳老鴇肯定也算過，覺得划算才會同意。

吳清聽了燕王的話，人已經半懵。回來後他坐了好半天才突然明白，燕王留他下來，並不是怕他洩漏什麼，也不是看中他的名號，懷著不可言說的目的。搞半天，燕王就是為了讓自己替他做生意賺錢。

想通這一點，他突然覺得生活有一些新的希望。

「小六子，你覺得燕王是個什麼樣的人？」吳清忍不住問。他身邊也就剩下小六子，雖然知道小六子肯定也想不出什麼好建議，但現在也只有他和能自己說說心裡話，燕王放在這裡的所有下人，他都不相信。

「公子，燕王這個人風評很好，看上去也很和氣，但是他打了多年的仗，死在他手上的人不知有多少，是個很厲害的角色。」小六子說。

他的見識不多，但單憑直覺，他認為燕王不是個好惹的人。他也和吳清一樣的想法，覺得燕王留著吳清，要麼是為了保密，要麼是為了色。

想得到無雙公子的人真不少，雖然他早過了最鮮嫩的年紀，但歲月卻好像格外優待他，他的容顏依舊美麗，肌膚依舊白嫩，除了嗓音已是成年人外，他整個人仍是那麼美好。再加上他的才華氣質，簡直就像一罈老酒，越陳越香，越發吸引人。

這幾年來圍繞在他身邊，想得到他的第一次，又或者想得到他的人很多，大家都在等春風閣有朝一日推他出來接客，畢竟青樓一定會物盡其用的。

那些花魁們也一樣，在青春的尾巴上，都會接客或者被贖走，真等到人老珠黃時，就只能當個最普通的妓女，那時就值不了幾個錢。就算是當教習，也不一定能逃脫接客的命運，不過是說好聽點，可以選客，一般都會選長包客，好像夫妻一般過一段日子，說到底，還不是一樣靠肉體討生活。

「小六子，燕王居然讓我幫他想辦法賺銀子，你說我能去幹麼？」吳清問。

小六子有些莫名其妙的看他一眼，問：「怎麼賺銀子？像在春風閣那樣，教別人曲子，又或者寫曲子賣嗎？」

吳清微笑著搖搖頭。這些事情他怎麼可能還去做？就算他想做，也沒地方可以賣啊！這裡雖然也有青樓，但不是他熟悉的人脈，他可不敢隨便接觸這些人。

「帶兩個徒弟，唱唱小曲，又或者去戲班子裡、去酒樓、去大戶人家家裡賣唱賺銀子？」小六子說。

吳清撫額，問：「這樣能賺幾兩銀子？你以為燕王窮得連幾兩銀子也沒有嗎？他要的，是大筆大筆的銀子。」

小六子詞窮了。他是典型的四肢發達、頭腦簡單，除了能賣賣苦力，當當保鏢、跑跑腿之外，真不能指望他出什麼好主意。

沒辦法，吳清只得去找辛湖和大郎討論。兩人一聽燕王的打算，也一時傻眼，不過辛湖倒有些明白燕王的用意。涼平府這地方窮，再怎麼經營，最後的結果也不過像蘆葦村、清源縣那樣，基礎就如此，做得再好，也僅能讓大家解決溫飽問題，這還是因為人口少，如果人多起來，還是一樣窮。

底子薄又地廣人稀，若能多加經營，確實能把這塊地方變得比以前富庶一些。可是想把涼平府變成像良田多的地方一樣，是不可能的，所以燕王只能從其他方面著手，比如大郎帶領的這個商隊、開點心鋪子、開酒樓等等。但是涼平府的消費水準有限，點心鋪子也好，酒樓也好，賺得都比不上京城。

商隊生意雖然不錯，但大家也辛苦，一年大部分時間走南闖北的，不過是把這裡的貨拉到那裡去賣，賺取差價，不僅僅人非常辛苦，也有可能血本無歸。比如遇上一些極端天氣，有些貨物會保不住，畢竟山高水遠，路途遙遠，有很多突發情況，誰也不能保證每一趟都能賺到銀子。

燕王目前養四千人是沒問題，但再過幾年後，這四千人很可能就變成七、八千人，有的年輕人要成家，會生出不少孩子來。當人口變得越來越多時，養他們就吃力了，所以賺錢是件很緊迫的事情。

燕王想要變得強大，就得從各方面考量。不單只發展涼平府，還得發展涼平府周遭的城鎮，讓這個區域整體壯大起來，因此燕王需要很多的能人異士。

如此，吳清便要求與大郎一道出去，畢竟在涼平府能做的事也就這麼多，大半都被大家做完，他必須往外尋找、多方考量。況且燕王也說這事不急，可以慢慢來，他正好乘機出去四處走走，好好享受一下自由的感覺。

這些年來，吳清從沒離開過淮南，他的世界就圈在春風閣那塊地方，他就像坐在井裡的青蛙，急迫的想離開這口井，去看看外面的世界。

燕王答應他的請求，讓大郎下一次出門時，帶上他和小六子，就當他倆是商隊的普通夥計，跟著大郎先感受一下經商，順帶學習。

「哇，真是太好，我也好想去啊！」辛湖驚喜又羨慕的說。她沒想到燕王居然這麼大方，輕而易舉就答應讓吳清隨便在外面走動。

大郎倒不覺得有什麼，畢竟燕王需要的是能幹的人，他看中吳清的才能，肯定會要好好的用他，怎麼可能老把他關在涼平府不讓他出去？

「這樣也好，你可以跟著我四處走走，看看各地的風土人情，所謂讀萬卷書，不如行萬里路。」大郎笑道。

「是啊、是啊，我有些迫不及待了。」吳清笑道。他的笑容非常迷人，辛湖簡直看呆了，這真正發自心底的笑容，就是格外不同。

大郎看了辛湖幾眼，嘴角抽動一下，說：「妳就別想了，老老實實待在家吧。」雖然他早就知道辛湖喜好看美色，還不分男女都瞧，但這樣在他面前還毫不掩飾的模樣，也太讓他不爽了。

「什麼叫老老實實的啊？」辛湖不滿的反問。

「妳自己心知肚明。」大郎回她一句，拉著吳清就走。

吳清看著他倆莫名其妙的拌幾句嘴，有些不好意思。

「與你無關，她整天就想在外面跑。女人家家的偶爾出去走走可以，整天像個男人似的在外面跑，就不行了。」大郎解釋道。

「鄉君這性子，就是爽利。」吳清呵呵笑道，心裡不由得有些羨慕。

在他眼裡，這對夫妻不過是在打情罵俏。他看得明白，兩人感情非常好，真誠而不虛偽。他自己這一世，想都不敢想能夠一生一世一雙人。

第九十二章

大郎帶著吳清一走就是半年多，還音訊全無。

辛湖在涼平府的日子過得還不錯，她本也是個很能適應新環境的人，以前的苦日子都能熬過來，何況現在不愁吃穿。大郎不在家，她乾脆花很大的精力，把這個新家好好的重新布置。把家裡整頓好，得了空，她就去燕王送給他們的別院看看。別院離家不過十幾、二十里遠，來往十分方便。

「這裡很不錯啊。」辛湖滿意的看著周圍種滿莊稼的良田。

「您喜歡，可以多來這裡玩玩。」貼身僕婦湊趣道。

「嗯，不錯，過幾天把這裡好好收拾一遍，下次來這裡好好住幾天。」辛湖笑道。

這邊幾乎全是燕王開闢的良田，依地勢形成幾個小莊子，雞犬相聞、牛羊成群，來往的男人們扛鋤頭、揹著背簍，偶爾傳來幾聲小孩子們的嘻笑聲，辛湖覺得自己好像又回到蘆葦村，只差這裡沒有那成片成林的蘆葦叢。

看著這一片田園風光，她心情十分舒爽。自從離開蘆葦村後，她就再也沒有回去過，心裡其實也十分懷念那種生活。蘆葦村留給她很多難以磨滅的記憶，她知道，自己很難再有機會回蘆葦村了。

在別院轉了一圈，摘採一些新鮮的時蔬，還有一條鮮活亂蹦的魚，辛湖滿載而歸。回家後，她準備自己動手去煮飯菜。

燕王與陳華等人出去打獵回來，路過他們家，順道一些獵物給她。

「哎喲，好久沒有吃過野味了。」辛湖看著肥美的野兔，笑道。

「淑嫻，妳今天自己下廚嗎？」燕王突然問。

「嗯，我正準備煮飯，我去了別院，順便帶一些新鮮的蔬菜與活魚回來。」辛湖答。

「多弄點，本王正想念妳弄的菜。」燕王厚著臉皮說。

辛湖自然不好拒絕，於是燕王與陳華留下來吃飯，其他人則帶著獵物回去。

因為有燕王在，辛湖把菜弄得十分豐盛，燉一大鍋的紅燒野兔肉，還有香辣的炭烤魚、土罈子燉的雞湯、小蝦米炒韭菜，還切兩個滷水拼盤，再加上幾道新鮮的時蔬，滿滿當當的擺出十道菜。

「嗯，真香，還是鄉君燒的菜好吃。這野兔肉真好吃，怎麼本王的廚子就燒不出這個味呢？」燕王邊吃邊嘆。

「鄉君這廚藝，又有幾個人能比？」陳華笑道。

酒足飯飽後，燕王說：「淑嫻，妳有空也和王妃她們多走動走動唄。」

「殿下，您這說的什麼話啊。」辛湖皺眉。說實話，她和王妃、側妃她們真的不熟，關係也有些尷尬。

燕王給她們製造很多機會，讓辛湖與王妃、側妃多相處，就是希望她們能學到辛湖身上的一些優點，慢慢改變她們身上那些他不喜歡的特質。可她們倒好，完全不喜歡辛湖，甚至瞧不起、討厭她。

燕王越是要她們多與辛湖打交道，她們就越討厭辛湖。

燕王很快就看出這個現象，對她們死了心。只是他真不明白，為何三妃就不能看看辛湖身上的優點？為何她們關注的點，永遠是華服美食與自己的寵愛呢？

「淑嫻，妳說說她們三人，哪方面最令妳討厭？」燕王問。

別說辛湖與她們湊不到一起，就連他自己也與她們格格不入。大家關注的點永遠不同，完全沒有共識。有時他真的很無奈，其實他也很用心的想與她們好好相處，可是事情永遠朝相反方向發展。

「殿下，三位娘娘打小與我的生活環境就不同，後天的教育也不一樣。說穿了，我們就不是一路人，所以她們無法喜歡我，我也與她們相處不來。」辛湖正色直言。

她是努力過了，可惜人家根本不買帳。她很想說這三個女人都是蠢貨，完全不能為燕王分擔什麼。她們以為燕王到了涼平府這麼大點的地方，根本沒多少事要忙，就該整天與她們一起風花雪月，不巧，燕王可不是這樣的人。

燕王需要的是賢內助，能幫他把後院與內務打理好，還能幫襯他處理一些外務，在他累的時候能體貼的問候、溫柔的照顧他，而不是來煩他。

「陳華，你說那三個女人都在幹什麼，怎麼就是不開竅呢？」燕王頭疼的說。

陳華可不敢評論燕王的後院，說：「王爺，娘娘們的想法，屬下哪會知道？」

燕王事務繁忙，沒心情留戀女色，他把帶來的大部分女人都打發出去了。因為他帶太多的青壯兵士過來，他們都需要老婆。

有了三妃，他就再沒有去寵幸過哪個女人，一直以來只與這三妃在一起。他的後院倒是因此清靜許多，原以為這樣，三個女人能保持表面的和睦，快點給他添幾個兒女。

雖然他努力了，但也不知怎的，這一正二側三妃居然沒有一個懷上身子，搞得他看到這三個女人都煩。

辛湖的到來，燕王原以為是個轉機。他覺得辛湖很聰明，三妃應當能從辛湖身上學些東西、改變自己，學著與他好好相處。可結果倒好，這三個女人與辛湖根本就處不來。

「淑嫻，妳說本王這日子過得像什麼啊？」燕王頭疼得恨不得不回王府去。

「王爺喝多了，該回府去休息了。」辛湖說著，對陳華使個眼色。她可不想聽燕王這些話，她又不是知心姊姊，更何況大郎不在家，還是得避避嫌。

陳華明白她的意思，只得勸燕王回府。

燕王回府後，居然一反常態，沒進三位娘娘的院子，直接去了偏院，在侍妾院子裡過夜，還把三個侍妾全部都睡了。

這也巧了，第二個月，三個侍妾全都懷孕。

燕王的後院同時出了三個孕婦，可是讓一正二側三妃同時丟光臉。她們三人氣得牙癢癢卻毫無辦法，誰讓她們肚子不爭氣？

燕王卻大喜，非常興奮！他盼望已久的孩子終於有了，立即吩咐人好好照顧三個侍妾。

三個侍妾也是驚喜萬分，燕王把她們帶過來扔進偏院後，根本就沒再寵幸過她們，還以為這輩子就只能在這個偏院慢慢熬了，哪想得到，燕王這麼久不來，一來就如此勇猛，讓三個人齊齊懷上。這下大家的後半輩子都有了指望。

三妃氣得在自己院子裡摔了不少東西。

「奶娘，妳說這也太不公平了，王爺平素來我房裡次數也不算少，我怎麼就懷不上？她們倒是容易，就一次還都懷上了？」陸側妃恨恨的說，恨不得去把那三個侍妾全部撕了才解恨。

王爺其實是個很自律的人，這回居然一夜連叫三女，這是她怎麼也想不到的事情。

「娘娘，您說這也是怪了，您和那兩位都沒懷上，怎麼幾個低賤的侍妾就一下全懷了呢？」程側妃的管事嬤嬤也十分驚訝。

王妃院子裡的人自然也在私下談論這件事情。大家都不明白，為何王爺經常與王妃、兩個側妃在一起，她們三人都懷不上，偏偏留下來的三個侍妾全都懷上了？

說實話，這三個侍妾平時連王爺的面都見不上，時間一長，大家還以為王爺已經忘記她們，哪想到，這麼不聲不響的，竟然一次就中。

別說王妃與側妃心情不好，就連她們院子裡的下人們心情都不好。這簡直太打主子的臉了！

陸側妃私下安排人打聽了一下，得知那天晚上，燕王是在辛湖家吃飯，還是辛湖親自下的廚。這事本也不算什麼，但奇就奇在，當天晚上燕王一反常態，去了偏院還一連睡三個侍妾，還這麼巧的讓三人全都懷上。

這下，就不得不令人多想了。

「肯定是辛湖那個賤人給燕王吃了什麼東西，還故意引王爺去偏院。」陸側妃的奶娘恨恨的說。

別說她是這樣想的，王妃與程側妃的管事嬤嬤也作如是想。大家都覺得此事有蹊蹺，卻一時找不到把柄。陸側妃奶娘的話令大家茅塞頓開，於是，辛湖這是坐在家裡禍從天降，大家把矛頭全部指向她。

辛湖聽到這個傳言，簡直哭笑不得。好在三位娘娘也知道，就算懷疑辛湖給燕王吃了什麼藥，也沒敢往外說，這個傳言也只在王府內部傳傳而已。

其實辛湖自己都沒有懷上，如果有這種藥，她難道不會自己先用？這回，她是真覺得燕王的三位娘娘是道地的蠢貨了。

最重要的是，那天燕王也是心血來潮，留在陳府吃飯，她難道還能未卜先知，知道燕王會來嗎？而且以前燕王還不知道吃過多少她做的飯菜，怎麼以前都沒什麼事呢？

如果說燕王去偏院，還能與她勉強扯上點關係。因為燕王那天心情不好，不想看到三妃，有點故意而為。這麼說來，也是侍妾們運氣好，一擊即中。

燕王最近走路都帶風，那股開心勁，是個人都看得出來。三個娘娘都不懷，搞得他對自己都有些懷疑了。要不是以前有侍妾懷過，他肯定會覺得不孕的原因在他身上。

但是現在他知道，自己的身體完全沒問題，還雄風大振呢！

當這事與辛湖牽扯到一起後，燕王大怒，立刻把王妃與兩個側妃都狠狠的罵一頓，乾脆把三個懷孕的侍妾指派給她們三人照顧，正好一人分一個。

燕王這招不僅讓三個娘娘又氣又恨，還不得不捏著鼻子，吩咐人手小心翼翼的照顧分給自己的任務。

陸側妃看到那侍妾撫著還沒顯懷的肚子，就恨不得撕爛她的臉。但是她很明白，這個侍妾不能出事，至少在生產之前不能出事，所以，她雖然嘔得想吐血，卻不得不令心腹規規矩矩的照看，並且自己離她遠遠的，眼不見心不煩。實在是太可恨，她怕自己忍不住會動手。

王妃與程側妃自然也明白這個道理，所以都把分給自己的孕婦照顧得妥妥當當的，令燕王十分滿意。

只是其間，辛湖分別被三位娘娘找了不少麻煩，好在都不算什麼大事，她勉強能應付。

三位娘娘的心情，辛湖能感同身受。本來她還沒急著要孩子的，但燕王這事一出，搞得她身邊的人都開始擔心。尤其是王姑姑，她還特意找個下人家白白胖胖的小嬰兒，來給辛湖抱。果然看著可愛的小寶寶，辛湖還真是越來越喜歡了。

說來她與大郎也是恩愛夫妻，雖聚少離多，但在一起時可是夜夜笙歌的，卻到現在她都沒懷上。起初她覺得這樣也好，畢竟那時還不穩定，可現在不得不開始擔心。如果她也像三妃一樣，無論燕王如何努力也懷不上，這就麻煩了。

這年頭，女人最大的錯就是不能生孩子，一個不能生育的女人，在大家眼裡就是個罪人，無論地位多高、對夫家有多大功勞都一樣。但她不可能像其他女人給男人納妾，生下孩子後再記在自己名下。

她只好私下請派在涼平府這裡的太醫幫她把脈，太醫卻說：「鄉君的身體很好，大郎的身體也很好，您不必太過憂慮。」

「那為何我卻懷不上孩子？」辛湖苦惱的問。

太醫笑道：「這事靠緣分，急不來，越急越是懷不上。鄉君要放寬胸懷，你們成親的日子尚短，又聚少離多的。」

「那三位娘娘又是怎麼回事？她們認為是我給燕王吃了什麼藥，這世上難道真有令人生子的藥嗎？」辛湖苦笑道。

太醫沈吟片刻，說：「所謂天下之大，無奇不有，或許可能吧，只是我們不知道。」他對三位娘娘懷不上的事情，也十分頭疼。明明大家都沒有問題，偏偏就是懷不上，因此，他也不敢對辛湖說太多，怕她也會像三個娘娘那樣多想。

之後，燕王知道辛湖的心事，很有些內疚。畢竟大郎和辛湖成親的時間不長，人家年輕小夫妻，正是新婚燕爾，他偏偏讓他們分隔兩地。

幸好沒多久，大郎和吳清帶著商隊返來，燕王決定立刻改過，把大郎留下，派吳清去帶領商隊。

吳清跟著大郎他們跑商半年，眼界開闊很多，性子也改變許多，變得開朗有自信。而且他不僅曬黑，還變得精壯，原本一身文弱氣質完全消失，現在就是春風閣最熟悉他的人見到，都不一定能認得出他。

明明臉還是那張臉，人還是那個人，五官也沒有變，但整個人的氣質完全不同，有脫胎換骨的驚人變化。

一路上他也學會很多東西，也做成兩筆不錯的生意。燕王的眼光很不錯，吳清的確是做生意的好手，大郎自愧不如。因此，大郎很爽快的放下手中的事情，直接交給吳清，畢竟他也想留下來陪伴辛湖，專心打理涼平府燕王交代他的事情。

大郎這一去就是大半年，所謂小別勝新婚，兩人乾柴烈火似的，沒個消停，自然是狠狠過幾天纏綿日子。

燕王很大度的放大郎一個月的假，讓他在家好好陪辛湖，還一本正經的說：「本王也是不該，你們新婚燕爾，卻把你派出去大半年，讓淑嫻獨守空房這麼久，這回你可得好好陪她，也和本王一樣快點添上一男半女。」

大郎被他這半打趣的話，說得臉都紅了，只得說：「多謝王爺。」

都是過來人，燕王自然一眼就能看出來，大郎和辛湖昨夜戰況激烈啊。大郎的脖子後面隱隱有幾絲抓痕，不經意的露了出來。

不過，大郎也很為燕王高興。大家都希望燕王能快點有孩子，也明白燕王心情是真正好，才難得開這樣的玩笑。

不過私事歸私事，公事還是要談的。

「王爺，真的決定把商隊交給阿清了？」大郎問。

「是啊，你不也說他很能幹嗎？」燕王問。

「他確實很有生意頭腦，我不及他。其實他也很喜歡這樣的生活，性子開朗許多，可能以前關在春風閣太久，他格外渴望到外面四處跑。不像我們，打仗時哪裡都去過了，沒他那麼多激情。」大郎說。

「所以這個活交給他不正好適合嗎？你留下來，既能顧到家裡，也能辦其他事，多好。」燕王笑道。

他果然沒看錯吳清。這傢伙的確是個有能力的人，把商隊交給他，正好讓大郎騰出手去做別的事。現在場面一鋪大，燕王越發覺得手邊得用的人手太少了。

多一個算一個啊。他並不是沒打過辛湖的主意，但一來辛湖是女人，不好經常拋頭露面，二來如果辛湖生了孩子，只怕會把重心放在家裡，也不能好好的幫他辦事。

再者，他也擔心大郎有意見。這麼一想，就越發對自己的女人不滿意。什麼忙也幫不上就算，還總惹他煩。

大郎點點頭。確實，他也不想這樣老與辛湖分開。對燕王的這個決定，不只是大郎與辛湖開心，吳清自然更開心。

吳清以前最渴望的就是走出春風閣，離開淮南城，現在總算達成心願了。在外面的日子，他比誰都開心，幹活也比誰都認真仔細，因為他珍惜這來之不易的機會。

到外面走一趟，他的心結完全打開，他覺得現在跟著燕王，幫他做生意賺銀子，其實也滿有趣。

他以前從沒奢望能走遍大江南北，只希望能找個安靜的地方隱居，過完這輩子。可現在，他發現他的人生還有大把的好時光，他活著還是能享受到快樂。

所以，王爺把大郎帶領的商隊交給他，他是非常欣喜的，這證明燕王看重他，也肯定他的能力。

這是個皆大歡喜的結果，吳清領了一份正經事做，大郎也從商隊中解脫出來。

「你真的不用再出去跑商啦？」辛湖有些不相信的問。

「嗯，燕王把事情交給吳清，這樣我們就可以天天在一起了。」大郎答。

「太好了！吳清有正經事做，也不用再亂想。我還真怕他不習慣離開春風閣的生活，沒想到，他倒過得有滋有味，真不錯。」辛湖打心底為吳清高興。

「嗯，他確實很開心。妳不知道，他每到一個地方，都開心得像個孩子似的，對什麼東西都稀奇，沒見過、沒吃過、沒用過的，都要一一嘗試。」大郎想著這一路的情況，不由得笑了。

「是嘛，要是我也喜歡啊。我就愛新鮮玩意兒，什麼都想嘗試一下。」辛湖說著，心裡暗嘆。身為女人，真的好多事情都不能做，好可惜。

大郎一眼就看出她是什麼意思，笑道：「妳就知足吧，妳想想，像妳這樣的年輕女子，有幾個能和妳一樣，跟著我去淮南玩一趟，又結識吳清這樣的人？這一路走來，妳跑的地方已不算少了。」

「什麼叫知足啊？人就是因為不知足，才會有動力。」辛湖故意與大郎唱反調，她也明白自己並不可能和男人一樣，一年到頭在外面跑。現在是因為沒有孩子，又是新婚期，大郎樂意哄著她，才帶她去外面玩一趟。

「妳盡是歪理，什麼叫不知足才有動力啊……」大郎不想再和她逞口齒之能，乾脆用行動來說話，直接撲上去。

這下，辛湖也顧不上爭論什麼叫知足、什麼叫動力了。

第九十三章

第二天，吳清過來，還給辛湖帶了個很可愛的小玩意。

「喲，有心人，真是多謝啊。」辛湖滿心歡喜的接過來，仔細的賞玩。

弄得大郎吃醋不已。他也為辛湖帶不少東西回來，衣料、首飾、小玩意等應有盡有，但偏偏辛湖就格外喜歡吳清送她的東西。不過他也承認，吳清的眼光的確獨到，選的東西樣式新穎，難怪極合辛湖的眼緣，這一點他自愧不如。

辛湖很明白，吳清這是藝術家的眼光，大郎也就是普通人的眼光罷了，當然比不上啊。反正只要大郎記得她、給她帶東西，就算是再不喜歡的，這份心意也令她喜歡。

「一點小東西，妳喜歡就好，我還怕妳不喜歡呢。下次出門，再給妳尋些來。」吳清笑道。他對自己的眼光很有自信，畢竟以前接觸的也多半是女性，他對於女人的心思還是滿有心得。

辛湖放下東西，看吳清幾眼，見他膚色曬得黑了些，原先那個神仙人物好似已經走下神壇，雖然依舊還是帥哥，風格卻完全不同，現在的吳清就是個充滿活力的陽光帥哥。看到這樣的吳清，她心情很好，覺得吳清就該過上這樣開心的日子，才不算委屈他。

「那我就先謝謝了。今天在我們家吃飯，我去廚房看看。」辛湖說著，去端吳清愛吃的點心。

她走後，大郎才湊到吳清面前，說：「阿湖就喜歡新鮮玩意兒，不拘貴賤，以後我不出去了，你遇上好的，就給她多帶幾樣吧。」

「那是當然，我這眼光還是很可以的，保證她喜歡。」

吳清有些羨慕兩人。他能從辛湖與大郎一些互動和話語中，看出他們的感情很好，這是一種發自內心的真誠感情，他格外欣羨。

「開飯啦、開飯啦。」辛湖的招呼聲打斷吳清的思緒。

「哎，今天有什麼好吃的？」吳清笑問。他現在對來陳家蹭飯吃，已經不會不好意思。他覺得與大郎、辛湖一桌吃飯，邊吃邊說閒話，格外有生活氣息。

吳清很喜歡這種氛圍，連飯都可以多吃一碗。大郎與辛湖都沒那麼講究規矩，經常邊吃飯邊說話，不像有些大戶人家，規矩一大堆，反倒說笑得很開心。

別說吳清羨慕，燕王也羨慕呢。夫妻之間舉案齊眉，固然算是佳話，但夫妻兩人可以隨便說笑，一舉一動都那麼自然，才叫真的夫妻相處之道。

燕王地位身分再高又有什麼用？回到王府，還不如大郎回家這麼開心。三位娘娘像鬥氣似的，這段時間都主動起來，不外乎就是為了懷個孩子。

以前燕王還沒什麼感覺，該睡就睡，現在卻失去這個興致。也許是因為有了孩子，也許因為看透了。反正，他覺得這三個女人只不過把他當成一個播種者，這樣一想，燕王越發不喜歡自己的三個妻妾。

說是放假一月，但大郎在家也不過歇個十天半月，就開始忙活起來。涼平府這邊事情也很多，現在燕王抽了些時間在後院裡，把一部分事情交給大郎去處理。

燕王府畢竟有三個孕婦，再加三個主子，他都需要一一去安撫。他盼望已久的孩子就快要落地，他不希望再出什麼岔子。

不僅大郎事務繁忙，吳清也是，兩人還經常在一起忙活。因為吳清獨自一個人，身邊也只一個小六子，陳家人口也少，大郎就經常邀吳清到家裡來吃飯，基本上是天天來吃，反正兩家離得也很近。

「我說，乾脆你就在我們家歇著算了，我們整理個小院子出來，免得你跑來跑去的，等忙過這段時間再說。」大郎提議。

「那怎麼好意思？天天來吃飯已經很打擾了。再說，我家明明就幾步遠，還不回去也不像樣。」吳清邊走邊說，匆匆忙忙回家去了。

兩家是離得不遠，他吃完飯，正好散個步回家，相當於消食。最近太忙，在陳家吃飯胃口又格外好，他都覺得自己肚子長肉了。這樣下去不行，他可不想自己發福、變成個大肚漢。

日子一晃就過去，又來到歲末，大家都開始休年假了。

辛湖和大郎在家裡做各種好吃的，辛湖親自帶著廚娘與僕婦們搗鼓，連大郎也在一邊幫忙。

兩人這會兒正在廚房忙得熱火朝天，把過來覓食的吳清嚇一跳。

「哎喲，大郎還有這一手？實在是大開眼界。」吳清笑道，頗感興趣的東瞧瞧西瞄瞄。

大郎翻幾個白眼，指著一團揉好的麵，說：「你不是閒著無事做嗎？來，跟著我學點手藝，改明兒，你也可以自己動手試試了。」

「做什麼？」吳清果然很感興趣的捲起袖子。

「來，咱們搓麻花。」大郎笑道。

「麻花啊，這也不算什麼稀奇物，我們那邊也有，細細小小、鹹味的。」吳清說。

大郎偷笑，直接拿一根才剛做好、還沒開鍋炸的大麻花過來。

果然，吳清愣了片刻，驚訝的叫道：「這麼大的麻花！」

「這叫大麻花，講究的就是大，可比小麻花好吃的多。」大郎笑著，教吳清搓麻花。

吳清手也巧，沒一會兒居然也做得有模有樣。

「不錯、不錯，你還滿有天分的嘛，明天繼續來幫我做江米條。」大郎笑道。他沒想到吳清居然連學這個也有模有樣的，不得不承認這傢伙的確是個聰明人，什麼東西都一學就會。

看著大大根麻花在油鍋裡翻滾，隱約散發出香氣，吳清嚥了嚥口水。

辛湖瞧他一眼，笑說：「還不能吃，還差最後一道工序。」

說著她開始煮麥芽糖，等糖漿熬好，直接澆在熱麻花上，趁著糖還是熱的，再把已經炒熟並捏碎的核桃仁拿出來，仔細的撒上去，待到涼了，這些核桃仁就會與麻花黏為一體。

「喲，這麼大一根麻花，一個人肯定吃不完。」吳清說。

「那是，這東西不是一個人吃一根，是讓大家當點心吃，吃的時候敲斷盛在盤子裡。其實還可以做有餡料的，但我嫌麻煩，就弄這種最簡單的。」辛湖解釋。

「已經很不簡單，我就等著吃了。」吳清眼睛眨都不眨的盯著辛湖的動作，看得很仔細。

最後，吳清成功的把各種口味的麻花各帶兩根回家。他本來就愛吃甜食，這酥脆又香甜的麻花很受他的喜愛。

吳清喜孜孜的拎著麻花，帶著小六子回家去，不巧在路上遇到陳華，自然要閒話幾句。得知他剛從陳家出來，還帶上辛湖新製的點心大麻花，陳華那眼神明顯就想從他手上搶麻花了。

吳清這回可不大方，說：「這是我今天幫忙做一天活才得到的報酬，明天我還要去幫忙。」

「你幹了什麼活？」陳華驚訝的問。

「就是在廚房裡幹活啊，揉麵、搓麻花啊。」吳清得意的說。

「你還會做這個？」陳華不相信的問。

「我是不會，但我不能學嗎？他們說這幾天，天天在家做點心，忙得很。」吳清說。

於是第二天，吳清一出門就遇上陳華與燕王，燕王一副普通人打扮，還稍微做一些偽裝，不出聲，吳清一開始還沒認出他來。

「殿下，您也要到陳家廚房去湊熱鬧？」吳清簡直不敢相信。

「本王就是去看看，不成嗎？聽說淑嫻那丫頭又在弄什麼新點心，本王也去嚐嚐鮮。」燕王不以為然的說。他這幾天快被家裡幾個女人煩死了，正好出來透口氣。

「喲，都在廚房忙活呢！」燕王一副普通人打扮，陳府的下人居然沒認出他是誰。看到大郎竟然在剁肉餡，兩把刀齊飛，一副名廚的架式，看得吳清目瞪口呆。

「哎喲，大郎你好厲害啊！你會做很多菜嗎？」吳清問道。

「這算什麼，我們家的男人都會下廚，我以前還洗衣服、煮飯、下田呢，沒有一樣我不會的，不過還是比阿湖差一些。」大郎笑道。

「是啊，大郎以前在軍中還當過一段時間的伙頭軍，他廚藝不錯哦。」燕王來湊熱鬧。陳華也在一邊說：「就是、就是，他真的很會做菜，不然今天就讓大郎露兩手吧？」

「想當初本王剛到涼平府，就是大郎天天做飯給我吃，還別說，本王真有些想念大郎做的幾道菜了。」燕王有些懷念的說。

「行啊，正好阿湖忙，也不用她抽時間來做菜，我來。」大郎滿口答應了。反正家裡各樣的食材都備好，很多都是半成品，想要招待大家也容易。

因為第一次見大郎做菜，吳清好奇的一步不離地跟著他，在廚房裡打轉，親眼看他弄出好幾道菜，才相信他是真的會做菜。

「哎喲，好久沒吃到大郎煮的菜了，還是這個味，好吃！」燕王嚐了道紅燒魚，感嘆道。

剛來涼平府時，他和大郎住在一起，每天都是大郎下廚做飯。那時的涼平府一片荒涼，連燕王府都沒蓋起來，他連個窩都沒有，還得靠大郎才落下腳來。

可現在，涼平府已盡在他手中，如今的涼平府可比前兩年熱鬧繁華許多，老百姓的生活也高出不止一星半點。

燕王府的三位侍妾前後不差一天，一舉給燕王添三位女孩兒，辛湖聽了這個消息，都覺得實在太巧。她雖然不在意生男生女，可古代人那麼重男嗣，這一下就生三個女兒，確實令人感覺有些不對。

不過，燕王本身還沒太大感受，主要是因為以前沒有孩子，就算一下生了三個女兒，他也滿開心的。

「可真是，就像約好了，都生女兒，燕王心裡不會不舒服吧？」辛湖私下問大郎。

「沒有，王爺很開心，也和妳一樣，笑說三姊妹像是約好一起來的。」大郎看得分明，燕王是真的很高興，雖然他肯定不認為兒子、女兒一樣，但那份發自內心的高興，他們這些心腹之人都看得出來。

「那就好，我還怕燕王不開心，覺得三個都是女孩兒，沒有一個兒子，就不把女兒當一回事呢。」辛湖說。

「妳想多了，王爺不是這樣的人。況且，就算再生十個、八個女兒，王爺還養不起嗎？」大郎笑道。

「那倒也是，這麼說，給三個孩子準備的禮還得再貴重幾分了。」辛湖盤算道。

燕王已經說了不辦滿月酒，怕孩子太小，辦喜宴太吵鬧，影響到孩子們，要等孩子們到百日才會辦個百日宴，所以大家都在費盡心思想著送什麼禮？

「妳看著辦吧，反正該有的都有，不要太突出就行。」大郎說著，有些期待地看向辛湖的肚子。他們成親時間雖然不長，但這幾月兩人天天在一起，兩個身體又好，晚上活動自然也豐富，可辛湖的肚子就是沒動靜。

「你自己呢？」辛湖轉頭問。

「什麼我自己？」大郎一時沒反應過來，看了辛湖的表情才恍然大悟，原來辛湖是擔心他不喜歡女兒。

「妳真是的，肯定是想太多才懷不上，不管是兒子還是女兒，我都一樣喜歡。難道妳以為生了女兒我會不高興，只想要兒子嗎？」大郎有些生氣的說。

「那就好，我就怕你重男輕女。」辛湖笑道。其實她也不怕大郎重男輕女，畢竟大郎還滿聽她的話，只要她看重女兒，大郎自然不會做得太過，不過大郎自己若沒有這種想法就更好。

「孩子是男是女，又不是自己能選擇，一樣是自己的親骨肉，我才不會像某些人那樣，不把女孩子當人看。妳放心，就算妳一連生三個女兒，我也一樣喜歡。」大郎說。

「嗯，想必燕王府的三位娘娘都鬆一口氣。」辛湖八卦道。燕王府的事情是不可能傳到外面，燕王治家非常嚴厲，府裡的任何事，外面人想知道很難。

「妳呀，有空想這些有的沒的，還不如操操自己的心。」大郎很無語，他不曉得原來辛湖也是這麼八卦的人。

「什麼叫操自己的心啊？」辛湖瞪他一眼，抬手捶他一拳。

大郎順勢一拉，把她摟在懷裡，親一口說：「咱倆再加倍努力，明年也來生個娃娃。」

至於燕王府的三位娘娘是什麼想法，沒人在意。

燕王就更加不會在意了。他每天總會過來瞧三個女兒幾遍，還很仔細的詢問奶娘孩子們的情況。燕王如此重視孩子，大家越發仔細照顧三個奶娃娃，不敢有任何閃失。

沒多久，就到三個奶娃娃的百日宴，燕王府自然要大辦。因為三個孩子是同一天生，所以百日宴上，三個奶娃娃齊齊亮相。

這三個小人兒在燕王府的地位已經越來越高，從燕王給女兒們辦的百日宴就知道，整個涼平府稍微有頭有臉的人都來了。

這種場合，女眷們就會三五成群聚在一起說說閒話。當然有人會討好辛湖，在一邊奉承，自然也會有人在一邊酸溜溜的諷刺。

這不，辛湖就聽到有人隱晦提及她怎麼還沒有孩子的話題，當然人家話也說的好聽，還裝作關心的樣子。

辛湖只得敷衍的答：「這事也急不來。」

那人就特意湊到她面前，說是某某方子吃了特別有效用，包生兒子什麼的，辛湖簡直要笑出聲來。

燕王府在一邊侍候的僕婦自然也聽到這個話題，眉頭皺得都快打結，恨不得把這個女人扔出去。誰不知道燕王府的三個主子都沒懷上？在燕王府說這樣的話，豈不是打娘娘們的臉嗎？

所以，這個僕婦連連給自己的同伴使眼色，沒一會兒，就有燕王妃身邊的管事嬤嬤來通報。「三位小主子來啦。」

孩子還小，並未取大名，也沒有封號，暫且就叫小主子。

正主一來，眾女眷們自然不再說閒話，都圍過來，準備迎接燕王府的小主子們和送禮物。

回家後，辛湖心情多少有些不好。大郎還以為她受了燕王府三位娘娘的氣，勸道：「別氣了，反正妳也不常跟她們打交道，往後不喜歡就不去。」

「今天並不是娘娘們看我不順眼。」辛湖把事情簡短的說一下。

大郎皺眉，生氣的說：「哪來的女人，嘴巴這麼討厭，咱們家的事關她們屁事！」

他知道辛湖有些著急，不過太醫也說了，這事急不得，心裡不能有壓力，否則適得其反，還是得放寬心胸。反正兩人身體都不錯，辛湖雖然底子差一點，但後天養得不錯，不應當會不孕。

「我才不會理她們。」辛湖快快的說。

本來看到三個可愛的胖娃娃她還很開心，卻被那些人搞得像吞了一隻蒼蠅。這回，她算是體會到燕王的三個娘娘過的都是什麼日子，她們三人只會比自己更著急。

大郎生怕她鑽牛角尖，連忙勸道：「妳別想太多了，就算妳真的不能生，我也不會納妾或休了妳。我們夫妻可不比別人家，那麼艱難的日子都熬過來了，沒有孩子不算什麼，大不了，咱們過繼平兒他們的孩子。咱們有三個弟弟，難不成連一個孩子都過繼不到？」

他的這番話，令辛湖又感動又驚訝。她第一次發現大郎思想居然這麼開明，給了她這麼大一顆定心丸。

她的眼淚頓時流下來。這一刻她才真正明白，原來大郎這麼在意她，是那麼愛她，為了她甚至寧願不要自己的親生孩子。原來老天對她真的不薄。她原本還沒有太真實感受到這個男人的愛，這回算是結結實實的體會一把。

「好啦、好啦，妳哭什麼喲。」大郎手忙腳亂的給她擦眼淚。辛湖其實並不愛哭，除了最早前哭過，後來就再也沒見過她哭。這一刻，大郎甚至有種又回到小時候的感覺，那時辛湖哭得上氣不接下氣，好似受多大的委屈，搞得他也不得不笨拙的安慰她。

「嗯，你真的不在意孩子嗎？」辛湖抽泣著問。

「哎，妳想太多了，咱們還年輕，也許只是孩子來得遲。而且退一萬步說，不能生就不能生，也許不是妳的問題，是我的問題呢。」大郎安撫道。

第九十四章

辛湖這下更驚訝了，大郎居然能說出有可能是自己的問題，以前她還老認為他封建大男人主義。別說這年頭，放到現代，一對夫妻不孕，都有不少人說「女人是不下蛋的雞」等難聽的話，而不會說是因為男人不能生，好像只有女性有不孕這個毛病，沒人肯承認男人不行，大郎卻坦坦蕩蕩的說出口。

「咱們倆，還是多找幾個大夫再好好瞧瞧吧。」辛湖說。不管怎樣先找出問題再說吧。

「行，我去請，但妳別太放在心上，兒女也是靠緣分的。」大郎說完，去安排請太醫的事情。

燕王府有醫術高明的太醫，與他關係也算不錯，而民間也有些不錯的大夫，他都去請了。

結果看了好幾位大夫，都說他們沒什麼問題，也一樣讓辛湖放寬胸懷。

如此，辛湖也不在意這事了。就算真的不能生，雖然她會覺得遺憾，但這種事情實在無法強求，只能順其自然了。

反正大郎已經說過，不會因為她生不出孩子就休了她或納妾。

一直以來，她都覺得大郎不會說情話，兩人沒談過戀愛就變成老夫老妻，有些遺憾，原來一切的愛戀早已在那些歲月中，深入骨髓裡。有些愛戀是不需說出口，大郎就是這樣一個悶騷的人。

這個小插曲，令辛湖與大郎的感情更加深厚。

但大郎還是怕辛湖心情不好，決定帶她出去玩一趟，讓她散散心，順便也幫燕王辦事。燕王前陣子，讓他隨便逛逛，尋找一些新的機會。

這次他們沿著當初逃難的路走，兩人重溫當時的場景。找到大郎母親的墳時，大郎再次流淚了。他一直想把母親的墳遷走，但一來沒時間、二來沒地方，他不知該將母親遷到何處去？

蘆葦村雖然還有他們的房子與地，但他們應該不會回那裡生活了，把母親一個人留在那邊也不好。而且遷墳是個大工程，所以他必須做個祖墳，再弄塊祭田，將來他們老了還可以回來這裡安度晚年，等他們百年後，子孫們還能來祭拜。

他想來想去，還是只有蘆葦村最適合。只不過現在的蘆葦村不比當年，只怕沒有多餘的地方，如何能給他一塊祖墳與祭田呢？

「不如我們就在這個地方，再建立一個新的蘆葦村啊。」辛湖提議。

雖然這裡方圓幾十里根本沒有村莊，但此處自然環境不差，一樣也能開墾荒地，慢慢經營起來，而且這裡比蘆葦村，離官道還更近。

有一條道路，想富起來就簡單了。

大郎仔細想著她的話，果然眼睛一亮，說：「妳這個想法不錯。我們如果在這裡建立村落，只需百來人口就能繁華起來。」

「是吧，這裡應當是無主的，買下來便宜又容易吧？」辛湖問。這裡地界屬於哪個州府她不清楚，但周圍都是荒坡野嶺，應當容易買下來。

「嗯，這事我去辦。咱們先在附近好好瞧瞧，看適合種什麼莊稼？」大郎心情大好，馬上開始盤算如何建立新的根據地了。

他們所處的這一片其實是丘陵地，高高低低的土坡上有些石頭，長滿荒草與大大小小的雜樹，甚至還有一片較大的樹林，看來此地的土壤還算肥沃。

辛湖隨便找塊地方，拿出刀來挖了挖，笑道：「這泥土不錯呢，應當能種莊稼。咱倆先試試，隨便種點東西唄。」反正也沒什麼急事，這趟出門，大郎說隨便她想往哪走，喜歡到哪裡就到哪裡住。

說完，她去包袱裡找出一把豌豆和大豆，兩人就用菜刀開始挖地，整出一小塊地來，花一天多的時間，種了一小塊豌豆和一小塊大豆。

「早知道會來種地，應當多帶些種子的。」辛湖有些可惜的說。這些豆還是她隨便塞進來，準備餵馬的飼料。

「沒事，咱們先去找城鎮，買點種子回來，隨便種些。」大郎不以為然的說。這都是臨時起意，哪會準備得齊全？

兩人快馬加鞭，花了三天時間，找到一個村子，雜七雜八的各買些種子，甚至還弄到一點秧苗回來。

然後，栽好得之不易的油菜苗、小麥苗與高粱苗和一些菜苗，又隨便種點蔬菜。他倆打算在這裡待幾個月，等這些莊稼成熟。

兩人在這裡搭起一間小屋住下來，又過上剛到蘆葦村時的生活。

眨眼就過去一個多月，這時房子也蓋好，他們種下的莊稼也存活不少，綠油油的一小塊一小塊，長勢喜人，附近已經被他們打理得有人煙的樣子。

「哎喲，真的可以呢。」辛湖非常開心的給莊稼澆水、除雜草，看著莊稼一天一天長高長壯。兩人每天忙忙碌碌的，日子平淡而溫馨。

白天，兩人共同下地幹活，再一起煮飯；晚上，兩人摟在一起，有時看看月亮星星，來一場纏綿的夜生活，日子過得不知多快活，辛湖都快忘記他們還得回去。但不管京城也好、涼平府也好，他們都不可能完全不管，且時間長了，這裡就他們兩人也會覺得有些寂寞。

終於有一天，大郎說：「這裡不能只靠我們倆啊，得找些人來幫忙，再者建一個村子，總不能就我們一家人吧？我們回涼平府弄幾個人過來。」

「不好，燕王帶到涼平府的人手都是有用途的，哪有多餘的人手給你？不如就近找人。」辛湖反對。

最後，大郎決定去蘆葦村找人，那裡更可靠一些。

「我們去蘆葦村找幾個人過來幫幫忙吧。」

「行啊，就不知道有沒有人願意？我好久沒回蘆葦村，還滿想念大家的。」辛湖有些興奮的說。這裡離蘆葦村不遠，而且村裡熟人多，帶過來也放心。

「不去試試怎麼知道行不行？收拾收拾明早就出發。」大郎當場拍板，這事不能再拖下去。

第二天一大早兩人就出發，花了五天才到蘆葦村。眾人熱情的歡迎他倆，雖然離開的時間不算太久，辛湖的變化還是滿大的，甚至有人都不太敢認他們。特別是辛湖，自從離開蘆葦村就沒再回來過，大郎反倒還來過，沒那麼陌生。

眾人熱熱鬧鬧的與他倆打招呼。在村子裡住兩天，享受眾人的招待，他們也瞭解村子的情況之後，就準備拉人回新村了。

聽了他們的話之後，阿信與阿志兩家人同意跟他們過來，同時還給他們找來外村的兩戶人家，一共四戶人家跟著他們遷到新村。

在大家的努力下，不到一個月，這裡就形成一個真正的村落。由於大家經驗豐富，新村的房舍搭建得很整齊，村子裡還整出乾淨堅實的道路。

四戶人家都是闔家搬來的，連家裡的雞鴨豬羊等家禽、牲畜全都帶來。雞鳴羊叫、小孩子的打鬧哭笑聲、大人的呵斥聲等等，顯得熱鬧騰騰，一下就打破這裡的寂靜與荒蕪，構成一幅熱鬧自在的田園風光圖。

眼看著新的小村有模有樣，辛湖說：「咱們也該給村子取個名字了。」

「就是、就是。」大家紛紛附和。

「大家都想想，叫什麼名字容易記、又有好意頭？」大郎說。

人人都貢獻出一、兩個名字，但大多數都很土氣，也沒有任何新意，大郎與辛湖都不滿意。以前的蘆葦村是因為大片的蘆葦林，很容易就能記住，可是這周圍都是高低起伏的丘陵地，雜樹野草縱橫，著實取不出什麼特別的名字。

考慮幾天，辛湖突然靈機一動，說：「不如就叫幸福村，如何？」

「幸福村？咦，還別說這名字真的好。」大家都覺得這個名字好。

於是，只有五戶人家的小村子就有一個響亮的村名，叫幸福村。

大郎與阿信和阿志三個大男人，還特地去找一塊大石頭，花幾天的功夫刻上碑文當村碑用，上面書寫幸福村三個大字，再塗上鮮豔的紅漆，立在村頭那條才整理出來的小路上，還很像那麼回事呢。

因為這個季節不能再種什麼莊稼，大家的精力都花在挖田與修整村子四周的路面上。

大郎和辛湖則以幸福村為中心，四處挑選地方。他們要挑一塊夠大、土地肥沃，而且離村子不近不遠的地方，附近還要有塊可以當祖墳的風水寶地，想辦法買下來，當成他們的祭田與祖產。

「這是不是要請風水先生來探啊？」辛湖半開玩笑的問。

「咱們家又不是什麼大人物，哪要講究這麼多？自己看著適合就差不多了。」大郎笑道。

話雖如此說，但他常年走南闖北，見識多了，自然也懂一些基本的風水。最後他看中一塊地方，這裡遠處背靠高山，前面是開闊的平地，一條大河蜿蜒伸展，有山有水有田，連辛湖這個完全不懂的人，都覺得是個好地方。

「就這裡了。我看還成，妳覺得呢？」大郎說。

「嗯，我也覺得很好，就不知道這裡有多大？」辛湖說。

大郎心裡有個大概數。「我粗粗估算一下，這裡大約有三百畝大小。」

「三百畝會不會小了點？」辛湖問。

「不打緊，我們在附近再挑幾塊開墾就成了。」大郎不以為然的說。

現在這裡方圓十幾、二十里完全是荒的，人口又少，想怎麼開墾就怎麼開墾，給自己多弄個百八十畝不算多大的事。最困難的是，得去多弄些人過來幹活，再把村子慢慢擴大。

「現在最缺的是勞動力，光靠他們四戶人，這大半年專門開田恐怕也開不出多少來。這四戶人加起來的勞動力還不到十口，其餘都是小孩子。」辛湖有些擔心的說。

「妳說咱們去哪裡弄人來？去買，還是怎麼著？」大郎問。

「買？暫時肯定不行，總得等這裡弄得差不多，才能買人吧？」辛湖反對。連主人都沒有穩定下來，買下人也沒有多大作用。

「這樣好了，我去翠竹村看看，看能不能說動幾戶人搬過來？」大郎想了半天，說。

翠竹村靠他銷售竹器，全村的日子改善很多。正是因為竹器，大郎想起一件事——他打算弄些竹子過來栽種。如果本地能生產竹子，一些日常用具和竹器，就不必大老遠的去買。比如竹籃、竹筐、竹簍等等。這些東西不值多少錢，卻是家家戶戶要用到的。

這個想法跟辛湖一說，她也十分贊成。翠竹村的竹器雖然好，但交通太不方便，不如幸福村自己生產竹子與竹器更方便。況且，他們也並非不管翠竹村，只不過是想多發展出一條竹器運輸路，減輕運輸成本。

「這裡去翠竹村，路上一去一回少說也得二十天，如果還能直接帶人過來，只怕得花上一個月時間。」大郎想讓辛湖在這裡歇著，而且這裡也需要有人鎮場子。

辛湖很明白他的顧慮，說：「那你帶阿志或阿信去吧。有我在這裡，大家的安全也多了層保障。」

「我也是這樣想，待會回去就和他倆談這事。」大郎滿意的點點頭。

一個月之後，大郎與阿志和阿信很順利的從翠竹村帶回兩戶人家，還帶了竹子等物。至此，幸福村的人口又增加十多口。

「還是太少，總共就六、七戶而已。」大郎不滿的說。這與他想像中三百人的大村，相差實在太遠。

「不如……你去找安大人吧？讓他想法子。」辛湖提醒他。

這位也是個奇人，寧願待在清源縣做地方官，也不樂意回京當大官。當然，他現在也算是本地一個土皇帝，把清源縣經營得相當不錯，年年上繳的稅賦都很可觀。皇帝也不管他，就讓他在這裡享清閒。

聽到大郎要再建立一個幸福村，還要弄陳家的祭田與祖墳，安大人眼珠一轉，說：「這也是正事，我支持你，有什麼需要幫助的地方儘管開口。」不等大郎道謝，他又來一句。「你那邊需要人吧？」

「需要啊。」大郎答。他來這一趟，目的就是要人。

於是，安大人安排兩個大郎認識的人，跟著他回幸福村，先探好路，改日再送些人過來。

解決這個大問題，大郎和辛湖安下心來。他們在村子裡也開了兩、三畝地出來種，也是天天有活幹。

因為天天幹著體力活，辛湖和大郎的胃口都變大了些。這一恢復大口吃肉、大碗吃飯，吃完倒頭就能睡的生活，又沒什麼需要耍心機的事情，辛湖心情愉快，不知不覺長胖了點。

忙碌的日子總是過得格外快，到秋天時，居然家家戶戶都種上好幾畝的冬小麥。

看著整齊劃一的這片農田，大郎很開心的說：「看來，明年的口糧差不多不用我們管了。」

「那是，哪能老靠村長養呢！我們都有手有腳的，沾了你的光，現在有房子也有田產，還不自己幹啊？」有人樂呵呵的說，惹得眾人都哈哈大笑起來。

果然都是明白人。

大郎也跟著笑起來，心中很是欣慰。這些人有了想頭，幹起活來都十分賣力。這樣下去，不出三年，家家戶戶都會變得富裕起來，整個幸福村，自然而然就會變得壯大。

沒多久，安大人的人過來了。上次來過的兩個人，護送三十多個人過來定居。

這些人當中一樣男女老幼皆有，年輕男人居多，也不知道他們從哪裡弄來的？反正，安大人也沒完全甩包袱，每個人都帶著隨身行李，衣物糧食都齊全。最重要的是，這群人當中有個大夫，還有個老先生。

「哎，太好了！」大郎看著大夫與先生，簡直喜出望外。

這裡人口越來越多，大夫的存在就很必要了，畢竟生病是不可避免的。而有了個老先生，就可以教村子裡的孩子們讀書識字，再過個十年、八年，這裡要是再出兩個秀才，也就聲名大噪了。

兩個熟人對辛湖與大郎說：「鄉君、陳兄弟，這些人不會惹事的。安大人說了，他們會在這裡安住下來，以後就是你們幸福村的人。」

「嗯，不過這些人應該不全是來種田的吧？有幾個人一看就沒下過田，細皮嫩肉的，是犯了事的人吧？」大郎問。

其中最明顯的是一家人，當家的是約三十歲的年輕婦人，自稱錢大嫂，她帶著兩個孩子，大的男孩七、八歲，小的女孩兩、三歲，這三人明顯就是主子。他們身邊另外還有一對身強體健，一看就是練家子的中年夫婦，是他們的下僕。這五口人都戴著孝。

「是什麼原因我等就不知道了。不過你們也不用擔心，若有事，儘管往安大人頭上推。」來人笑道。

「行，有這話我就放心了，這戶人家我會特別照顧。」大郎放心的笑道。

他目前最緊要的，是先想辦法安頓下來這批人。

「看來蓋房子是個大工程啊，這些年輕男人們，肯定都是要自立門戶。」大郎說。

如此一來，幸福村又要增加十幾戶。算下來，幸福村現在有將近百人口，一下就變成一個不小的村子。

「安大人也真是，從哪裡弄來這麼多年輕男人，以後他們成家可是個大麻煩。」辛湖笑道。

十多個青壯年男人，全部要找媳婦，本地可真難找到。這裡有幾戶家裡有女孩子，但都還小，很顯然和他們是湊不成對的。

「也是，下次要弄些女孩子過來，不然大家都找不到媳婦就麻煩大了。」大郎也說。

「這也不算什麼大事。只要條件夠好，還是能娶到媳婦的，可以去蘆葦村那邊找啊！那邊好些村子，哪會沒有女孩子？不然翠竹村和附近的小村子也一樣有，就是遠了點，嫁娶不太方便。」幾個女人們在一起說笑道。

翠竹村那邊過來的幾個主婦和這邊幾個妯娌，很快就交好，大家相處得還不錯。她們聽到大郎和辛湖的話都笑起來。有房子、有田產，男人再勤快能幹一些，家境一好，哪還要擔心娶不到媳婦？

第九十五章

大郎和辛湖頓時轉過彎來。是啊，條件好了，自然能娶到老婆。無論什麼情況，總是最窮的男人才娶不起媳婦。

「就是，大家都有些親戚朋友的，哪家哪戶沒有女孩啊？以後咱們村的男人們有田有屋，還怕娶不上媳婦嗎？」阿志也跟著打趣起來。

「你們不是要回涼平府嗎？打算幾時走？」阿信問。已經十月初很冷了。

「這兩天就走，這天色不能再耽擱了。」大郎答。

「哦，那幾時再回來？」阿志問。

「總得等到三月底吧。這一去一來路途遙遠，可不是十天半月就能跑個來回。」辛湖說，這裡可不像現代，兩、三天就能來回一趟，都需要長途跋涉。

「我們不在時，幸福村有什麼事情，你們倆就先看著處理。」大郎交代道。

幸福村的所有人當中，他和辛湖最信任的就這兩表兄弟，且他倆為人穩重，文才武功均有，很適合當村長。只不過這個村子暫時還得由大郎自己掛著，等將來完全不需要他管時，再從他倆中挑一個出來當村長。

「明白，你不用太擔心。」阿信與阿志都應下。

幾人正說著閒話，辛湖突然頭暈目眩，居然差點站不住的直接往地面倒去，幸好大郎就在旁邊，一把抱住她。

「哎，這是怎麼啦？快去把程大夫叫過來！」阿信嚇一大跳，大聲叫嚷道。

阿志邊跑邊大叫，讓人過來搭把手照顧辛湖。辛湖其實很快就醒過來，但胸口悶悶的，直想吐。

大郎緊張的問：「還有哪裡不舒服？會不會是餓了，還是累了？」

辛湖也不明白。她的身體一向很好，但最近幾天確實覺得有些疲憊，她估計自己有可能是累到，再加上昨晚被大郎狠狠的折騰，沒休息好。

程大夫很快就來，給辛湖把了脈，笑著恭喜道：「陳大嫂這是喜脈。」

「哎喲，這是大喜事啊！」眾人都開心的笑道。

「不過，時間還短，胎象有點不穩，你們年輕夫妻還是要節制點。」程大夫的話，令大郎與辛湖的臉都紅了。

兩人顧不上害羞，緊張的問：「要不要緊？胎保得住嗎？」

「沒多大事，陳大嫂身體好，多休息兩天應當就沒事了。若還是擔心，就抓兩劑藥吃吃。」程大夫說著，要寫藥方子。這是最普通的保胎藥方，藥材也普通。

大郎與辛湖出門在外，還是帶了些必備的藥材，再加上程大夫那邊也有些藥材，挑挑揀揀的勉強湊足兩帖，阿信讓張氏去幫忙煎藥。大郎卻很擔心，生怕辛湖真有什麼事，眼睛都不敢錯開的盯著她。

「好啦，你也別太掛心，大夫不是說沒事嗎？」辛湖說。

「我現在真的很擔心，懷孕到生產時間還長呢。這地方太簡陋，連藥材也不齊全，可怎麼辦？」大郎十分憂心的說。他只恨不得現在在京城又或者是涼平府，能好好的照顧辛湖。這裡真是要什麼沒什麼，好在剛來個程大夫，不然他還不急死。

「現在我不能再趕路了，今年我們倆只得在這裡過年。」辛湖也後怕的說。

她的月事一向都會推遲，再加上出門在外，東奔西跑的，人容易累，月事更是不太準。她也知道自己這個毛病，一換地方，月事定要亂幾個月才會恢復正常，也就沒想到自己是懷孕了。

「藥好了，阿湖先喝藥吧。」張氏在房門口叫道。

「多謝嫂子。」大郎接過藥碗。

辛湖喝過藥，精神大起大落的，人很快就疲倦了，說：「我先睡會兒。」

「嗯，好好歇著。」大郎點頭，心裡又驚又喜又擔心。喜的是辛湖終於有孕，驚的是剛才差點就出事，又擔心這裡太簡陋，怕照顧不好辛湖。他本來就多操煩，現在心裡簡直七上八下，哪還坐得住。

大郎出去叫張氏過來幫他看顧辛湖，自己去找程大夫商量事情。

幸福村偏僻，就是去蘆葦村快馬加鞭來回也得三、四天，這次事情給他提個醒。現在有了大夫，幸福村還是要開家正經醫館，所以他和程大夫商量，把開醫館需要的東西與藥材，一一寫在單子上，他好去安排。

「你太擔心了。她身體好，這裡還有程大夫，不會有事的。」見大郎明顯憂心忡忡的模樣，阿志勸道。

「就是，把一些需要的藥材都帶回來，咱們這裡也有醫館。生養過的嫂子們多，大家會幫你照顧阿湖，你別想太多了。」阿信也說。

程大夫笑了笑，說：「如果你實在不放心，開春後去請個穩婆來家裡住，就萬事齊備了。」

大郎還真沒想到這一點，一聽到穩婆更急得團團轉，嘴裡念念有詞道：「對，還要接生的穩婆，有要經驗的穩婆，我都沒想到過。」

「還早、還早，你別急！」大家連忙大叫道。這懷胎要十月，阿湖又不是明天就要生產，不用現在急著請穩婆。

「哎，你們說，要是我們回涼平府，或者回到京裡，阿湖再懷上多好啊！這裡真的太簡陋，我實在放心不下，早知道這樣，就不該帶她出來。」

大郎又開始焦慮，弄得大家面面相覷，想勸他，心裡又好笑的不行。

最後阿信想起一件事，靈機一動說：「大郎，這說不定是你娘在保佑你們。你想想，你們到這裡來最先是為了給你娘遷墳，怕你娘一個人在這裡太寂寞。現在你們要在這裡建你家的祖墳，往後你娘也能享受子孫後代的香火，她老人家一高興，阿湖也就順順當當的懷上，說明這塊地方，確實是你們家的風水寶地。」

「就是、就是，老人家這是高興呢，一定會保佑阿湖順順當當生產，為你添個大胖小子。」阿志也附和道。

「是嗎？這麼說，我娘還是很喜歡這裡的。」大郎嘴裡這樣說，心裡真的認可他倆的說詞。

他一直掛念著他娘的墳。他娘一個人在這裡像個孤魂野鬼一樣，一直是他的心頭大事，這麼多年來，他都沒什麼時間來祭拜上墳，一直覺得很對不起他娘。

可現在，他和阿湖一來這個地方，準備好好給娘遷墳拜祭，一直沒動靜的阿湖就真的懷上。他相信真是他娘在地下保佑的這個說法。

這麼一想，他立刻覺得，自己在這裡建立幸福村的決定實在太好，這個地方真可算是他們家的福地。他也不再認為辛湖在這裡懷孕生產會有什麼事，而且有程大夫在，醫館也馬上會辦起來，再從涼平府或京裡請個有經驗的穩婆過來，就什麼都不怕了。

冷靜下來想通這些事情，他的心思立即轉移到辦醫館這件事。「昨天我和程大夫已經擬好辦醫館需要的一些東西，再者就是先弄一部分藥材來。安胎、保胎、平素傷風著涼、小孩拉肚子等一般藥材。我們先去蘆葦村那邊買一些過來，等開春路上好走後，我再讓商隊從各地多弄些藥材來，咱們幸福村的醫館一定不會比大地方的差。」

「咱們幸福村的醫館一定會成為周邊最好的醫館。」大家都興奮的說。有大醫館加上好的大夫，對周邊的百姓來說都是好事。

大郎娘的保佑，這種神奇的事情，辛湖是不信的。但是村人們都深深認同，紛紛表示明年讓他去找個有道行的人來，把老夫人的墳給修建好。

「就是，這是老人家在地下保佑你們。」

「是啊、是啊，你娘的墳也該好好修一修。明明有後人，哪能不讓老人家享受香火呢？今年過年，你可得多燒些香燭紙錢，再弄些供品，讓老夫人好好享受享受，保佑你家宅平安，孩子順順當當的。」就連老先生都這麼說。

大郎自然滿口答應，又因辛湖懷孕，他們不能回涼平府，他只得寫信回涼平府，又寫信給京城，讓平兒他們也高興高興。

「阿信哥與阿志哥，明天煩勞去一趟蘆葦村，一來幫我寄個信，二來按這單子，把需要的東西帶回來。」大郎說。

現在他可不敢隨便出門，他要把全副精力放在照顧辛湖上，這些事只能派給兩表兄弟。

三月初，路上才剛剛好走一些，蘆葦村那邊就由幾個相熟的人帶領，帶兩個大部隊過來幸福村。

這些人都是大郎叫來的，一部分是來送種子糧食等物資，一部分是他家的下人，由京城與涼平府採買和挑選來的。這些人以後會單獨成一個村子，專門打理陳家的田產，也就是說，這些人就是陳家的世僕。

這部分人中，還有幾個特殊人物。一位中年嬤嬤，是燕王送來的一位非常有經驗的穩婆，外加兩名年輕婦人是專門來侍候辛湖，及照顧辛湖孩子的奶娘與她們的家人；另外還有一個灶上的嬤嬤帶著孫女兒，尤其會燉湯水，是來侍候辛湖飲食。

這一行專門照顧辛湖的總共是三家，都整家一起搬過來。

兩名年輕婦人都跟著她們的男人叫，一個叫陳喜保家的，一個叫陳啟泰家的。這兩對夫妻，都是二十多歲的夫妻，外帶著兩個孩子，一個三歲多，一個才半歲大小。

灶上的嬤嬤姓金，只帶了一個十二、三歲的小孫女叫金珠兒，跟著她在廚房打下手。

張穩婆帶個三十歲左右的婦人，應當是她的徒弟與助手，兼照顧她的起居，她們兩人只待到辛湖生產後，就會回去燕王府。

這一群人當中，陳喜保與陳啟泰算是陳家的管事，兩人負責帶人開荒種田，得快點把陳家的私產經營起來。

而那些來運送種子物資來的人，是由吳清領來的。見到他，辛湖和大郎都非常開心，辛湖更將連日的鬱悶一掃而光。

這個冬天她過得並不舒爽，因為天冷後，連在外面散個步都不行，大家都怕她孕婦會摔倒。所以她只得待在屋子裡養胎，靠大郎不知從哪裡摸出來的一本閒書解悶，都差點快悶死了。

「你來的正好，快來陪她說說話，我這個冬天耳朵都差點被她念出繭來。」大郎拉著吳清笑道。

「恭喜、恭喜。」吳清笑道。

燕王居然也認同傳言，覺得他們選這個地方做陳家的祖產很好。這次吳清來，也告訴大郎，燕王讓他安安心心的待在幸福村，陪辛湖待產。

「多謝王爺了。」大郎和辛湖都非常感謝燕王的理解和幫助。

安頓好家裡的事情，大郎就帶著陳喜保、陳啟泰開始認真規劃自家的產業，天天忙得不亦樂乎。

六月，天氣開始變得炎熱起來，村民們忙碌著農活，辛湖也到了產期。

辛湖身體養得好，再加上常年練功夫，懷孕後期又在穩婆等人的指導下，做些對生產有利的運動，所以張穩婆不太擔心她會難產。

有關生產要用到的東西，也早就備好。

她一發動，全部人都有條不紊的動作起來，一點也不慌亂。

大家都很正常的忙碌著，大郎卻快嚇死了，非要陪在房裡，不肯出去。

但大家都不肯讓他待在產房。古人很忌諱這件事，覺得女人生孩子時很髒，辛湖雖然不這樣認為，但也不想自己生孩子的一幕被他看到，最後還是辛湖把他趕出去，因為她覺得這個場面很難堪。

「你出去，我沒事的。」辛湖忍著痛推開大郎的手。

「有事就叫我啊，我就在門口等著。」大郎不放心的說。

「大老爺還是快點出去吧。」穩婆笑道，又推了他一把。辛湖並不像是難產，有什麼好擔心的？

她在一邊指導辛湖，讓她慢慢的呼氣。第一胎嘛，時間肯定會長一些。「別害怕，放鬆些。」

辛湖很聽話的配合。生產前確實有些胡思亂想，怕自己難產，怕遇上保大保小的問題等等。到這會兒，她的心反而定下，安安心心的聽任吩咐，期盼孩子呱呱落地。

又過半個多時辰，張穩婆問她。「要不要吃點東西？先增加些體力。」

辛湖同意，吃了半碗雞湯麵條。產房裡沒多大動靜，只時不時的聽到張穩婆和辛湖說話的聲音。

大郎沒聽到辛湖的哭叫聲，還很擔心的問：「她不痛嗎？是不是還沒到時間？」他聽別人說過，女人生孩子都會痛得大哭大叫。

外面的人都不知要怎麼回答他，陳喜保家的說：「生孩子哪有不疼的？鄉君這是忍著，還不是怕大老爺擔心。」

大郎訕訕笑了幾聲，說：「叫她別忍著，想叫就叫吧。」

張穩婆那頭也對辛湖說：「要真忍不住就叫出聲來，不過為了節省體力，也別瞎亂叫。」

她話才說完，辛湖肚子痛得一扯，倒吸一口氣。

張穩婆一喜，連忙說：「好了，快到了。」

果然，凌晨時分，辛湖很順利的產下她的頭生子，一個重七斤半的小男娃。

在孩子響亮的哭聲中，張穩婆大聲說：「恭喜老爺和鄉君，是個大胖小子呢。」

穩婆「母子平安」四字還沒來得及說出口，大郎已經著急的問：「阿湖怎麼樣了？怎麼沒聽到她的聲音？」

「我很好。」辛湖努力的回他一聲。她是累壞了，只不過她很能忍，也知道配合穩婆的動作，所以生產很順利。

「那就好，餓不餓？吃點糖水吧。」大郎鬆口氣，身子一軟差點就摔倒。唬得在門口候著的金婆子和金珠兒都嚇一跳，連忙伸手去扶他，差點把糖水打翻。

「沒事、沒事，就是腳麻了。」大郎擺擺手，一屁股坐在地上。

張穩婆抱著已經洗淨包好的孩子，對辛湖說：「這孩子長得真是整齊，長大肯定好看。」

辛湖努力睜大眼睛看幾眼，只看到個粉嫩嫩的小猴子，一想到這是自己的兒子，她就覺得非常可愛。

屋子裡很快就收拾乾淨，大郎迫不及待的衝進來。陳喜保家的端著糖水餵辛湖吃，辛湖靠著炕頭，臉色有些蒼白，精神也不太好，吃完也懶得理大郎，倒頭就睡。

這時程大夫也進來，給辛湖把了脈，說：「陳大嫂身體好，沒什麼事，這是產後虛弱，過兩、三天就會恢復。」

「那就好。」大郎拍了拍胸口。

「大老爺，看看孩子吧！」陳喜保家的抱著娃娃，湊到大郎面前來。

大郎看著粉嫩嫩的小猴子，嘿嘿傻笑一陣子，伸出手指輕輕摸了摸孩子的臉，又搓了搓手，完全不敢去抱他，覺得孩子太小。因為是六月天生，只包了一層襁褓，他哪裡敢抱啊？眾人都低笑起來，大郎低喃道：「這麼小，要幾時才會長大啊？」

「瞧您說的，七斤半已經不小了，小孩子見風就長，一天一個樣呢。」張穩婆樂道。

「就是，小孩子長得很快的。」眾人皆附和道。

大郎這才想起打賞大家賞銀，他直接封個大紅封給張穩婆，感謝道：「真是多虧您出手，阿湖才能順順當當的。」

「鄉君是個俐落人，生孩子也沒吃多大苦，往後再生就更順當了。」張穩婆接過紅封，笑道。

天大亮後，村子裡的人都知道辛湖生了個兒子，紛紛過來道喜。

辛湖也是運氣好，本以為在六月天坐月子會熱得慌，哪想到第二天就下雨，解了暑氣，讓她安生的過幾天月子生活。

果然如程大夫說的，只過兩天，她就能起床走動幾步。

因為有奶水，她堅持自己一出奶就奶孩子。初乳是好東西，她可不想讓它白白浪費掉，結果備著的奶娘根本沒用處，她奶水足得很。

「這怎麼行？坐月子就要好好養身體，如果奶孩子，哪能歇得好？」大家都反對。大戶人家都是奶娘奶孩子的，哪有自己奶孩子的？而且奶娘飲食上也有很多限制，有些東西是不能吃的。

見大家都反對，辛湖只好說：「不怕，我先自己奶幾天，要不行就算了。」

眾人看她堅持，不好再勸，大郎也勸不了她，只得說：「妳要自己奶孩子也行，不過晚上得讓孩子睡在別處，醒了再抱過來吃奶。」

「為何？」辛湖問。

「有個這麼小的孩子睡在一起，我害怕壓到他。」大郎只好找個藉口，其實是擔心辛湖太辛苦。

辛湖本來是想自己帶的，她身體好，而且白天也可以睡，不怕睡不夠。但大郎說的也對，真讓他睡都不敢放開身體，也太委屈了。他白天已經夠累的。

想了想，辛湖又說：「那晚上孩子要吃奶，不能不告訴我。」

「知道了，難道讓孩子餓啊？」大郎嘀咕道。其實他就是打這個主意，晚上讓奶娘奶孩子，可明顯辛湖一下就看穿這個事實。

其實他們家的小毛頭是個很愛睡的孩子，吃飽了就睡，很好帶。當然這只是前三個月，過百天後，這個小名叫半夏的小子就成個小皮猴，精力充沛的很，睡眠也明顯變少。而醒著時也不肯一個人待著，非要旁邊有人陪他，還得逗他玩，咿咿呀呀的說話。別人一沈默，他就哼哼唧唧，明顯不開心。

惹得辛湖說：「真是個難纏的寶寶。」

「可不是，哪家的孩子像他啊？這麼小就想說話。」大郎忍著笑，向半夏做個鬼臉，惹得孩子咧著小嘴，笑得口水直流。大郎正逗著，結果孩子嘩啦啦的一泡尿，拉了他滿身。

「臭小子，又拉我身上了。」大郎笑罵道。

「哎喲，半夏，你這樣子真醜。」辛湖大笑著，接過孩子。孩子還以為他們和自己玩，他扭頭朝辛湖叫幾聲，又衝大郎笑幾聲，天真無邪的樣子，惹得兩夫妻哈哈大笑起來。

第九十六章

日子就在半夏的哭笑聲來到十月底。

不到五個月的半夏長得很壯實，已經在出牙，整天流著口水，還喜歡咬東西磨牙。

此時大郎規劃的陳家莊也大致完工。

陳家莊整體占地八百多畝，目前大部分是荒坡，只是村頭蓋起一棟一棟的房屋，這些都是陳家下人們住的，他們會在這裡開荒墾田，子子孫孫將會在這裡繁衍生活。

陳家自己的宅子根本還沒有蓋起來，大郎只先圈出一塊地方，將要蓋三進的大宅子，還要蓋陳家祠堂等等。這一切都得花比較長的時間來好好設計，並且需要從外地運來上好的磚瓦與各類的建築材料，還要找些有經驗的工人，這些都得好好籌劃。

所以大郎準備慢慢來，再等幾年，因為現在各方面條件都不太成熟。於是他們在幸福村自家旁邊的空地上，又建了三間正房，當平兒他們三兄弟的房間。若平兒他們來，一家人能暫時在幸福村住。

陳家莊離幸福村不過約三里的距離，兩村之間的路已經修得很平整，能夠行走馬車。

大郎經過大半年的四處奔波，辦理各種手續，幸福村正式立名，陳家莊也一樣有正式的手續地契，這裡的一切都是合法的。幸福村和陳家莊成了安慶朝的正式地名，暫時由清源縣管理。

這個結果令辛湖和大郎都很開心。安大人是熟人，關係還很不錯，自然會對幸福村和陳家莊多所照顧，畢竟無論幸福村還是陳家莊，從人口到田地，很多事情都不完善，需要時間慢慢經營。

大家看著自己努力辛苦這麼長時間的成果，各個臉上都有笑容，對往後的生活也充滿希望。

冬月初，平兒帶著大寶和阿毛三兄弟從京城趕往幸福村，與大郎、辛湖、半夏一家人團聚，因為他們要趕在年前著手修建先人們的墳。

與此同時，三名道士也低調地由安大人吩咐的人護送前來。也不知安大人從哪裡找到他們，反正這幾人一看就很有水準，就連辛湖這個完全不懂的人，都覺得他們是正統出身，絕不會是沽名釣譽、專門行騙的江湖騙子。

他們三人還自帶不少做法事需要的物品，根本不需要大郎操心。

「請先生們先休息兩天，大老遠的來，也著實辛苦各位。等我弟弟們抵達後，再開始辦正事。」大郎說著，親自帶這些人到事先準備好的地方住下，還安排專人照顧他們的生活起居。

「好，我這把老骨頭也要先歇一歇。」帶頭的老道為人十分直爽，也不跟他客氣，帶著自己的人很快就安頓下來。

「嗯，先生們有什麼需要就請直說，我家裡沒有長輩，我們都沒經歷過這些大事，什麼都不懂，就請先生們費心了。」大郎也很直接的請求他。

「你放心，我既然答應這樁事，就一定認真為你們辦好。」老道這話也說得很明白。

「村長、村長，又來一隊人馬，都快進村了。」有人過來報告。

「應該是我弟弟他們到了。」大郎說著和老道們打了招呼，去迎接平兒他們。

果然沒一會兒，就見大寶一馬當先跑到幸福村的村碑前，下了馬，東張西望的。

大郎看著眼前的高大青年，有些驚訝的叫道：「是大寶嗎？」

「大哥！」大寶開心的撲了過來，一個勁的追問。「大姊還好吧？我們的小姪兒長多大了？」

平兒和阿毛在後面滿頭黑線。大寶這傢伙，都快到家門口了，有必要拉著大哥問不停嗎？去了不就知道了。

「都很好，走吧，先隨我回屋去。」大郎笑道，又和平兒、阿毛兩兄弟打招呼。

隨平兒他們來的，還有胡嬤嬤等家裡的重要管事等人，大家都要來認認這個正宗的老家，來的人也不少。

他們一進村，就有許多村民跟大郎打招呼，大郎一路介紹道：「這是我的三個弟弟。」

平兒、大寶和阿毛三個青年都是神采飛揚，很吸引眾人的目光。

辛湖早就迎出來，大寶等人遠遠的就大聲呼喚：「大姊、大姊！」

「都回來啦，正盼著你們呢！」辛湖笑道。

「他們為何不叫大嫂？」有人問。

張氏笑道：「這三兄弟都是阿湖一手帶大，習慣叫大姊了。」

大多數村民並不瞭解陳家的事情，聽張氏提這一句，也不再多說。

「半夏呢？」大寶瞪大眼睛，東瞅瞅西瞧瞧，硬是沒見到小孩子。

「天怪冷，就沒抱他出來。來，先進屋歇口氣。」辛湖一連聲的招呼眾人，搶先去扶胡嬤嬤進屋。

進了門，果然見奶娘抱著半夏正等著。

胡嬤嬤盯著半夏眼都不眨的看半晌，激動的把大寶、平兒和阿毛三兄弟都擠到一邊，恨不得直接上手抱抱半夏。

「您先去歇著吧，趕這麼遠的路，也累壞了。」辛湖說著，吩咐人侍候著胡嬤嬤去洗漱安置。胡嬤嬤年紀大，也是支持不住，點點頭，由人扶進屋去。

大寶三兄弟這才有機會圍上去，大家都盯著半夏直看。

一晃有好幾年沒見面，平兒、大寶和阿毛三人都長高一個頭，乍一見面，辛湖心情格外激動。尤其是大寶，突然間就長得人高馬大，是所有人當中個頭最大的一個。果然有個武將出身的父親，基因就是不同。

平兒年紀最大，模樣反倒變化最小，只是身上多了幾分成熟，出落得更穩重；阿毛則是個翩翩公子哥。總之，三兄弟各有千秋，一進村，就引得村裡的小媳婦、大姑娘們羞紅了臉。

「來來，看看你們的小姪兒。半夏，叫叔叔。」辛湖抱著孩子和大家打招呼。

這小子轉動眼珠，盯著三個叔叔看，一點也不認生。雖然他還不會說話，更不可能叫人，卻看看這個、又看看那個，把他們三人都仔細的看一遍，好似真的在認人，惹得大家心都快化了。

「半夏長得好可愛。」大寶再也忍不住，伸手要抱他。

「不忙，你們先去梳洗一下，換身乾淨衣服。」大郎攔住他。就是他自己每天從外面回來，都要先梳洗、換過衣服，才能抱孩子。這是辛湖規定的，主要是擔心孩子小，沾染上病菌。

「你們也累了，先去洗一下，我已經安排好飯菜，給大家接風洗塵，都是你們愛吃的菜。」辛湖連忙說。

「就是，快去，你們的房間都準備妥當了。」大郎笑著各捶打三個弟弟一下，兄弟四人說了幾句話，就各自回房洗漱。

不過兩刻多鐘的工夫，三人都換身衣服，打扮整整齊齊的過來了。

堂屋的大桌上也已經擺好熱騰騰、香氣撲鼻的飯菜，引得大寶直流口水，說：「大姊，都是妳親自做的？」

「那是當然，這可是專門為你們三人做的呢。」辛湖笑道。

「半夏呢？」平兒問。

「被奶娘抱出去玩了，馬上就會回來。」大郎說。

辛湖解釋。「他是個閒不住的孩子，一刻不得安寧。」

「這麼小就知道愛熱鬧？」阿毛不解的問。

「等處兩天，你就明白了。」辛湖笑道。

果然，幾個大人剛剛坐下，奶娘就抱著半夏回來，他一進屋就咿咿呀呀叫著，又伸手要大郎抱。

大郎平時很忙，幾乎都早出晚歸，甚至一出門就是十天半月的，所以只要有機會，大郎總會逗逗兒子，和他培養一下父子感情。

奶娘笑著把他交給大郎，大郎抱著他，說：「來，讓叔叔們抱抱，好不好？」

平兒最大，自然他先來。他拿出一個小孩子喜歡的搖鈴逗半夏，果然半夏立刻被吸引，哈哈笑著往他懷裡撲，很快就和他玩在一起。

大寶看得眼熱地圍著他，叫道：「半夏、半夏，來小叔這邊。」

半夏看看手中的玩意，再看看大寶的手，好像在問：為何他手中沒有玩意兒？

大寶居然一下就明白半夏的意思，伸手往懷裡一抓，手中多出一把精緻木刀，上面繫著紅色絲帶。他拿刀隨意的舞幾下，果然半夏就被他吸引住。大寶成功的把他搶過來，卻又根本不會抱孩子，只是大力摟住他，半夏扭動幾下，明顯不太滿意。

阿毛偷笑著，卻拿張小彈弓出來逗半夏，把半夏抱過去。

大寶才抱一會，還沒過過癮，不滿的說：「讓我再玩一會兒嘛。」

「玩？玩什麼玩啊！快吃飯了。」大郎笑罵道。這幾個傢伙居然把半夏當玩具搶起來。

一家大團聚，外加多一個咿咿呀呀的小團子，席間熱鬧非凡。

好久沒有一家人在一起吃過飯，辛湖這頓飯菜可是下足功夫，做出不少好吃的東西。大寶邊吃邊叫。「好吃，真好吃！還是大姊做的肉丸味道格外好吃。」

大寶已經一連吃掉兩顆大肉丸，還想再去挾一顆，偏偏阿毛也喜歡，也瞄中這個圓滾滾的丸子，兩人筷子碰到一起，大家紛紛都笑起來。

「算了，讓給你，我已經吃了兩顆。」大寶訕訕的說著，筷子轉個彎又夾一塊紅燒肉。

辛湖連忙給他裝一碗蓮藕湯，裡面一塊肉都沒有，全是蓮藕，說：「你不能光吃肉，還是得吃點菜。」

「我哪裡不吃菜啦？」大寶笑道，象徵地挾了一筷子涼拌酸辣蘿蔔絲。

「得了，誰不知道你愛吃肉啊？在京裡也是，一頓要吃一碗肉。」平兒笑著搖頭，這傢伙這幾年長高長壯不少，當然飯量也漲了不少。

阿毛嘴裡咬著肉丸，沒空說話，卻一個勁的點頭，惹得半夏看他這個樣子，大笑起來，還想伸手來搶他的肉丸子。

「這可不是給你吃的。」辛湖衝著半夏說，端過他自己的飯碗，餵一勺子燉得爛爛的雜菜粥。

半夏卻把頭轉向一邊，根本不想吃，就想吃桌上的飯菜。

白天辛湖會給半夏弄輔食，一天吃兩頓，如果這一頓吃得飽，晚上半夏睡得就特別沈，半夜喝一次奶就能一覺睡到大天亮。孩子睡得好、吃得飽，大人晚上就不用老是要起夜，孩子也會長得壯實。

半夏也跟著大人們一起上桌，只不過他是吃辛湖單獨弄的一小碗飯菜。他倒不挑食，被奶娘大口大口的餵，邊吃還邊玩手中的玩意，時不時還要看著桌上的飯菜，很顯然也想嚐嚐大人們吃的。

「不能給他嚐一點嗎？」平兒問。

「小孩子不能吃鹽，我們大人吃的東西都太鹹，他不能吃。」辛湖說。

「哦。那他不是吃得一點味也沒有嗎？會好吃嗎？」大寶好奇的問。

「嗯，小孩子身體沒長好，一歲之前最好不吃鹽，過了一歲，慢慢加一點鹹味就行。小孩子口味淡，不能吃大人這麼重口，不然會生病，或者長不高。」辛湖解釋道。

「哦，明白了。」大家都點頭，也沒人管辛湖是從哪裡知道這些知識，反正只要她說的話，大家都習慣性的盲從。因為事實證明，這些話十之八九是正確的。

不過，今天半夏明顯不想吃自己的飯菜，假意的吃幾口，就一個勁的往桌上撲，看看這個、又看看哪個，一副想找個缺口進擊的模樣。

眾人都衝他搖頭，哄他吃他自己的飯菜。達不到目的，半夏氣鼓鼓的尖叫幾聲，還憤怒的拍打桌子，想把自己的碗掀掉，奶娘只得連忙把他抱走。

飯後，大家在一起說話。

「歇兩天，就可以開工了。這次咱們把先人們的墳全部做好，以後每年的清明、年節都可以來祭拜。」大郎說。

「好。」平兒他們都答應。平兒還依稀記得這些事，大寶和阿毛雖然當時年紀小不記得，但對這種事情也非常上心。

「大哥，都選好地方了嗎？」阿毛問。他的親人雖不在這裡，但他當自己是陳家人，也一樣很關心。

「大的地方是選好，但還得先生們來定。」大郎答。

「哦，該備的香燭、紙錢等物，我們從京裡也帶一些上好的過來，不知道夠不夠？」平兒又問。

「多著呢，我早就備好了，你們不用操心。」大郎答。

這幾年，京城的家靠平兒當家，果然辦事就穩妥多了。其實不說平兒，大寶和阿毛也成熟不少，就只在他和辛湖面前，才會露出孩子氣。

「哎，對了，平兒是不是開春要上場了？這回有把握沒？」辛湖哄睡半夏，見他們四兄弟還談興正濃，也過來問道。

「差不多了，不過前幾名還不行。」平兒答。

「那就好，咱們也不想一甲。我想好了，你最好從外放小官先做起，熬資歷，等過個十年、八年，再想辦法調入京城。」大郎說。

他現在為燕王辦事並不是秘密，但皇上對他的事情一直含糊不清，不肯表態，太子和燕王的關係也極其尷尬，所以平兒不宜留在京裡為官。

「我明白。」平兒也很清楚。

「你們兩個呢？」大郎問大寶和阿毛。

「就那樣吧。」大寶答。

「什麼話？」大郎皺眉。幾年沒管他們，他真有些搞不清楚實際情況。

「我倆不急，再考個十年、八年都沒事。」阿毛笑道。

辛湖「噗哧」一聲笑起來，不知該說他們這是心態好，還是沒把握？

「十年、八年？這麼說來，還得先給你們成家才行。」大郎半真半假的說。

「二哥都沒成親，怎麼就說到我倆頭上來？」大寶不滿的說。

「二哥是要先立業再成家的，他也沒說要拖到二十幾啊。」大郎喝斥道。

大寶和阿毛不敢吭聲了。他倆年紀小，完全沒想到成親的事情，前面有個二哥親事八字還沒有一撇，哪想到，大哥突然就把這事扔到他倆頭上來。

「說到親事，還是先解決平兒的吧，他年紀也不小，不能再拖了。」辛湖岔開話題。

大郎果然放過他們，轉頭問：「平兒，你想過自己的終身大事嗎？我們認識的姑娘家有限，這事確實有些難辦。」

平兒臉紅了，不過倒是落落大方的說：「偶爾見過同窗好友的妹妹，心裡有些意思。」

「喲，是哪家的姑娘？人品家世如何？」大郎坐正身子，感興趣的問。

大家聽到這話，也都坐正身子，準備幫平兒拿主意。

年前，大家齊齊動手，把大郎母親、平兒爹、大寶娘等人的墳全部遷到陳家莊，按先生們的安排一一完成步驟。先生們又布置道場，一家人跟著又忙又累，就連陳家莊和幸福村的人也幫了不少忙。

陳家的祖墳分成三大區塊，大郎的母親、平兒爹、大寶娘各安一片山頭，畢竟他們不是一家人，雖然都占陳家的地盤，也還是各自分開安埋。

以後，他們三人的子子孫孫去世後，就會跟自己家的先人葬在一起。現在大家祭拜時，每個墳頭都要拜到，不管是不是親生，目前他們就是一家人。

等到移墳一應事務全都辦好，日子也到臘月。這時候已經非常冷，又連下兩場大雪，放眼看去，天地一片白茫茫。

大寶哈口冷氣，到外面跑一圈回來說：「大姊在煮臘八粥沒有？」

「早就在煮了，少不了你們吃的。」大郎笑罵道。

因為是第一次全家在幸福村團聚，並且陳家的祖墳也全部弄好，大郎與辛湖商量一下，乾脆自己家準備食材，趁著臘八節請全村人喝一碗臘八粥，算是感謝大家的幫助，也相當於全村人一起慶祝臘八節，算是過個早年。

因此，有幾名婦人早早就過來幫忙，還有人挑柴火過來。辛湖提前兩天就把食材都準備好，也備好幾口大鍋，一大早就起來在院子裡架起簡易灶，這會兒正在煮臘八粥呢。

第九十七章

沒一會兒，村裡的小孩們都跑過來，整個村子熱熱鬧鬧的，全部聚集在陳家，準備喝臘八粥。

其實臘八粥這玩意，單獨一個人吃沒什麼滋味，還會覺得膩得慌，但是人多，大家一起搶著吃，味道就格外好。再加上，辛湖煮的臘八粥本來就特別好吃。

因此大家喝了粥，都一個勁的稱讚。「真好吃，太好吃了！」

一大碗粥下肚，身上暖暖的，肚子也飽了，大家嘻嘻哈哈的幫辛湖收拾好院子，道謝後各自回家去。

「哎，還記不記得當年我們在蘆葦村過臘八節時煮的臘八粥？」辛湖問大家。

平兒依稀還記得，可大寶和阿毛就不記得了。

「那時候咱們多窮，連飯都吃不飽，我們家、謝家、張家湊了點五穀雜糧，煮一鍋稠粥，全部的人一起美美的吃了頓。」大郎懷念的說。那時的日子真是簡單，為了吃，大家一起努力。可轉眼間，他當了官，又被罷官，然後他和辛湖成親，生了半夏，連平兒也馬上要說親了，就是大寶和阿毛，也長成翩翩少年郎。

「日子過得真快，大寶和阿毛都這麼大了。」辛湖和大郎心意相通，同時感嘆起來。

一家人想起往事，都有無限的感慨與懷念。

沒幾天，就到年尾。

這一年陳家兄弟幾人，終於能好好的祭拜祖先。先人們的墳頭上終於有香火，大郎帶著幾個弟弟，每個墳頭都擺好酒菜、蔬果及一應點心，認認真真的行禮、磕頭後才回家。完成這個心願，大郎的心情格外好。

正月初，等不到天氣變好，大郎與大寶三兄弟就出發回京。他們得趕在二月前進京，因為平兒要在二月初參加大考。

兄弟四人騎著馬，帶著兩位管事，快馬加鞭先行一步。

辛湖要等天氣暖和，再帶著半夏和眾下人回京。

大郎四兄弟快馬加鞭，只花十多天就到達京城。回家安頓下來後，大郎就先去謝大人家，一來給他拜個晚年，二來順道和他談些事情，然後他又去幾家交好的人家走動一下。

至於平兒所說的那戶人家姓關，謝大人完全不認識，但小石頭的爹娘，居然和關家有點交情。朱相公謀個不入流的小官做幾年，現在也往上升了升，變成個正經的七品小官。

朱大人這些年對妻子十分好，時間一久張嬸嬸也原諒他了，兩口子日子過得十分恩愛，朱大人很多事情都會與張嬸嬸商量。真是臨到老了，兩人反而越來越甜蜜。

夫妻倆一聽說是關家，張嬸嬸就笑道：「大郎，關家家風還不錯。」

「這麼說，您還滿瞭解他們家？」大郎興奮的問。

「我們家和關家有些往來，說來話長。關家和小石頭爹有點交情，這幾年，我們兩家也有些走動。」張嬸嬸說。

「這麼說，關家的姑娘性子如何，您是清楚的嘍？」平兒連忙問。

「不錯。關家這一代也就四個孩子，二男二女，大女兒早就嫁了，大兒子和小石頭、平兒都是同窗，二女兒今年十七歲，還有個十二、三歲的小兒子。關家家世清白，就是日子過得較清苦一些。我其實也聽小石頭說過，正想找機會問問你和阿湖呢。」張嬸嬸說。

原來，朱家現在也在幫小石頭尋親事。小石頭有父有母，家世也不算太差，自己又有才華，也算是很搶手的女婿人選，但朱大人與張嬸嬸兩夫妻，也不想讓兒子娶個不喜歡的妻子，就怕他們夫妻不和睦。

他們是吃過這種苦的人，就想讓兒子自己相看，雖說不能真正做到讓兩人經常見面卿卿我我，在成親之前就產生深厚的感情，但他們起碼可以做到讓兩個孩子稍微接觸，互相有些好感再定下來。

所以張嬸嬸這幾年也接觸不少人家，認識好些個年紀適合的姑娘，關家姑娘自然也在列。但是關家姑娘與小石頭卻互相沒看對眼，這事也只好作罷。反正也是兩家大人私下安排的事情，沒外人知道。然而後來兩家多少有些不自在。特別是關太太，畢竟自家是女兒，沒被別人家瞧中，也是很傷面子的事。

哪想到，這事不知怎的讓關大公子知道了，他覺得是小石頭瞧不上自己妹妹，又或者是瞧不上自己的家世，反正就對小石頭很不滿。他再看看平兒，靈機一動，居然找個機會讓妹妹與平兒見面，一來二去，兩人果真看對了眼。

關家再一打聽，平兒和小石頭本就是好友，自然明白平兒的家世、人品都不錯，因此就有些意思。只不過，關家與朱家發生的事情，也不好意思讓平兒知道，連小石頭也是這想法，否則平兒不是得夾在兩家中間嗎？因此小石頭與關大公子都把這件事爛在肚子裡，沒人與平兒提起過。

「這麼說來，還得請您保個媒了。」大郎大喜。

他滿相信張嬸嬸的，何況還有個朱大人在一邊把關。朱大人這人善於鑽營，定然也明白關家是可靠之人，不然，張嬸嬸也不會與關家走得近。

關家姑娘配平兒很不錯，最重要的是，他倆已經有些感情了。大郎和辛湖也希望弟弟們能娶個自己喜歡的妻子回來，夫妻恩愛，家庭才會和睦。

「行，這個媒我保了。」張嬸嬸爽快的說。

關太太打從小石頭沒瞧中自家女兒時，就對張嬸嬸有些不自在。畢竟女兒家不比男兒，雖然這事做得隱蔽，但兩家的關係也確實變淡，現在大郎來拜託，也算是給她一個彌補的機會。所以她拍著胸脯，表示這件事一定會辦得妥妥當當。

大郎解決掉這樁心頭大事，心情大好，又和張嬸嬸與劉大娘說會話，才回家。

很快的，就到大考的日子，平兒和小石頭去赴考。關家的大公子因為年前生了病就沒有參加。平兒一考完，結果都還沒出來，大郎就請張嬸嬸去關家給平兒提親。

「因為平兒年紀不小，陳家希望快點娶親，所以急了些。」張嬸嬸對關太太說。

「哦，怎麼不等考試結果出來後？他們家是想著，不管高不高中，都務必今年把婚事辦了嗎？」關太太問。

「就是這個意思，半年之內要辦婚事。」張嬸嬸點頭，答道。

「急一點是沒關係，但該走的禮還是要走的。」關太太又說。

「那是自然，他們家的情況妳也清楚，過幾天，鄉君就會帶著孩子上京，就是為了操辦平兒的婚事。禮節方面肯定是不會差的，鄉君的名頭在京裡可是有名的，她辦事，妳還不放心嗎？再說，我雖然和他們家關係好，但和你們家也不差，肯定不會不顧你們的。」張嬸嬸笑道。

關太太這才笑了。雖然自家的女兒確實不能再拖，但做娘的總希望孩子能嫁個好人家，被婆家看重，才能過上幸福的生活。

「如此，就多謝朱太太了。」關太太笑道。

兩人談定之後，陳家來下了小定，正式訂了親，馬上著手看成親的日子。

過沒多久，考試結果出來，小石頭和平兒兩人都高中二甲，不過小石頭的名次要靠前一些。這也正如兩人的意，因為小石頭想進翰林院熬資歷，但平兒卻是大家早就商量好，要外放去當地方官。

所以平兒在家裡等著空缺，正好有時間成親。陳家和關家討論，決定把他的婚期訂在中秋之後。

四月中旬，辛湖帶著半夏回來。半夏是陳家第二代，他們母子一回京，登門探望的人就不少，辛湖一回家就忙得腳不沾地；一來要籌備平兒的婚事；二來，還要宴請一些交好的人家。畢竟她有段日子沒在京城，很多人家要走動走動，正式通知大家她回來了。

這些事情一忙完，還來不及喘口氣，又逢上半夏的周歲。這一次，可不比半夏出生百日，在幸福村簡單辦一辦就完事，陳家得大大的辦一場，所以半夏的周歲宴辦得非常熱鬧，就連皇帝和太子都有賞賜下來。

正式宴客這一天，太子妃還特地來露個面，弄得眾人不得不又一陣忙亂。這番騷動，有心人自然也看明白陳家在上頭眼裡還是很有潛力。

半夏的周歲一過，陳府就傾盡全力準備平兒的婚事。平兒現在是進士身分，他成親來的人會很多，比如一些同窗、同科，甚至阿毛與大寶的一些同窗好友。而且因為半夏的周歲宴來的人不少，先前京裡一些觀望的，這次應該也都會來。辛湖和大郎是第一次辦這等大事，忙得只恨自己沒長三頭六臂，就怕有哪一點沒辦妥當，會被人嘲笑。

中秋一過，陳府裝飾一新，熱熱鬧鬧三天，迎娶新娘過門。雖然忙亂，但也沒出亂子，順順當當辦完這場盛大的喜事。

家裡多一口人，辛湖大郎夫妻倆再加上大寶和阿毛，一開始都有些不習慣。不過，關氏為人處世還不錯，又處處尊敬辛湖，家裡人對她都很滿意。

因為關家清貧，關氏的陪嫁自然也不多，為了面子上好看一些，當初下聘時，辛湖拿了五千兩現銀過去，關家就用這筆銀子，給女兒置辦一些田產陪嫁物品。

關氏也是個知恩的人，知道這一切都是陳家的好意，因此成親後，對哥嫂尊敬、對弟弟們愛護，一家人相處下來很是和氣。

一個多月後，平兒的任命書下來了，家裡又忙亂起來。雖然很多事情早就準備好，臨了還是覺得事情多得不行。

辛湖對關氏說：「家裡的產業，雖然多半是我和大郎掙來的，但是三個弟弟皆有份。京裡的點心鋪子，一直讓平兒在打理，每月賺多少銀子，他最清楚，這其中有一成是專門分給他的。現在你們成親了，馬上就要過自己的小日子，所以這筆銀子我先拿些出來給妳，妳帶過去後，自己想法子置辦些產業，這些以後就是你們夫妻倆的私房銀子。」

「這怎麼好意思？」關氏脹紅了臉，連忙拒絕。

「你們就要離開京城，在外地手中沒有銀子會處處受到牽制。我們陳家不缺銀子，你們過去後，就是要大大方方的花用，否則就平兒那點俸祿，哪夠你們過日子？」辛湖說。

當地方官，尤其像平兒這樣沒有什麼有力的家世做支撐的人，一開始肯定會很難。但如果自己有銀子，有些事情就可以辦得更加理直氣壯一些，而且當地那些有權勢、錢財的人，就不會從這方面來攻擊。

可以用銀子解決的事情，辛湖是不想多花腦子，所以，她先甩出一疊銀票來。

「可是我們……」關氏還想分辯。

辛湖直接打斷她說：「往後你們自己要小心，在地方上，可不比在家裡，萬事有我與大郎擋在前頭。妳先想想要經營什麼，也可以回娘家去，和妳爹娘商量一下。有些事情我和大郎也不懂，以後就要靠你們自己了。」

關氏當然明白，像平兒這種年紀輕，又沒資歷的人外放，去任上還不知會是個什麼情況？聽了辛湖的話，也顧不得推銀子，就急匆匆的回房去。

另一邊，大郎也和平兒在談話。陪同的師爺和護院都是早前就備好的，共三人，已經跟平兒很熟了。這次平兒要去的地方路途遙遠，也比較貧窮。雖然聽說當地民風淳樸，不會出什麼大事，但大郎心裡還是有些掛心。畢竟平兒是以地方官的身分上任，到了那裡就是當地最高官員，很多事得靠他自己去處理。

「到了那邊，凡事小心謹慎些，有什麼事情立即傳信給我，我也會抽空過去看看。」大郎交代道。

「嗯，我知道了，多謝大哥。」平兒說。

「自家兄弟，說這些做什麼？這個家暫時還得靠你支撐，現在陳家可就你一個是官身。」大郎笑道。

平兒臉紅了，有些不好意思。

「好了，快點回去收拾收拾，有交好的同窗好友也去聚聚，你岳父家也得去一趟。」大郎拍拍他的肩，說。

這任命書一下來，平兒就得上任去，沒有多少時間在家裡磨蹭。

歲月匆匆，十年之後，平兒已經升遷至五品官，大寶也外放去了，阿毛則待在翰林院裡。一家三兄弟都當了官，又都是進士出身，很令人眼紅，大家都稱讚是大郎和辛湖有本領，把幾個弟弟都教育的很好。

一門三進士，雖然這三兄弟是異姓兄弟，但他們之間的感情可比親兄弟更好，相互之間能幫助，看得外人極為眼熱。

這其間，辛湖和大郎又相繼生下一子一女。次子已經七歲，第三個孩子是女兒，只有四歲。至於他們的長子半夏已經十一歲，是個非常惹人愛的半大少年，他不只要進學念書，平時還得習武，還慢慢幫辛湖管一些鋪子的生意。他雖然只有十一歲，卻像個小大人，可以撐起很多事情。這樣的半夏，早已是京裡很多人家暗中看上的女婿人選。

另一方面，辛湖也不知不覺成為國民婆婆，就連她才四歲大的女兒都被好多人盯上。畢竟能教出半夏這樣兒子的家庭，養出來的女兒肯定不錯。

看著時不時就來找自己套近乎的各路夫人、太太們，辛湖簡直又好笑又自豪，有時甚至還很煩惱。

「哎，你說，咱們家孩子還小，幹麼一個、兩個都盯上咱們家？我都已經說過，我兒子不到二十不娶親，我女兒不到十七歲不出嫁，怎麼天天還有來打著各種藉口，想跟我們結兒女親家。」辛湖半是苦惱、半是炫耀的說。

「妳就得意吧！幸好咱們教孩子嚴厲，現在有成效了吧？」大郎笑道。

「可不是，咱們四兄弟的孩子都是搶手貨呢，那條家規真是訂對了，有不少人來找咱們取經。天天都有人問，咱們是怎樣教育孩子的？」辛湖得意的說。

「嗯，等子姪們都長大，各自娶妻生子，咱們陳家就成真正的高門大戶；再過兩、三代，咱們家也可以說是書香門第。」大郎開心的說。

「是的，陳大老爺。」辛湖笑嘻嘻的打趣道。

陳家四兄弟全都成家立業了。阿毛與大寶成親時，就已經分府單過，不過一有什麼事，大家還是回陳府來相聚，妯娌之間關係也很緊密。三個弟媳對辛湖都十分尊敬，把她當婆婆似的侍候，而且各人管自己的小家，也算是給辛湖分擔責任，不用她再操心三個兄弟的小家。

而幸福村，現在已經有了幸福一村、二村、三村、四村、五村，人口早就過千數。

陳家莊也不停的擴張，現在也有一千多人。其中約三百人是陳家的下人，其他則是陳家的佃農。

幸福村創造的稅收相當可觀，因為他們不僅僅只是種田，在大郎與辛湖的精心佈置下，幸福村都各有特色。

比如最早的幸福村，也就是幸福一村，專門種植草藥，滿村子的人除了種些口糧田之外，絕大多數的田地都用來種植貴重的藥草，特別是用途大、多年生的藥草，幾年下來，大家都賺得不少銀子。幸福一村，成了整個安慶朝有名的藥草種植地。

幸福二村專司種竹子，製作竹器等特產，這些竹器銷往大江南北，與翠竹村比肩而立。

幸福三村發展養殖業，他們養出來的豬牛羊，再加工成燻肉、火腿、臘腸等乾貨，由商隊銷往大江南北，很快就打出名聲。

幸福四村與五村，則專門種植貴重的鮮花與觀賞植物，很受大戶人家的喜愛，甚至還衍生出香料加工，不僅賣花花草草，還賣香料。

而陳家莊每年糧食產量比其他地方高出三成，已經成為遠近馳名的產糧大戶。陳家莊種的糧食，都由大郎和辛湖規劃要種什麼、幾時種，大家皆嚴格按照他們的要求。他們還在水稻田中養魚蝦、在田頭養鴨子，水產做再加工，而鴨子產的蛋，製成鹹蛋與皮蛋，收入非常可觀。

第九十八章

陳家聲名在外，很快就由官府推廣到各地，大郎這一成績獲得各階官員包括皇帝的認可。於是在大郎三十二歲時，得到皇帝的重任，出任工部正五品郎中一職，專門管理農田水利等與農事相關事務。

這個時候，皇帝已經很年老，他當皇帝後生的幾個兒子，多半也成年了。十六歲的皇三子、十五歲的皇四子與十一歲的皇六子，皇帝都十分喜愛。其實應當說，皇帝對後頭的子女都十分喜愛，並且也從他們身上獲得不少天倫之樂。

畢竟他的長子與次子均已成年，他一當上皇帝後，兩個兒子都已經獨立出去。這兩個兒子小的時候，他的地位不穩，對兒子們只有嚴厲的教育，況且那時他也還年輕，不像後來生這些孩子時，他年紀大了，對孩子們只有寵愛，也更加沈浸天倫之樂。

所以，皇宮中長大的幾個皇子、皇女，都受到皇帝極大的優待，而他們的生母及其娘家，也相對獲得很多恩寵與好處。

皇帝此舉給太子造成極大的壓力。他的外公家雖然背景雄厚，但那都是建立在當年打江山時獲得的官職，相較這些後勢起來的妃子娘家，人家本就是正經官員出身，十幾年下來，這些人的地位和官職與權勢皆直逼先皇后的娘家。

大家合力圍攻之下，太子的舅舅已經快被架空，而他的表兄弟們，有能耐的也不多。再加上，章氏一族歷來不喜皇后娘家位高權重，怕外戚干政，所以，皇帝對此是睜一隻眼、閉一隻眼，如今，太子的勢力竟然被蠶食不少。

尤其皇三子與皇四子早早就封王，皇帝為他們選妃時也十分出力，這兩位風光的小王爺，可以說沒有為國家做出任何貢獻，一出生就在享受。

但人家偏偏很會搞政治鬥爭。

兩人的母親也是位居四妃，在後宮權力很大。皇帝一直沒有再立皇后，只有兩任先皇后，後宮權力最大的就是皇四子的母妃德妃娘娘，其次就是皇三子的母妃賢妃娘娘。這兩位娘娘都是厲害角色，後宮由她們共同把持與治理。

此時太子的兒子也都成年，皇權爭奪已不可避免。偏偏皇帝日趨年老，卻又越發惜命重視權力，對太子生出隔閡。太子在各方壓力下，處境十分艱難，這種情況下，太子想保持平穩的心態就十分難。

壓垮太子的最後一根稻草是——太子長子的婚事。

按理說，太子的長子與郡王的王妃人選，應當挑選德才兼備之女，並且其家世背景還不能太低，要處在既有權勢，官職又不能過高的人家，因為此女以後很可能就是下下任的皇后。

為此，太子與太子妃也算是用心良苦，仔細觀察很久，終於挑定兩個人選，這兩個人各方面條件都非常不錯。

但還不等他們出手，皇帝居然就把這兩人指給皇三子晉王、皇四子清王。這還不說，竟把太子與太子妃為興郡王看中的側妃人選也都分別指給兩位皇子，畢竟他倆是親王，皆有兩個側妃名額。皇帝此一做法，完全就是打太子的臉，還沒做出補償，興郡王的婚事皇帝根本提都沒提。而實際上，興郡王年紀還比皇三子略大一點。

太子與太子妃登時大怒，興郡王的婚事也因此耽擱下來。而後不等他倆反應過來，京裡適合的女子，居然都很快就被人訂下來，明顯是有人動手腳，不欲讓興郡王得到有力的妻族。

近五年來，皇帝對太子已經有所防範，隨著皇三子與皇四子長大，皇帝更是對後宮及這些小兒女們寵愛有加。可平時各種小事就算了，但這兩個兒子剛剛成年，就都給封親王之位，享受的待遇皆比燕王強了不止一星半點；他們雖被封為親王，有自己的封地，但都沒有離京，就在京城開府過日子。

皇帝一副捨不得兒子們離開的樣子，打著兒子還沒成親不能離京的說法。實際上就算他們成親了，也不一定會離開京城，因為他們將會是太子上位的極大阻力，甚至有可能他們會幹掉太子，自己上位。

在這種情況下，太子與太子妃再不能隱忍了。

所以太子給燕王送一封密信，告訴他為何他的燕王妃與兩位側妃，都沒能生子的原因。

燕王被下了秘藥，因此只能生女兒不能生兒子，皇帝打的就是這個主意，不讓燕王有子嗣，這樣的燕王再有能耐，也不可能會上位。沒有兒子做繼承者，燕王是不可能當上皇帝。

燕王對自己的身體早就有所懷疑，但一直找不到什麼線索，畢竟他也能生女兒，只是沒生兒子。因為他年紀也不小了，除了當年同時生下的三位郡主之外，他後來又納幾個年輕健壯的女子，卻也只再生兩個女兒，所以燕王有五個女兒，卻一個兒子也沒有，為此他暗中找來不少名醫，也曾經有人提出中毒的疑慮。

燕王得到這樣的消息，從頭到腳涼了個透，整個人像被扔在冰雪中一樣。他沒想到皇帝會這麼狠，竟然這樣對他！他不但沒與太子爭，也一直苦心為皇家辦事，不說皇帝登基前的軍功，他就藩後對皇帝也算鞠躬盡瘁。

這些年來，大郎所做的一切，都是在他的授意下完成，不然光憑大郎與辛湖，很多事情哪能辦得這麼順利？而燕王又是在皇帝的支持下做的，所以大郎得到的人力與物力資源相當強悍，不然大郎與辛湖也不可能在短短十年多的時間內，有如此大的成就。這些成就，使百姓的生活越發好起來，真正得大利的，還不是國家嗎？沒想到，皇帝竟然這般對他。

太子除了告訴燕王此事之外，同時告訴燕王，他有辦法弄來解藥解毒。

燕王知道這個秘密後，把自己關在書房裡整整三天沒有出來，然後，他召集自己幾個心腹手下，讓他們全力以赴去尋找神醫。他同時密令殺手上京，殺死皇帝目前最心愛的兒子皇三子，還順道重傷皇四子，令得皇四子奄奄一息，永遠不可能再站起來。

這是他與太子達成的協議，他幫太子解決對手，太子幫他弄到解藥，且太子還答應他，自己上位後，還會把涼平府附近幾個州府全劃給燕王當封地，算是承諾讓燕王獨立。儘管燕王不完全信任太子，但兩人仍暫時聯手。

皇三子的死與皇四子的重傷，這兩件事同時發生，令朝野震驚，皇帝更是惱怒傷心交加，氣得暈厥過去。後宮更是一片混亂，德妃與賢妃兩人也都昏死過去，被救醒後，就開始瘋狂的報復。

但此案在皇帝的親自監督下，居然完全找不到有太子出手的任何痕跡，查到的結果全指向是晉王與清王倆互相爭鬥的結果。這兩人向來不對盤，私下暗較勁，皇帝自己都清楚，但他不相信會弄成這樣。因為這兩個兒子沒那麼蠢，肯定不會在這個時候搞個你死我活。

皇帝心中是懷疑燕王的，但一樣也找不到燕王的把柄。他也曾懷疑太子與燕王聯手，但仍然找不到一點蛛絲馬跡。這下皇帝看誰都是凶手，京城又是一陣腥風血雨，搞得人人惶恐不安。

而死掉兩個有可能當繼承者的皇子後，太子的儲君地位更穩固了，即使皇帝懷疑太子，但為了國之根本，也不可能殺掉自己的儲君。因此，皇帝不得不維持表面相信太子的樣子，但同時，他又害怕太子會連他也幹掉，時時刻刻與太子保持距離。

最近，皇六子的處境非常不妙，因為賢、德二妃看他最不順眼。他雖然年紀還小，但為人處世非常沈穩，還與他的伴讀半夏交好，她們覺得自己的兒子一死一傷，皇六子很可能藉機而起。所以她們洩憤似地時時刻刻打擊皇六子，連陳府也受到牽連。

大郎與辛湖簡直是人在家中坐，禍從天降，皇帝雖然明白，他們兩人不可能去動晉王與清王，但大郎與燕王關係那麼親近，連他看大郎都有些疑神疑鬼，更何況德妃與賢妃已經失去理智。他心疼自己的女人，並為白髮人送黑髮人而傷心，也就放任兩個女人瘋狂的發洩。

為此，半夏在宮中受到杖責，被德妃與賢妃狠打一頓，鮮血淋淋的送回陳府。辛湖惱怒交加，恨不得打進宮去，她十分明白自己兒子受到無枉之災。陳家不可能對付皇帝的兒子，雖說陳家如今有些權勢，但也輪不到他們站隊。

況且太子身為儲君，雖然這幾年勢力被打壓，明面上皇帝並沒有說過太子的不是。別說陳家，那些大官重臣們，也沒有一個人敢表現出親近皇三子與皇四子，更不可能去對付他們。

「皇帝真是老糊塗，居然把氣撒到我兒子身上來。」辛湖恨恨的低聲咒罵皇帝。

「妳小聲點，皇帝這是在氣頭上，指不定還有多少人倒楣。咱們趁這個機會，安排半夏離京去幸福村養傷。半夏遠離了皇六子，也就不會再受到傷害。」大郎說。

「哼，拿我兒子出氣，可不能就這麼便宜他們！」辛湖看著兒子的傷，又痛又恨。

「暫且不要理會她們，我就不信，皇帝還能護得住她們多久。」大郎咬牙切齒的說。

皇帝年紀大了，兩個兒子出事後，更顯老態。只要皇帝一死，無論誰繼位，他都有辦法找回場子。那時他倒要看看，誰還會護著德妃與賢妃？

十一歲的皇六子看見半夏被德妃與賢妃處置，皇帝居然什麼話也沒說，就知道自己在宮裡待不下去，搞不好會丟了小命。

於是，他與生母敬嬪商量後，去找皇帝請辭離宮，請求皇帝給他找個偏僻貧窮的小地方就藩。意思是說，他把自己放逐，遠離京城這個權力鬥爭的中心，從此去過與世無爭的富貴閒人日子。

實際上他可能連富貴閒人也算不上，因為他才十一歲，再怎麼成熟穩重，也缺乏人脈勢力，更不可能像燕王那樣順利在涼平府站穩腳跟。

皇帝很明白皇六子真的只能離開，於是大手一揮，封了才十一歲的皇六子為靜郡王，即刻前往封地泊州。

泊洲這地方比涼平要強一些，但也一樣在山區，地廣人稀，經濟也不豐裕。好在皇帝擔心這個小兒子也喪命，安排重兵護送靜郡王去封地，還給他兩千親軍護衛兵，及一些有能力的幫手，包括不少的錢財。

皇帝真心希望這個小兒子能過上安穩日子，這是他唯一一個還有可能當富貴閒人的兒子。泊洲不算多好，但也不太差，朝中諸大人與後宮對此事，都沒有多大的反應。

與此同時，皇帝將敬嬪升為淑妃，與德妃、賢妃比肩。

靜郡王離京，除了帶著皇帝的人，還帶自己的心腹及淑妃給的幾個心腹宮人，與外公家暗中派出的人手。一路上大家緊緊圍住靜郡王，就怕有什麼閃失。大家都知道，極可能有殺手來刺殺靜郡王。

靜郡王一走，太子與興郡王就變成德妃與賢妃打擊的目標，不過此時的太子和興郡王已不比從前。太子是板上釘釘的儲君，興郡王又是他的嫡子、下一任的儲君，在皇帝沒有表態要廢除太子的情況下，誰敢得罪下一任皇帝？

所以德妃與賢妃折騰一陣子也消停了。這時太子和太子妃，開始收拾當初壞了興郡王婚事的一些人。

這些人家知道太子是在報復，卻也沒辦法，誰教自己當初沒長眼呢？這會兒也只能打落牙齒和血吞落肚。

此事牽涉甚廣，有近三十戶人家的適婚男女無法成親了。對這些家族來說，是個非常大的打擊。所以私底下有人求到辛湖頭上來，希望她能去跟太子妃說個情。

辛湖哪裡肯，為了避免麻煩，直接說：「我在太子妃面前說不上話；再者，我兒子上次在宮中被打得半死，我還無處伸冤呢。」

半夏在宮中挨打的事，這些人哪會不知，聽辛湖直說伸冤，就知道辛湖心裡也是記下一筆，只得訕訕而歸。

半夏的事雖與他們無關，卻與賢妃和德妃有關。他們這些人如果不是為了巴結賢妃與德妃，今天又哪會落得這個下場？當然也不排除遭受德妃與賢妃暗算的人。可這又能怪誰？只能怪自己站錯隊。

這些事情也令大家對皇帝很不滿，私底下都在談論，皇帝老糊塗了。

結果，更令辛湖吃驚的事情還在後頭。

沒幾日，重傷不起、命在旦夕的皇四子清王大辦婚禮，正妃與兩位側妃同時嫁過去。雖然婚禮很盛大，氣氛卻一點也不見喜意，三位娘娘的娘家是吞著眼淚把姑娘嫁出門。大家都知道，她們三人是去送死的；要是清王不幸身死，她們只怕連守寡都不成，只能陪葬。

皇三子晉王的一正二側妃，抱著晉王的牌位，舉行簡單的婚禮後，全部進入皇陵，為晉王守陵。

這些姑娘青春貌美，品性端莊，原本有大好人生，餘生卻只能當個活死人。

「這也太過分了！就算不讓她們再嫁，也可以令她們出家當姑子，又或者在娘家守望門寡啊。」辛湖直搖頭，對此事非常反感。

本來安慶朝對寡婦改嫁之事並不在意，更別提守望門寡這回事。當年皇帝還下令不到四十的寡婦不必守節，現在卻如此對待這些花季女子，實在太令人側目。

「妳也別同情她們，誰教她們的爹娘這麼早站隊？還沒完呢，妳等著看，待太子繼位後，這些人家怕是還會遭受致命打擊。」大郎冷笑道。如果不是因為太多人巴結德妃與賢妃，她們的野心也不會暴漲，以至於鬧出這些事情來，最終不過是連累他人。

「哎，這太子繼位，怕也不會如此順利吧？」辛湖壓著嗓子，在大郎耳邊小聲問。

「嗯。最近也不知燕王在幹麼？」大郎也咬著她的耳朵，兩人小聲談論著國事，心裡都十分擔心。

「算了。我們也不用想太多，反正我們四兄弟都是小官，有什麼事，也鬧不到我們頭上來。大不了，咱們不做官，回去種田。」大郎安慰地拍拍辛湖的肩膀，結束談話。

除了半夏遭殃，京裡噴薄的暗湧與鋪天蓋地的悲慘，都與辛湖和大郎沒多大關係，兩人安安靜靜過著自己的日子。

他們十分低調，平時不出門。目前京裡也沒什麼應酬，所有的喜事都暫停下來，皇帝連死兩個心愛的兒子，誰會在這個時候觸皇帝的楣頭？就連有喪事的人家，都辦得十分低調，就怕一不小心又招惹麻煩。

在這種壓抑不安的氛圍中，大家小心翼翼的過活，生怕被揪到什麼小把柄。就連太子與太子妃也十分低調，不再動什麼手腳。

日子一晃就過去三個多月。京城裡仍一片靜寂，原本熱鬧的街道鋪子，再也找不出一絲繁華。老百姓普遍受影響不少，大家的日子都很不好過。

「鄉君，這些日子點心鋪子的生意差好多，不到平時的六成。」點心鋪子的掌櫃過來報告。

辛湖嘆口氣，說：「沒事，差就差吧。這段日子有多少人能有心情好吃好喝？這事不怪你們，暫時先把產量減少，以後看情況再慢慢加。正好也讓大家輪流歇幾天，每天的工錢照算。」

掌櫃的心裡大安，高興的說：「好，小人這就回去安排。」

第九十九章

晚上大郎回來，辛湖和他談起這件事，大郎也心有所感的說：「別說咱們家生意差，那些專門尋歡作樂的地方才叫生意差，都快直接關門了。」

「那不是應該的嗎？只是苦了那些賣肉類的小攤販。」辛湖嘆道。歡場也罷，平時賺得多，還能撐著，那些殺豬的、賣肉魚類的不能做生意，日子久了，教這些人怎麼過日子？

「就是國喪也不過百日，這都過了百日，還這樣就太超過。」大郎說完和辛湖兩人都搖了搖頭。兩位王爺的喪事，搞得眾人疲憊不堪，尤其兩人死期相隔不遠，兩者相加，就算是百日的國喪也該過了，但上頭沒有指示，眾人也只能就這樣混著了。

「還好咱們家鹹魚、醃肉多，不然天天吃素，嘴裡都要淡出鳥來了。」辛湖說。

當然，這也是偷偷吃的，還都不敢炒，而是直接蒸熟，避免肉香味透出去。就連這樣的葷菜，兩人也不敢多吃，不過是隔三差五改善一下生活罷了。這日子，都快趕得上當初在蘆葦村的日子。

說起來，又有幾個人真正遵守一點葷腥都不沾？不過是瞞著外人。只是大家不敢明目張膽的偷吃，不然別人都一臉菜色，就你臉色正常也不行啊。這種欺上瞞下、掩耳盜鈴的行為，簡直令辛湖又是好笑又是好氣。

如此，又過了半個多月，辛湖接到吳清的書信，說他要成親了，他的妻子是位苗族姑娘。

「哎喲！終於有人搞定他，我還以為他這一世都不會成親呢。」辛湖大喜，連忙開始收拾東西，準備到涼平府參加吳清的婚禮。京城裡這種沈悶的氣氛快把她給悶死，正好藉機出去散散心。

「他都這個年紀，怎麼想要成親了？還這樣突然，之前都沒聽過什麼風聲。」大郎驚訝的問道。

吳清這些年來，一直東奔西走，替燕王辦事。他很享受這種生活，也從沒聽他提過想娶妻生子，組織一個家庭，好像他就愛一個人過日子。雖說也不是沒人為他操過心，可都被他拒絕。

「吳清那麼聰明有頭腦的人，既然要成親，那姑娘一定有過人之處。唉，還別說，我現在就好想看到他的子女，肯定都是絕色美人。」辛湖忍不住幻想。

不欲驚動他人，辛湖只帶幾個護衛與兩名僕婦，輕車簡從悄悄地出了京城。大郎沒隨行，京裡事情多，他現在身上的擔子也重，外加家裡也有一堆事情需要管，不能兩人都離開。

京城到涼平府路途遙遠，等辛湖到涼平府，吳清的婚禮已經辦完。吳清帶著新婚妻子匆匆出來迎接，辛湖發現吳清的妻子居然已經懷孕，肚子微微凸起，難怪會匆促地舉辦婚禮。

「沒想到，這是先上車後補票啊。」辛湖樂呵呵的打趣道。

吳清雖然沒搞清楚先上車後補票是什麼意思，卻很明白辛湖是在笑話他，沒成親就先有孩子了。

「哎，說來話長。」吳清摸了摸鼻子，有些尷尬的笑道。

「有什麼不好說的？不過是我爬了他的床，結果一下就懷上，他就不得不娶我了。」他妻子聳聳肩，毫不在意的說。

辛湖大笑。這姑娘也太有趣，難怪能拿下吳清。

妻子這麼直白的話，令吳清俊臉通紅，但看向妻子的目光卻沒有不滿，只是輕聲責怪道：「妳就不能說好聽點。」可見有了老婆孩子，他自己還是滿開心的。

他妻子衝他扔個白眼，又笑咪咪的說：「好啦！」

她眉眼裡滿是愛戀與開心，搞得辛湖都快閃瞎雙眼，滿地找墨鏡。

吳清的妻子是個熱情如火的人，十分好相處。她拉著辛湖的手，很自來熟，一會兒就和辛湖聊得熱火朝天。

原來這姑娘因心怡吳清，甘願跟在他身邊。某次吳清著了別人的道，姑娘就乘機捨身相救，事後還真的就懷上。這事雖然有些不好啟齒，但不管怎樣，吳清終於有個家，辛湖和小六子和陳華等人都很為他高興。

只有燕王，還有些不滿的說：「早知道這麼容易的事，我就該為他挑個有些身分的姑娘，早早完婚，總比個異族下等女子要強。」

燕王這幾年又添了幾個女兒。燕王的三個大女兒，已經到了適合選郡馬的年紀，都出落得如花似玉，個個都是美人胚子。燕王對女兒們非常好，很有慈父之心，一個都不嫌棄，都養得十分出色。

辛湖真心誇獎道：「王爺的女兒，真是一個賽一個漂亮。」

燕王自得地點點頭，笑著對辛湖說：「妳隨便選一個吧，挑回去做兒媳婦也好、姪媳婦也好。」

「王爺，您怎麼開起這等玩笑了。」辛湖連忙說。

「怎麼，淑嫻是瞧不上嗎？」燕王淡淡的反問一句。

這一刻，燕王身上那種殺戮決絕的氣勢瞬間大展，雖然只短短一瞬，卻令辛湖寒毛都豎了起來。她頓時知道，燕王變了，不再是以前那個能與她像平常朋友來往的燕王。

「王爺，我直說了。我兒子半夏虛歲才十三，還不到娶親的年紀，況且我們家有男子不到二十不成親的規矩，其他幾位子姪，年紀就更小了。您認為哪個孩子適合您的女兒？再者，結親最要緊的是夫妻二人看對眼，所以孩子們的婚事，雖然是由我們當家作主，但他們個人的意願是最重要的。不然，成了親過不好，怎麼辦？」辛湖收斂情緒，不亢不卑的回答。

辛湖的話令燕王一窒，好半天才說：「妳說的對。妳看本王，後院女人一堆，除了爭寵的、想得到利益的，又有誰真正關心本王呢？這些女兒們，本王極力盡了做父親的責任，甚至十分嬌寵她們。世人都不喜歡女兒，本王自然也想生幾個兒子，但是這些女兒在本王的心目中，仍是嬌嬌寶貝，本王亦希望她們能嫁個相親相愛的男人，過上幸福的生活。」

辛湖鬆一口氣，她就知道燕王其實是個非常理智的人。他這一生過得一點也不幸福，重權在握，身世貴重又如何？這個燕王府，與他最親的也就這幾個女兒，但她們終究是要出嫁，她們將會有自己的小家，以後甚至都不可能再回來看望他。

「王爺一片慈父心情。您放心，您的女兒個個都不錯，會有好姻緣的。」辛湖這幾句話可是發自內心。別的不說，就憑燕王對女兒的親情，她就覺得燕王教養的女兒們會不錯。

「嗯，那就承妳吉言了。」燕王淡笑道，終是揭過這個話題。

辛湖沒在涼平府待多久就回去了。她心裡總有些不安，真怕又會有一場腥風血雨，而且還會牽連到他們家，所以她匆匆離開涼平府，返回京城。

辛湖回到京城，不出兩個月就收到吳清的信，他的龍鳳胎雙生子出生了。

這可是天大的喜事，雙生子不算什麼稀奇的事，但一男一女的雙胎卻十分少見，足以令人羨慕與稱奇，同時，大家還會一致認為這是老天賜予的一種福氣。

涼平府當地風俗，生了一男一女雙胞胎，是件非常大的喜慶之事，所以老百姓們都在四處傳言，是燕王治理涼平府有功，才會有這等吉兆。

燕王十分開心。既然出了吉兆，不正預示著他該有喜事了嗎？

果然沒多久，燕王府又有兩位侍妾懷孕了。這一次，燕王得了兩個男孩。

燕王府接連出生兩個男孩，這等大事當然要上報皇帝。涼平府和京裡的人都在為燕王開心，但皇帝拿著信報，卻半天說不出話來。

在得知自己是中毒後，燕王就把當年說過他有可能中毒的大夫找來，又另尋幾位神醫，一起研究解藥。燕王沒敢吃太子給他的解藥，只當做參考。

燕王的兒子一落地，皇帝就知道晉王與清王之事，是燕王動手的，甚至太子在其中扮演關鍵作用；只有兩個兒子聯手，他才會查不到任何線索。現在，皇帝明白自己真的老了，他的兩個兒子翅膀也已經硬了。

他靜坐半天也沒吭一聲，眾大臣實在猜不出他的心事。按理說，他失去兩個兒子，現在多添兩個孫子，還是一直沒生兒子的燕王，他應當高興才是啊。

好多人都在等皇帝大肆賞賜燕王，順帶能熱鬧熱鬧，一掃京城裡自兩位王爺死之後的壓抑。以前燕王府就是給他添位孫姑娘，皇帝都會高興的不行，怎麼這回添了兩個男孫，還一點反應也沒有呢？好多人都眼巴巴看著皇帝，不敢猜他是什麼心態。

一連過了三天，皇帝終於穩下心神，找來太子。

「父皇有何事吩咐？」太子恭敬的問道。

皇帝盯著他，目中帶著寒光，心裡不停回想三子與四子的死狀，他的心在滴血。人老了就越發喜歡享受天倫之樂，三子與四子帶給他很多快樂時光，在他心目中，這兩個兒子有非比尋常的地位，可是他們卻死得那麼突然，死在自己兄長手中。還有小六，才十一歲，他就不得不狠心把他扔出去。

太子半天沒聽到皇帝的吩咐，他抬眼看了看皇帝，面上卻一點表情也沒有，依舊恭敬的候著。雖然不知太子心裡在想什麼，但從這樣的恭敬中，皇帝硬是看到太子的應付心態。

太子只不過是表面應付他，早已不把他當一回事。

皇帝運了半天氣，最終看著仍然平靜、不動如山般的太子，終於洩氣了，老態瞬間展現。他知道，太子羽翼已豐滿，現在晉王與清王相繼而死，靜郡王又離了京，太子的地位一躍又回到一人之下、萬人之上。

好多原先不站隊的官員，都圍到太子身邊，幾乎都已經把太子當皇帝對待。

太子既大方又謙恭，擁有極完美的儲君形象，很得眾大臣的認可。

太子也很低調。他不著急，這麼多年都等了，不在乎再多等幾年。有什麼事情不能等到他當家作主，再來想怎麼辦，就怎麼辦呢？所以他心態良好，好得讓皇帝都覺得自己以前真是小瞧這個兒子，不，應當說，他同時小瞧了太子與燕王。

皇帝知道他兩個兒子都是狠角色，無論誰上位，都能治理好這個天下，甚至還會比自己這個皇帝更出色。皇帝以前老覺得太子太軟弱，燕王太剛強，可現在一看，太子的軟弱與燕王的剛強，也不過是一種偽裝。

皇帝心中五味雜陳。兒子如此優秀，他不知該高興還是生氣？只不過，他現在就算想重新布局，立靜郡王為太子，再一舉除去太子與燕王已不是件容易的事情。

這時的燕王與太子，已不像從前那樣，豈會輕易被暗害？他們甚至虎視眈眈，隨時準備反撲。

過了好半天，皇帝才端起帝王該有的威嚴。

「燕王府的事情，交給你去辦了。」皇帝冷冷的說完這句話，就揮揮手，讓太子告退。

太子依舊那副模樣，臉上沒有任何變化，他溫聲說：「好的，父皇，兒子這就去辦。」

但是，太子居然沒有問皇帝是如何想的，就轉身離開，他根本不在意皇帝的想法。皇帝已經老了，最近身體越發差，兩位愛子的去世，令他急速衰老，精神體力都大不如前，很多事都沒有心力管。

這變化，令很多人覺得皇帝大有慈父之心，但落在太子眼裡，卻相當刺眼，令他很不舒服。因為無論是他，還是燕王，或燕王那一母同胞被殺的小弟弟，在皇帝心中都遠不及晉王與清王。

同樣是兒子，他和燕王為皇帝付出太多。這個天下，若沒有太子與燕王的拚搏，皇帝還不一定坐得上，可是最後，皇帝居然為那兩個毫無建樹的兒子這般傷心，還幫著打壓他們。

在那些事情發生前，太子很想問問皇帝，他的心都偏到哪裡去了？

太子對皇帝非常不滿，皇帝同樣也對他不滿，甚至認為自己養大了兩隻白眼狼。皇帝獨自在宮中生了一頓悶氣，卻無計可施。皇帝還有一點理智，曉得不能讓人知道他心裡對太子和燕王不滿。

因為憋著氣，皇帝病了。本來年紀就大，又痛失愛子，再被太子與燕王聯手給這麼大一個打擊，自然禁不住。皇帝這一次病倒就纏綿病榻，不大好過了。

太子回去後，吩咐人大手筆的賞賜燕王府，也順道意有所指的告訴燕王，皇帝的態度。

燕王接到信報後，冷笑三聲。對這個父親，他已經完全沒有父子之情。如果說在這之前，他還在想皇帝得知解了毒之後，會有什麼說法，現在也完全不去想了。因為他很明白，皇帝的心偏得沒邊了。

這樣也好，既然父不慈，子也不用孝。

所以燕王加緊步伐，開始布局。他並不相信太子，就跟太子也不相信他一樣，兩兄弟都在暗中布局，你想弄死我，我想弄死你。至於皇帝，兩人都完全沒有放在眼裡。

皇帝大病一場，大臣們越發親近太子一些，太子手中的權勢就更強一分。在大家眼裡，皇帝已經快不行，而太子很快就會上位。

三個月的時間，足夠讓燕王與太子都布好局。而此時的太子和太子妃已經興奮過頭，他們被壓抑太久，當皇位近在眼前時，都有些迫不及待。

趁著太子鬆懈，德妃和賢妃找個機會聯絡上燕王。她們不知道皇帝對燕王下藥的事，皇帝不敢說出這件事，甚至不曾告訴太子，他到現在都不曉得太子是如何知道的？

所以二妃也就不知自己的兒子，其實是太子和燕王聯手害死的。但是她們恨太子，因為自己兒子的死，最後得到好處就是太子。人死燈滅，找不到證據，皇六子又離京就藩，她們便把這個仇算在太子頭上。

再加上她們得意了這麼多年，手中握有的權力也不少，不然她們怎能無數次私下算計太子。太子又不是傻子，會乖乖站著讓她們動手嗎？不過是因為她們有權力罷了。

太子那會兒受不少氣，只能一筆一筆的記著，因此她們知道，自己和太子早已經成了死仇，太子肯定不會放過她們。

所以她們覺得燕王上位更好。至少，她們從來沒和燕王有過衝突，表面上大家也沒什麼過節，就算是為娘家的存亡，她們也得扶持燕王上位。雖然表面上，她們的娘家都在極力討好太子，讓大家以為他們是為將來鋪路，希望太子繼位後不要趕盡殺絕，事實上他們深知這是不可能的。

於是，皇帝突然發出一道指令，令燕王進京給皇帝祝壽。這一年，正好是皇帝六十大壽，距離燕王離京，已經過去十幾年。

太子大吃一驚，不知皇帝如何會來這一齣？

皇帝最近一直在養身體，朝事都丟給太子處理。但皇帝一日在位，他就只是太子，皇帝的旨意就是大家第一個要遵守的，所以他根本無法阻止這件事情。

太子怒氣沖沖的進了宮，皇帝沒有見他，反而去德妃與賢妃兩人建的佛堂。自從愛子死後，這兩個鬥了十幾年的女人倒結成同盟，兩人一起建了間佛堂，長年吃素禮佛，一心超渡兒子。

佛堂聖地，愛惜羽毛的太子自然不敢硬闖，只得無功而返。

太子沒想到的是，自從這一日後，皇帝居然再也沒有單獨見過他，他完全找不到機會和皇帝說話了。

這下，朝中的風向有了變化。

「皇帝究竟是想幹麼？居然突然召燕王回京。難道他真的想廢太子，改立燕王嗎？」大郎頭疼的說。

「你想這麼多幹麼？誰當皇帝，你又不能改變。管他的。」辛湖嘴裡說著這話，心裡也七上八下不得安寧，有種風雨欲來的感覺。

「我覺得皇帝真的老糊塗了。」大郎說。

皇帝搞出這麼多事情，不只大郎如此認為，也有不少大臣這樣想，寧願皇帝快點死，好讓新皇繼位。

燕王回京非常迅速，並且悄無聲息，等到太子知道時已經晚了。他乾脆一不做二不休，讓人去截殺燕王，他才不會讓燕王這時進京呢。可是燕王有這麼好殺嗎？當然不。況且太子遞這麼大一個把柄給他，燕王不會好好利用嗎？最後，太子和興郡王都死了。

過程如何，皇帝根本不知道，當他看到燕王意氣風發的走到自己面前時，心底一寒，他知道太子完了，同時也知道，燕王已是勝券在握。

兩父子隔十幾年再見面，皇帝已顯老態龍鍾，燕王卻依舊年輕英俊，好像歲月格外優待他。看著這樣的兒子，皇帝一點也不開心。

「參見父皇。」燕王嘴裡大聲見禮，語氣也哽咽，實際上態度十分敷衍。

瞧著他冰冷的眼神，皇帝指了他幾下，嘴角一歪，中風了。

燕王很快就控制內廷。

緊接著皇帝下了詔，立燕王為太子，還說前太子殺死晉王和清王，罪大惡極，於是太子宮中的諸娘娘們與子女們全被圈禁。太子妃選擇自殺，太子成年的兒子少，當然也早被解決。剩下一些位分低的女子與孩子，都不成氣候。

燕王逼皇帝立自己為太子後，皇帝也沒活過幾天，很快就名正言順的當上皇帝。

燕王本身就十分有能力，當了皇帝後，治理家國更有一套。他只生兩個兒子，就專心培養他們，在他五十多歲時，十五歲的皇長子已經非常厲害，被立為太子，開始跟著他學習治理國事。

燕王當上皇帝三年，把一切全握在自己手中後，將靜郡王召回京來，好好培養著，讓他當自己的助手。他是想，如果他的兒子不能生育，就立靜郡王為皇太弟，繼承皇位。

只是這事無人知曉，他從沒對任何人說過。

太子十六歲成親，娶吳清的女兒，這姑娘有吳清這樣的爹，十分聰明能幹，還是絕色大美女。兩人成親一年後，就生下長子，皇帝大喜。同年，皇二子成親，一年之後，皇二子也生下長子。

這時候，皇帝才相信自己的兒子沒有事，所以靜郡王就只升了級，由郡王變成親王。不過靜王因為感念皇帝兄長的恩情，一直忠心耿耿，盡心盡力的輔佐太子，是位很出名的王爺。

吳清的兒子娶了辛湖的幼女，兩人總算做了兒女親家。

半夏最終娶了皇帝最疼愛的三女。

辛湖一門心思不想與皇帝扯上親戚關係，奈何半夏居然跟三公主看對了眼，皇帝又有心撈住半夏這個女婿。好在，皇帝並沒把半夏當一般的駙馬對待，他把夫妻倆留在涼平府，讓他們接管自己的根據地。半夏很有能力，比大郎和辛湖都強，再加上他的三女兒是諸多女兒當中，最有能力的一位，所以這個地方給他們治理非常適合。

只是在燕王當皇帝時，陳家四人的官職並不太高，最高的阿毛也只升到三品，大郎一直在四品上，吳清也一樣，他們雖然有本領，卻只能當皇帝暗中的功臣。

所以陳家雖然看似風光，一門當官，卻沒有一個當大官，就是半夏在世人眼裡，也不過是個倚靠公主的駙馬。

第一百章

燕王七十多歲時去世，太子順利繼位，吳清的女兒也名正言順成了皇后，帝后恩愛，且對大郎及陳家諸人都十分厚待，但大郎卻想告老辭官，帶著辛湖回幸福村。

「老臣年事已高，已無力為皇家辦事了。」大郎說。他比先帝不過小幾歲，都已六十多歲的人，近年來，早覺得精神體力大不如從前。

皇帝幾經挽留，大郎仍執意辭官，要帶辛湖回幸福村，辛湖和他都覺得，他們已經沒有必要再奮鬥了。兒子們都已成家立業，他們也該退居幕後，享享清福。

況且陳家地位太高，一門二代全在當官，就是孫子輩也開始要步入官場。陳家當官的人也太多了些，他們這些老傢伙還不退下來，對新帝也是個很大的影響。

所以，在大郎和辛湖離開京都之後，平兒、大寶和阿毛，也相繼辭官，陸陸續續的回到幸福村。四對老夫妻，再加上養在身邊的幾個小曾孫，過得輕鬆又自在，十足悠閒，好似又回到年少時，只是此時的他們，都已滿頭白髮了。

離開京都，辛湖也脫下那些華貴的衣服和飾品，與大郎一樣做普通人的打扮，也不描眉畫唇了。看著鏡中的自己，半白的頭髮和清楚可見的皺紋，辛湖忽然間有些傷感。

她摸著自己的白髮，無限感慨的說：「哎喲，老啦！我都一頭白髮了，我們這一輩子也快過完了。」

她已經老啦，大郎當然也老了，兩人的頭髮都白了大半，臉上也滿布褶子，眼睛不再明亮。歲月在他們身上留下的痕跡，清晰可見。

「老什麼老？我看看。」大郎笑咪咪的湊過來，還在她臉頰上親一口，並且從背後摟住她，兩人頭挨頭、臉貼臉的映現在鏡中——鏡子裡清晰的映出一對恩愛老夫妻。

辛湖指著鏡子裡的人說：「不是我一個人老，你也老了。」

這個時代因為生活條件，年過六十就已是高壽，所以辛湖才會這麼感嘆。要是在現代，六十多的老太太還正在跳廣場舞，精神奕奕呢。這樣一想，她忽然非常希望能帶大郎到現代去。

「嗯，我們都認識五十多年了，能不老嗎？」大郎也感慨萬分。好像就一眨眼的工夫，時光就過去五十多載，他們也從垂髫稚齡到風燭殘年。

「還別說呢，我們過幾年就可以辦個金婚紀念。」辛湖突然想起現代結婚五十年是金婚，他們離金婚也不算遠了。

「什麼叫金婚紀念？」大郎感興趣的問。

「就是說一對夫妻成親五十年，就叫金婚。金婚難得，所以值得慶祝啊！」辛湖解釋道。

「好啊，那咱們就辦個金婚。」大郎笑道。

「好，等我們成親五十周年就辦。」辛湖也笑起來。

「那成親四十周年，在你們那邊有什麼說法？」大郎又問。

「銀婚啊，就是銀婚也是非常值得紀念。因為結婚了五十年，夫妻雙方還都活著的太少，所以很多人也辦銀婚呢。」

辛湖興致勃勃的解釋，她完全沒注意大郎說的「你們那邊」這幾個字。

「跟我講講吧。」大郎笑道。

辛湖開始大談金婚、銀婚的習俗，以及一些現代人注重的紀念日。

聽完後，大郎說：「就照妳說的，我們也辦個金婚，好好熱鬧一下。」他們從繁華的京都回到這裡，日子一時安靜下來，他還有些不習慣呢。尤其這些年來，他都沒機會好好的陪伴辛湖，一直在外面忙碌，家裡幾乎全靠辛湖操持，他也希望藉此機會，好好表達一下自己的歉意。最重要的是，他們都這把年紀，能相守的日子已經不多。

「你真的要辦？這可不是我們自己操持，要兒孫後輩們辦呢。」辛湖有些驚訝的問。大郎這人並不太喜歡熱鬧，以前家裡辦事都儘量低調，怎麼這回要辦金婚了？而且主角還變成他自己再加上她。

「辦！熱熱鬧鬧的大辦一場，我去和他們說。」大郎說。他想起當初兩人成親時那個冷清的婚禮，越發覺得要大辦一場，就算是彌補當年那個婚禮也行啊。

「不用你來說，我們都聽到了。」大寶突然大剌剌的叫道。

原來，遲遲不見辛湖和大郎去吃早飯，他忍不住跑過來叫他們，正好聽到這事兒。

「哎、哎。」辛湖都來不及阻攔大寶，他就跑了。他年紀本來就小好幾歲，身體又格外壯實，雖然也是五十多歲的人，跑起來卻風風火火的，一下就不見。

「這傢伙都幾十歲了，還是老樣子。」辛湖啞然失笑道。這個自己一手撫養長大的孩子，也都有了白髮。

「像他這樣的人，才活得長、活得舒坦呢。」大郎羨慕的笑道。辛湖對大寶有格外不同的感情，就算現在這麼大歲數，大寶依舊偶爾會在辛湖面前撒個嬌，辛湖也依舊非常疼愛他，看得大郎酸酸的。

大寶是四兄弟中，心思最單純的人，他當的官不大，時間也不算長，但他的日子卻過得最舒服。所以到這個歲數，大寶依舊保持一顆赤子之心，連他的妻子也同他一樣的性子，夫妻兩人都顯得格外年輕。

因此現在這裡的事情都是他倆在打理。大郎和辛湖完全不管事了，每天不是四處走走，尋找年輕時留下的印記，就是與一群老夥計們閒聊，再不就是老倆口靜靜的坐一起，什麼都不做。總之世人一看就知道，這是一對恩愛的夫妻。

不等大郎和辛湖過來，大寶已經和平兒、阿毛夫妻在商量給他們辦金婚紀念的事情。見到他們，阿毛笑道：「咱們幾個老傢伙，得藉此機會，把子孫後輩們全叫過來，好好熱鬧熱鬧一場。」

「還早呢，你們急什麼？」大郎笑道。

「這可得慢慢策劃啊！今年辦一點、明年辦一點，時光很容易就過去了，得好好準備。」平兒一本正經的說。難得能為大哥、大姊辦事，他們幾個小的都非常開心。

「真是的，把他們全弄來幹啥啊？孩子們來去一趟多不容易啊。」辛湖說。他們四兄弟的子孫們分散在四地，相隔幾千里，沒什麼大事，還真難得聚齊。要全部的人都來一趟，可真不是件容易的事情。

但是她嘴裡這麼說，心裡卻有些想念好幾年沒見面的長子，和其他孩子們了。長子一家離得最遠，又因規矩不能輕易離開駐地，格外令她掛念。

人到這個年紀，就越發喜歡見到孩子、孫輩在身邊。而且在繁華熱鬧的地方生活慣了，乍一回到這個清靜地，一開始還滿享受的，現在卻覺得有些冷清。

「不用你們操心，這事就交給我們來辦，你們只管天天出去玩。大哥不是說想去釣魚嗎？去吧，我們已經幫你弄好地方，東西也都備齊了。」平兒笑道。

「他會釣魚嗎？」辛湖反問。說實話，她還真沒見過大郎釣魚呢。

「妳前幾日不是說沒事幹，可以去釣釣魚的嗎？我怎就不會釣魚？也不是什麼難事。」大郎說。

辛湖恍然大悟。她也是逗大郎開心，怕他突然清靜下來不適應，就想起現代很多老頭退休後，會結伴去釣魚消磨時光。她特意提釣魚的事情，也是給退休下來的大郎找些新的生活樂趣。

吃過飯後，兩人果真散步去釣魚了。

溫暖的陽光撒在水面上，河邊沿途搭了些小草棚子，裡面放著椅子，還滿像一回事的。

兩人隨便挑個地方坐下來，辛湖笑道：「今晚就指望你釣的魚當晚餐了。」

在一邊侍候的下人，早就找來會釣魚的人準備教大郎。辛湖卻揮手讓他們退下，自己饒有興致的給大郎掛魚鈎。

看她麻利的拿出一團早就準備好的魚餌，仔細的穿在魚鈎上，大郎笑道：「看來，妳以前還是個行家啊？」

「呵呵，我這是理論知識豐富，實戰經歷不足。以前見過多次，也偶爾參與兩次。」辛湖答。她說的是自己的前一世。

大郎聽明白了，也不在意。他早就知道辛湖來歷不明了，最初一直想問，後來卻懶得問了。反正不管辛湖是什麼人，都是他的妻子、他孩子的母親，他們要相親相愛過完一輩子。雖然有時兩人也會逗逗嘴、吵吵架，但大郎和辛湖這對夫妻的恩愛是出了名的。

辛湖早就習慣這裡的生活，只偶爾間也會憶起現代的生活。

兩人釣著魚，大郎突然說：「阿湖，妳還記得我們當初見面的事嗎？」

「記得啊。」辛湖答。

「跟我講講吧。」大郎說。

「講什麼？你老糊塗了，自己難道不記得了？那年你還比我大一點呢。」辛湖記起初次見面，忽然笑了。

她沒想到，自己真的在古代找了個好老公，還恩恩愛愛的過了大半輩子。她被騙到古代，接手一具小村姑的身體，雖說有過一段苦日子，但沒想到還真達成自己的願望，她這輩子也滿足了。

「妳還記得我們當初談婚事吧？」大郎又問。

「嗯，我還說你個小屁孩，拿什麼娶我呢？」辛湖哈哈大笑起來。她真是沒想到，時光彈指之間，就過去五十多年，當年那個小正太現在已經是個白鬍子老頭。她看著大郎，眼裡浮現淚光。怎麼時間過得這麼快？好像他們也沒廝守多久啊？

「是啊，妳還說不准我納妾呢。」大郎笑道。

「嗯，因為我們那裡根本沒有人納妾啊。所以我不接受，我寧願嫁個窮人，也不樂意與一堆女人分享一個男人。」辛湖笑了笑。

身為一個現代人，辛湖怎麼可能接受三妻四妾的生活？幸好大郎不是這種人，他們這輩子過得十分幸福，沒枉費辛湖給自己取了幸福這個諧音的名字。

「阿湖，妳……不是我們這裡的人吧？」大郎突然問。

辛湖看他幾眼，忽然明白，其實大郎早就懷疑她的來歷，只不過他一直放在內心不說而已。

「你相信我是從另一個世界到這裡的嗎？」辛湖問。

這時她也不怕大郎知道她的來歷，反正兩人都已經過一輩子，也沒什麼好瞞著。兩人都是老頭子老太婆，剩下的日子還不知有幾天呢，也是該向他坦白的時候了。

「相信啊。」大郎毫不猶豫的說。他自己就多活一世，所以一點也不驚訝辛湖的說法。

「咦，你倒是開明啊，不會覺得我老糊塗了，發癔症？」辛湖笑起來。她還以為自己要解釋一大堆呢。

「妳也不想想，自己露出多少馬腳來，要不是有我幫妳善後，只怕其他人也早就在懷疑。」大郎笑道。

辛湖愣了片刻，才不好意思的說：「我本是一抹異界的魂，剛好撿到辛家姑娘的身子，就遇上了你。也難怪你會懷疑，我完全不知道辛姑娘懂什麼、不懂什麼，只能用自己的思想來生活。」而且那時候，她還欺負大郎是個真正的孩子，根本就沒苦心去隱瞞自己。

「嗯，這就說得通一個小村姑，怎麼會通文識字，還會做那麼多聽所未聽、聞所未聞的菜和點心了。原來，都是妳從異界帶來的。妳那個世界是什麼樣的？」大郎感興趣的問。

辛湖笑道：「說給你聽，你可別嚇到啊！要是能把你帶到我的世界去看看，去過些日子就好了。」

「好，快說快說，妳的世界都有些什麼有趣的？」終於要聽辛湖說自己的秘密，大郎興奮得像個孩子一樣，連聲催促道。

「我以前生活的那個世界啊，可比現在發達多了，大家的生活也比現在好很多。我們這個年紀在那邊，正是該四處玩的好時光。」辛湖笑道。

她真的很懷念現代生活，懷念那些快捷舒服的交通工具，要是在現代，她早就和大郎跑遍全國，想去看哪個兒子、孫子也很容易。出趟遠門，不過三、五天就能來回，不像現在，要出趟遠門多不方便，動不動就得走上半個月甚至數月。

「怎麼個好法？」大郎好奇的問。

「嗯，比如我們現在要到京城，開車的話最多兩天就到了，而且人還很舒服，一點也不累。那邊還有電、有各樣家用電器，比如洗衣服不用人動手，都讓洗衣機洗，洗完還可以直接烘乾，就算是大雨天，烘乾後也能拿出來直接穿。夏天很熱的話，就開空調降溫，冬天太冷就開暖氣。屋子裡可以長年保持著不冷不熱，一年四季都能夠吃到新鮮的蔬菜水果。怎麼樣，羨慕吧？」辛湖隨便說幾件事，就讓大郎目瞪口呆了。

大郎連連點頭，兩眼發光的看著她，興奮的像個小年輕，一點也不像是個頭髮鬍子都白的老者。「哎！這麼好啊？我好想去看看。」

「是吧，很好吧。」辛湖得意的說。

大郎沈默片刻，又小心的問：「那……妳在這個世界生活得開心嗎？」

「開心啊！我也沒什麼不滿足的。你看我，一過來就撿到你這個小相公，雖然也過了些苦日子，但我們也是一對恩愛的夫妻啊。」辛湖連忙說。

大郎臉上露出笑容，說：「這就好，我還怕妳跟著我，在這個妳所謂不開化的時代裡，生活得不開心呢。」

「怎麼會？雖然生活環境不同，但是我有你、有一群孩子們，還有平兒、大寶、阿毛、吳清等等親人朋友，日子也過得很好啊。要說遺憾，就是不能帶你去我的世界看看。」辛湖笑道。

「那咱們約好，下一世要到妳的世界去過日子，咱們還要當夫妻，好不好？到時，妳可不許嫌棄我什麼也不懂。」大郎連忙說。

辛湖愣了片刻，忍不住紅了眼，說：「好啊，那就說好了。」

老都老了，她沒想到大郎還會說出這樣的話。她一直有點遺憾，大郎沒有給她那種熱戀的感覺，也沒對她說過什麼戀人之間該說的，那種極其肉麻的情話，兩人很早就是老夫老妻了。但是大郎總會在出乎意料的時候，說出比任何甜言蜜語都令她感動的話。

兩人靜靜的依偎在一起，千言萬語盡在不言中。

大寶來找他們回去吃飯，見哥姊這麼相親相愛，摸了摸鼻子不好意思的又走了。

「怎麼了，他們不來吃飯嗎？」阿毛問。

「大哥大姊抱在一起，在說悄悄話呢。」大寶笑道。

眾人啞然失笑。雖然老了，他們卻依舊這麼親熱，感情還是這麼濃烈。

在幸福村又過幾年的清靜生活，興源六年時，辛湖和大郎辦一場熱鬧的金婚紀念，他們全部的子孫後代，包括朋友們全來了。辛湖與大郎十分開心能與大家團聚。

盛事過後，第三天，辛湖在睡夢中與世長辭。

隔天早上，大郎醒來發現她已經沒了生氣，頓時老淚縱橫，卻又很快的平靜下來。他早就知道這日會到來，而且之前他也和辛湖說好了，下輩子還要在一起。

大郎親自給辛湖換洗了衣物，並且親吻她的臉頰，說：「妳慢慢走，我很快就會趕上來的。我們說好了，要到妳的世界去做夫妻的。」

等到眾人趕來時，大郎已經收拾好自己，與辛湖手拉著手並肩躺在床上。

眾人要拉他起來，他不肯，直說：「我要陪著她，不能讓她一個人走。」

不過半個時辰，大郎就隨辛湖去了，而他緊握她的手，至死也沒有鬆開。

——全書完

2018年1月出版

偏愛俏郡守

文創風 594～595

不是說嫁不嫁隨她嗎，怎麼這麼快就打臉了？
那個自以為是的皇子，真是讓人恨得牙癢癢的……
好啊，就看看誰有本事吧，她非得讓他跪地求饒不可！

文思獨具　抒情寫手／卿心

一場精心策劃的謀殺，讓寧禾穿越成為安榮府的嫡孫女，
正當她打算接掌家裡的產業，好當個小富婆時，
皇上居然下了道聖旨，要她嫁給那個老是用鼻孔看人的皇子……
行，為了家族上上下下幾百條人命，她能忍辱負重出嫁，
但是可別以為這樣就能讓她低頭屈服、乖乖聽話！
一個小小的意外，讓寧禾掌握了天大的祕密，
也使她得以與顧琅予進行交易，只要幫助他達成心願，
她就能重獲自由，再也不用看旁人的臉色過日子！
誰知，一條不起眼的線索，竟在轉瞬間讓他們的命運緊緊相繫，
當分別的時刻到來，她真能瀟灑離去，不帶走一片雲彩嗎？

2017年12月出版

財神嫁臨

文創風 590～593

對他而言，大多事情都是無所謂的，
食物只要能填飽肚子就好，他反正嚐不出美不美味；
衣服能穿即可，有沒有補丁、別人笑不笑話，他都無感。
至於成親嘛，娶誰不是娶呢？
儘管這場意外打亂了他原先的計劃，他還是願意承擔責任……

結髮為夫妻　恩愛兩不疑／初靈

若問誰是周家阿奶心中的好乖乖、金疙瘩，絕非周芸芸莫屬，
至於其他兒孫們，對阿奶來說，那就是一幫子蠢貨！
說起來，這都得歸功於小時候阿奶揹著她上山打豬草時，
她不小心從背簍裡跌了出來，然後正好摔在一顆大蘿蔔上，
待阿奶回身想將她撈起來時，卻發現她抱著蘿蔔，死活不肯撒手，
沒奈何，阿奶只得連人帶蘿蔔一道兒打包帶走，
回頭才曉得那根本是人參不是蘿蔔啊，還足足賣了二百兩銀子呢！
要知道，莊稼人看天吃飯，一年能攢下十兩都是老天開眼了。
若只一次也就算了，偏這樣的事情陸續又發生了好幾回，
所以說，阿奶只差沒將她供起來，早晚三炷香地拜了，
從此以後，她在周家簡直就是要風得風、要雨得雨，
這不，就連她從山上帶了頭猛獸回家養，阿奶都沒二話，
甚至還親親熱熱地喊牠「乖孫子」，因為牠會不時進貢免錢的獵物，
當然，她本人也不是個吃白食的，提供了無數個讓阿奶賺錢的主意，
只可憐家中大大小小的人得從早忙到晚，一刻不得閒哪……
幸好她是穿成了這個周芸芸啊，起碼往後在古代的日子裡有人罩著啦！

2017年12月出版

天定良緣

文創風 586～589

少時的傾心與諾言，終於讓她站在他身邊，
她知道他是愛她的，如同她愛他那樣，
可她不知道的是，那些恩愛與纏綿竟會成為她的惡夢……

渺渺浮生，訴不盡的兩世情深／水暖

陸婉兮一直視淩淵如命，到頭來反而教他要了命。
曾經有多愛，就有多恨，恨到她縱身而下，落入冰冷的湖裡——
可上天似是不想讓她就此委屈了結，她醒來後竟成了臨安洛家四姑娘洛婉兮！
同為「婉兮」，命運卻是天堂與凡間，
前世她是陸國公府家的掌上明珠，活得恣意灑脱，説風是風；
這世她父母雙亡，和幼弟相依為命，好在還有洛老夫人庇蔭。
她日子過得安分守己，小時訂了個不錯的娃娃親，
豈知自家堂姊和未婚夫暗通款曲，還想方設法要毀她名譽！
幾番暗害又所遇非人，加上前世婚姻賠上了命，她對嫁人早已不期不待，
只是這頭好不容易解決了糟心事，年邁的祖母卻被氣病了身子，
她深知帶祖母上京醫病是最妥善的路，可那裡埋藏她曾經的愛恨與悲歡，
有她思念之人，亦有她憎惡之人，
她有預感，這一上京，勢必會掀起連她也無法預知的駭浪……

文創風 599

神力小福妻 4 完

國家圖書館出版品預行編目資料

神力小福妻 / 盼雨著. --
初版. -- 臺北市 : 狗屋, 2018.01
冊 ; 公分. --（文創風）
ISBN 978-986-328-820-6（第4冊：平裝）. --

857.7　　106021472

著作者	盼雨
編輯	林俐君
校對	周貝桂　簡郁珊
發行所	狗屋出版社有限公司
地址	台北市104中山區龍江路71巷15號1樓
電話	02-2776-5889～0
發行字號	局版台業字845號
法律顧問	蕭雄淋律師
總經銷	知遠文化事業有限公司
電話	02-2664-8800
初版	2018年1月
國際書碼	ISBN-13　978-986-328-820-6

本著作物由北京晉江原創網絡科技有限公司授權出版

定價250元
狗屋劃撥帳號：19001626
網址：love.doghouse.com.tw　E-mail：love@doghouse.com.tw